轻轻地摇吧温柔的手

【青少版】

余光中作品精选

余光中 著

人生原是战场，有猛虎才能在逆流里立定脚跟，
在逆风里把握方向，做暴风雨中的海燕，
做不改颜色的孤星。

時代文藝出版社

图书在版编目（CIP）数据

轻轻地摇吧温柔的手：余光中作品精选：青少版 / 余光中著．—长春：时代文艺出版社，2020.7

ISBN 978-7-5387-6348-5

Ⅰ．①轻… Ⅱ．①余… Ⅲ．①诗集－中国－当代②散文集－中国－当代 Ⅳ．①I217.2

中国版本图书馆CIP数据核字（2020）第042873号

出品人 陈 琛
产品总监 邓淑杰
选题策划 王 峰
特约编辑 于德北
责任编辑 王 峰
助理编辑 王金弋
照片提供 余幼珊
封面绘画 鹿 果
装帧设计 孙 利
排版制作 毛倩雯

轻轻地摇吧温柔的手
余光中作品精选（青少版）
余光中 著

出版发行 / 时代文艺出版社
地址 / 长春市福祉大路5788号 龙腾国际大厦A座15层 邮编 / 130118
总编办 / 0431-81629751 发行部 / 0431-81629755 北京开发部 / 010-63108163
官方微博 / weibo.com / tlapress 天猫旗舰店 / sdwycbsgf.tmall.com
印刷 / 三河市万龙印装有限公司
开本 / 710mm × 1000mm 1 / 16 字数 / 200千字 印张 / 19
版次 / 2020年7月第1版 印次 / 2020年7月第1次印刷 定价 / 45.00元

图书如有印装错误 请寄回印厂调换

出版说明

“敢在时间里自焚，必在永恒里结晶。”

——这是余光中先生的一句名言！

余光中先生离开我们了，但他留下来的诗文却如苍穹上的银河，星光璀璨，熠熠生辉。他和蔼的面容，真切的声音，依然在我们眼前跃动，依然在我们耳畔回响。他说“小时候 / 乡愁是一枚小小的邮票 / 我在这头 / 母亲在那头”，他说“而现在 / 乡愁是一湾浅浅的海峡 / 我在这头 / 大陆在那头”。早在三十七年前，先生的一阕《乡愁》就泣血染纸，铸就了半个多世纪每一个游子的满目的忧伤和无尽的翘望。

余光中先生一生从事诗歌、散文、评论、翻译创作，自称为自己写作的“四度空间”。一生驰骋文坛大半个世纪，学识渊博，涉猎广泛，被誉为“艺术上的多妻主义者”。其文学生涯悠远、辽阔、深邃、庋繁，为当代诗坛健将、散文重镇、著名评论家、优秀翻译家。共出版诗集 、散文集 、评论集 、翻译集凡几十种；此中应该还不算未整理的文稿及轶文。先生所作，可谓著作等身。

我社早在二十多年前，就和余光中先生有过合作，出版过先生的《余光中诗歌选集》，共三种，分别为《莲的联想》《白玉苦瓜》《隔水观音》。当时，这套丛书的出版，就得到了先生的大力支持，并亲自撰写了《先我而飞》的自序。他在序文中说："白山黑水的东北，除了小时候唱《我的家在东北松花江上》，不胜神往之外，却迄今缘悭一游。我的诗竟能先我而飞，去关外广阔的天地会见千万亲爱的读者，把南回归线的相思衔去高高的北纬，真令我欣慰。"拳拳之意，跃然纸上。

这个选本，除了在先生的近千首诗歌中遴选精品之外，为了广大的青少年更直观、更深入、更确切、更感性地了解先生旷达而又细腻的情怀，高洁而又质朴的品格，我们还从先生的众多散文中精选出最具代表性的篇什，以便青少年读者从另外一个角度感受激情四溢、率性直披、文采绚丽、机智多思、幽默风趣的余光中。

这些都是我们不懈努力的初衷。

等着你们，"在雨中，在造虹的雨中 / 蝉声沉落，蛙声升起 / 一池的红莲如红焰，在雨中"。请问，你们能"从姜白石的词里，有韵地"走来吗？和先生一起"听听，那冷雨。看看，那冷雨。嗅嗅闻闻，那冷雨，舔舔吧，那冷雨"。更和先生一起感受"雨气空而迷幻，细细嗅嗅，清清爽爽新新，有一点点薄荷的香味，浓的时候，竟发出草和树沐发之后特有的淡淡土腥气，也许那竟是蚯蚓的蜗牛的腥气吧，毕竟是惊蛰了啊。也许地上的地下的生命也许古中国层层叠叠的记忆皆蠢蠢而蠕，也许是植物的潜意识和梦吧，那腥气”。

拥有清纯时光的每一个青年、少年，谁不想在一片无邪的光阴里，坐在相思树下，品饮乡愁四韵，手执一枚白玉苦瓜，欣欣然，做着那莲的联想。

编者

二〇二〇年春

目录

Part 3 读书 · 理趣

Part 4 生活 · 志趣

Part 5 行路 · 游记

PART 1 思乡·爱国

那年的秋季特别长，
一直拖到感恩节，
还不落雪。
事后大家都说，
那年的冬季，
也不像往年那么长，
那么严厉。
▼

望乡的牧神

那年的秋季特别长，一直拖到感恩节，还不落雪。事后大家都说，那年的冬季，也不像往年那么长，那么严厉。雪是下了，但不像那么深，那么频。幸好圣诞节的一场还积得够厚，否则圣诞老人就显得狼狈失措了。

那年的秋季，我刚刚结束了一年浪游式的讲学，告别了第三十三张席梦思，回到密歇根来定居。许多好朋友都在美国，但黄用和华苓在爱荷华，梨华远在纽约，一个长途电话能令人破产。咪咪手续未备，还阻隔半个大陆加一个海加一个海关。航空邮简是一种迟缓的箭，射到对海，火早已熄了，余烬显得特别冷。

那年的秋季，显得特别长。草，在渐渐寒冷的天气里，久久不枯。空气又干，又爽，又脆。站在下风的地方，可以嗅出树叶，满林子树叶散播的死讯，以及整个中西部成熟后的体香。中西部的秋季，是一场弥月不熄的野火，从浅黄到血红到暗赭到郁沉沉的浓栗，从爱荷华一直烧到俄亥俄，夜以继日以继夜地维持好几十郡的灿烂。云罗张在特别洁净的蓝虚蓝无上，白得特别惹眼。谁要用剪刀去剪，一定装满好几箩筐。

那年的秋季特别长，像一段雏形的永恒。我几乎以为，站在四围的秋色里，那种圆溜溜的成熟感，会永远悬在那里，不坠下来。终于一切瓜一切果都过肥过重了，从腴沃中升起来的仍垂向腴沃。每到黄昏，太阳也垂垂落向南瓜田里，红橙橙的，一只熟得不能再熟下去的，特大号的南瓜。日子就像这样过去。晴天之后仍然是晴天之后仍然是完整无憾饱满得不能再饱满的晴天，敲上去会敲出音乐来的稀金属的晴天。就这样微酩地饮着清醒的秋季，好怎么不好，就是太寂寞了。在西密歇根大学，开了三门课，我有足够的时间看书，写信。但更多的时间，我用来幻想，而且回忆，回忆在有一个岛上做过的有意义和无意义的事情，一直到半夜，到半夜以后。有些事情，曾经恨过的，再恨一次；曾经恋过的，再恋一次；有些无聊，甚至再无聊一次。一切都离我很久，很远。我不知道，我的寂寞应该以时间或空间为半径。就这样，我独自坐到午夜以后，看窗外的夜更黑，万籁俱死之中，听两颊的胡髭无赖地长着，应和着腕表巡回的秒针。

这样说，你就明白了。那年的秋季特别长。我不过是个客座教授，悠悠荡荡的，无挂无牵。我的生活就像一部翻译小说，情节不多，气氛很浓；也有其现实的一面，但那是异国的现实，不算数的。例如汽车保险到期了，明天要记得打电话给那家保险公司；公寓的邮差怪可亲的，圣诞节要不要送他件小礼品等等。究竟只是一部翻译小说，气氛再浓，只能当作一场逼真的梦罢了。而尤其可笑的是，读来读去。连一个女主角也不见。男主角又如此的无味。这部恶汉体的（picaresque）小说，应该是没有销路的。

不成其为配角的配角，倒有几位。劳悌芬便是其中的一位。在我教过的一百六十几个美国大孩子之中，劳悌芬和其他少数几位，大概会长久留在我的回忆里。一切都是巧合。有一个黑发的东方人，去到密歇根，恰巧会到那一个大学。恰巧那一年，有一个金发的美国青年，也在那大学里。恰巧金发选了黑发的课。恰巧谁也不讨厌谁。于是金发出现在那部翻译小说里。

那年的秋季，本来应该更长更长的。是劳悌芬，使它显得不那样长。劳悌芬，是我给金发取的中文名字。他的本名是 Stephen Cloud。一个姓云的人，应该是洒脱的。劳悌芬倒不怎么洒脱。他毋宁是有些腼腆的，不像班上其他的男孩，爱逗着女同学说笑。他也爱笑，但大半是坐在后排，大家都笑时他也参加笑，会笑得有些脸红。后来我才发现他是戴隐形眼镜的。

同时，秋季愈益深了。女学生们开始穿大衣来教室。上课的时候，掌大的枫树落叶，会簌簌叩打大幅的玻璃窗。我仍记得，那天早晨刚落过霜，我正讲到杜甫的“秋来相顾尚飘蓬”。忽然瞥见红叶黄叶之上，联邦的星条旗扬在猎猎的风中，一种摧心折骨的无边秋感，自头盖骨一直麻到十个指尖。有三四秒钟我说不出话来。但脸上的颜色一定泄露了什么。下了课，劳悌芬走过来，问我周末有没有约会。当我的回答是否定时，他说：

“我家在农场上，此地南去四十多英里。星期天就是万圣节了。如果你有兴致，我想请你去住两三天。”

所以三天后，我就坐在他西德产的小汽车右座，向南方出发了。十月底的一个半下午，小阳春停在最美的焦距上，湿度至小，能见度至大，风景呈现最清晰的轮廓。出了卡拉马如（Kalamazoo），密歇根南部的大平原抚得好空好阔，浩浩乎如一片陆海，偶然的农庄和丛树散布如列屿。在这样响当当的晴朗里，这样高速这样平稳地驰骋，令人幻觉是在驾驶游艇。一切都退得很远，腾出最开敞的空间，让你回旋。秋，确是奇妙的季节。每个人都幻觉自己像两万尺高的卷云那么轻，一大张卷云卷起来称一称也不过几磅。又像空气那么透明，连忧愁也是薄薄的，用裁纸刀这么一裁就裁开了。公路，像一条有魔术的白地毡，在车头前面不断舒展，同时在车尾不断卷起。

如是卷了二十几英里，西德的小车在一面小湖旁停了下来。密歇根原是千湖之州，五大湖之间尚有无数小泽。像其他的小泽一样，面前的这个湖蓝得染人肝肺。立在湖边，对着满满的湖水，似乎有一只幻异的蓝眼瞳在施术催眠，令人意识到一种不安的美。所以说秋是难解的。秋是一种不可置信而居然延长了这么久的奇迹，总令人觉得有点不安。就像此刻，秋色四面，上面是土耳其玉的天穹，下面是普鲁士蓝的清澄，风起时，满枫林的叶子滚动香熟的灿阳，仿佛打翻了一匣子的玛瑙。莫内和席思礼死了，印象主义的画面永生。

这只是刹那的感觉罢了。下一刻，我发现劳悌芬在喊我。他站在一株大黑橡下面。赤褐如焦的橡叶丛底，露出一间白漆木板钉成的小屋。走进去，才发现是一爿小杂货店。陈设古朴可笑，饶有殖民时期风味。西洋杉铺成的地板，走过时轧轧有声。这种小铺子在城市里是已经绝迹了。店主是一个满脸斑点的胖妇人。劳悌芬向她买了十几根红白相间的竿竿糖，满意地和我走出店来。

橡叶萧萧，风中甚有寒意。我们赶回车上，重新上路。劳悌芬把糖袋子递过来，任我抽了两根。糖味不太甜，有点薄荷在里面，嚼起来倒也津津可口。劳悌芬解释说：

“你知道，老太婆那家小店，开了十几年了，生意不好，也不关门。读初中起，我就认得她了，也不觉得她的糖有什么好吃。后来去卡拉马如上大学，每次回家，一定找她聊天，同时买点糖吃，让她高兴高兴。现在居然成了习惯，每到周末，就想起薄荷糖来了。”

“是蛮好吃。再给我一根。你也是，别的男孩子一到周末就约chic去了，你倒去看祖母。”

劳悌芬红着脸傻笑。过了一会儿，他说：

“女孩子麻烦。她们喝酒，还做好多别的事。”

“我们班上的好像都很乖。例如路丝——”

“嗯，满嘴的存在主义什么的，好烦。还不如那个老婆婆坦白！”

“你不像其他的美国男孩子。”

劳悌芬耸耸肩，接着又傻笑起来。一辆货车挡在前面，他一踩油门，超了过去。把一袋糖吃光，就到了劳悌芬的家了。太阳已经偏西。夕照正当红漆的仓库，特别显得明艳映颊。劳悌芬把车停在两层的木屋前，和他父亲的旅行车并列在一起。一个丰硕的妇人从屋里探头出来，大呼说：

“Steve！我晓得是你！怎么这样晚才回来！风好冷，快进来吧！”

劳悌芬把我介绍给他的父母和弟弟侯伯（Herbert）。终于大家在晚餐桌边坐定。这才发现，他的父亲不过五十岁，已然满头白发，可是白得整齐而洁净，反而为他清瘦的面容增添光辉。侯伯是一个很漂亮的、伶手俐脚的小伙子。但形成晚餐桌上暖洋洋的气氛的，还是他的母亲。她是一个胸脯宽阔、眸光亲切的妇人，笑起来时，启露白而齐的齿光，映得满座粲然。她一直忙着传递盘碟。看见我饮牛奶时狐疑的脸色，她说：

“味道有点怪，是不是？这是我们自己的母牛挤的奶，原奶，和超级市场上买到的不同。等会你再尝尝我们自己榨的苹果汁。”

“你们好像不喝酒。”我说。

“爸爸不要我们喝，”劳悌芬瞥了父亲一眼，“我们只喝牛奶。”

“我们是清教徒，”他父亲眯着眼睛说，“不喝酒，不抽烟。从我的祖父起就是这样子。”

接着他母亲站起来，移走满桌子残肴，为大家端来一碟碟南瓜饼。

“Steve，”他母亲说，“明天晚上汤普森家的孩子们说了要来闹节的。‘不招待，就作怪’，余先生听说过吧？糖倒是准备了好几包。就缺一盏南瓜灯。地下室有三四只空南瓜，你等会去挑一只雕一雕。我要去挤牛奶了。”

等他父亲也吃罢南瓜饼，起身去牛栏里帮他母亲挤奶时，劳悌芬便到地下室去。不久，他捧了一只脸盆大小的空干南瓜来，开始雕起假面来。他在上端先开了两只菱形的眼睛，再向中部挖出一只鼻子，最后，又挖了一张新月形的阔嘴，嘴角向上。接着他把假面推到我的面前，问我像不像。相了一会儿，我说：

“嘴好像太小了。”

于是他又把嘴向两边开得更大。然后他说：

“我们把它放到外面去吧。”

我们推门出去。他把南瓜脸放在走廊的地板上，从夹克的大口袋里掏出一截白蜡烛，塞到蒂眼里，企图把它燃起。风又急又冷，一吹，就熄了。徒然试了几次，他说：

“算了，明晚再点吧。我们早点睡。明天还要去打野兔子呢。”

第二天下午，我们果然背着猎枪，去打猎了。这在我说来，是有点滑稽的。我从来没有打猎的经验。军训课上，是射过几发子弹，但距离红心不晓得有好远。劳悌芬却兴致勃勃，坚持要去。

“上个周末没有回家。再上个周末，帮爸爸驾收割机收黄豆。一直没有机会到后面的林子里去。”

劳悌芬穿了一件粗帆布的宽大夹克，长及膝盖，阔腰带一束，显得五英尺十英寸上下的身材，分外英挺。他把较旧式的一把猎枪递给我，说：

“就凑合着用一下吧。一九五八年出品，本来是我弟弟用的。”看见我犹豫的脸色，他笑笑说：“放松一点。只要不向我身上打就行。很有趣的，你不妨试试看。”

我原有一肚子的话要问他。可是他已经领先向屋后的橡树林欣然出发了。我端着枪跟上去。两人绕过黄白相间的耿西牛群的牧地，走上了小木桥彼端的小土径，在犹青的乱草丛中蜿蜒而行。天气依然爽朗朗的晴。风已转弱，阳光不转瞬地凝视着平野，但空气拂在肌肤上，依然冷得人神志清醒，反应敏锐。舞了一天一夜的斑斓树叶，都悬在空际，浴在阳光金黄的好脾气中。这样美好而完整的静谧，用一发猎枪子弹给炸碎了，岂不是可惜。

“一只野兔也不见呢。”我说。

“别慌。到前面的橡树丛里去等等看。”

我们继续往前走。我努力向野草丛中搜索，企图在劳悌芬之前发现什么风吹草动；如此，我虽未必能打中什么，至少可以提醒我的同伴。这样想着，我就紧紧追上了劳悌芬。蓦地，我的猎伴举起枪来，接着耳边炸开了一声脆而短的骤响。一样毛茸茸的灰黄的物体从十几码外的黑橡树上坠了下来。

“打中了！打中了！”劳悌芬向那边奔过去。

“是什么？”我追过去。

等到我赶上他时，他正挥着枪柄在追打什么。然后我发现草坡下，劳悌芬脚边的一个橡树窟窿里，一只松鼠尚在抽搐。不到半分钟，它就完全静止了。

“死了。”劳悌芬说。

“可怜的小家伙。”我摇摇头。我一向喜欢松鼠。以前在爱荷华念书的时候，我常爱从红砖的古楼上，俯瞰这些长尾多毛的小动物，在修得平整的草地上嬉戏。我尤其爱看它们躬身而立，捧食松果的样子。劳悌芬捡起松鼠。它的右腿渗出血来，修长的尾巴垂着死亡。劳悌芬拉起一把草，把血斑拭去说：

“它掉下来，带着伤，想逃到树洞里去躲起来。这小东西好聪明。带回去给我父亲剥皮也好。”

他把死松鼠放进夹克的大口袋里，重新端起了枪。

“我们去那边的树林子里再找找看。”他指着半英里外的一片赤金和鲜黄。想起还没有庆贺猎人，我说：

“好准的枪法，刚才！根本没有看见你瞄准，怎么它就掉下来了。”

“我爱玩枪。在学校里，我还是预备军官训练队的上校呢。每年冬季，我都带侯伯去北部的半岛打鹿。这一向眼睛差了。隐形眼镜还没有戴惯。”

这才注意到劳悌芬的眸子是灰蒙蒙的，中间透出淡绿色的光泽。我们越过十二号公路。岑寂的秋色里，去芝加哥的车辆迅疾地扫过，曳着轮胎磨地的咝咝，和掠过你身边时的风声。一辆农场的拖拉机，滚着齿槽深凹的大轮子，施施然碾过，车尾扬着一面小红旗。劳悌芬对车上的老叟挥挥手。

“是汤普森家的丈人。”他说。

“车上插面红旗子干吗？”

“哦，是州公路局规定的。农场上的拖拉机之类，在公路上穿来穿去，开得太慢，怕普通车辆从后面撞上去。挂一面红旗，老远就看见了。”

说着，我们一脚高一脚低走进了好大一片刚收割过的田地。阡陌间歪歪斜斜地还留着一行行的残梗，零零星星的豆粒，落在干燥的土块里。劳悌芬随手折起一片豆荚，把荚剥开。淡黄的豆粒滚入了他的掌心。

“这是汤普森家的黄豆田。尝尝看，很香的。”

我接过他手中的豆子，开始尝起来。他折了更多的豆荚，一片一片地剥着。两人把嚼不碎的豆子吐出来。无意间，我哼起“高粱肥，大豆香，遍地黄金少灾殃……”

“嘿，那是什么？”劳悌芬笑起来。

“二次大战时大家都唱的一首歌……那时我们都是小孩子。”说着，我的鼻子酸了起来。两人走出了大豆田，又越过一片尚未收割的玉蜀黍。劳悌芬停下来，笑得很神秘。过了一会儿，他说：

“你听听看，看能听见什么。”

我当真听了一会儿。什么也没有听见。风已经很微。偶尔，玉蜀黍的干穗谷和邻株磨出一丝窸窣。劳悌芬的浅灰绿瞳子向我发出问询。

我茫然摇摇头。

他又阔笑起来。

“玉米田，多耳朵。有秘密，莫要说。”

我也笑起来。

“这是双关语，”他笑道，“我们英语管玉米穗叫耳朵，好多笑话都从它编起。”

接着两人又默然了。经他一说，果然觉得玉蜀黍秆上挂满了耳朵。成千的耳朵都在倾听，但下午的遗忘覆盖一切，什么也听不见。一枚硬壳果从树上跌下来，两人吓了一跳。劳悌芬俯身拾起来，黑褐色的硬壳已经干裂。

“是山胡桃呢。”他说。

我们继续向前走。杂树林子已经在面前。不久，我们发现自己已在树丛中了。厚厚的一层落叶铺在我们脚下。卵形而有齿边的是桦，瘦而多棱的是枫，橡叶则圆长而轮廓丰满。我们踏着千叶万叶已腐的，将腐的，干脆欲裂的秋季向更深处走去，听非常过瘾也非常伤心的枯枝在我们体重下折断的声音。我们似乎践在暴露的秋筋秋脉上。秋日下午那安静的肃杀中，似乎，有一些什么在我们里面死去。最后，我们在一截断树干边坐下来。一截合抱的黑橡树干，横在枯枝败叶层层交叠的地面，龟裂的老皮形成阴郁的图案，记录霜的齿印，雨的泪痕。黑眼眶的树洞里，覆盖着红叶和黄叶，有的仍有潮意。

两人靠着断干斜卧下来，猎枪搁在断柯的杈丫上。树影重重叠叠覆在我们上面，蔽住更上面的蓝穹。落下来的锈红蚀褐已经很多，但仍有很多的病叶，弥留在枝柯上面，犹堪支撑一座两丈多高的镶黄嵌赤的圆顶。无风的林间，不时有一张叶子飘飘荡荡地堕下。而地面，纵横的枝叶间，会传来一声不甚可解的窸窣，说不出是足拨的或是腹游的路过。

“你看，那是什么？”我转向劳悌芬。他顺着我指点的方向看去。那是几棵银桦树间一片凹下去的地面，里面的桦叶都压得很平。

“好大的坑。”我说。

“是鹿，”他说，“昨夜大概有鹿来睡过。这一带有鹿，如果你住在湖边，就会看见它们结队去喝水。”

接着他躺了下来，枕在黑皮的树干上，穿着方头皮靴的脚交叠在一起。他仰面凝视叶隙透进来的碎蓝色。如是仰视着，他的脸上覆盖着纷沓而游移的叶影，红的朦胧叠着黄的模糊。他的鼻梁投影在一边的面颊上，因为太阳已沉向西南方，被桦树的白干分割着的西南方，牵着一线金熔熔的地平。他的阔胸脯微微地起伏。

“Steve，你的家园多安静可爱。我真羡慕你。”

仰着的脸上漾开了笑容。不久，笑容静止下来。

“是很可爱啊，但不会永远如此。我可能给征到越南去。”

“那样，你去不去呢？”我说。

“如果征到我，就必须去。”

“你——怕不怕？”

“哦，还没有想过。美国的公路上，一年也要死五万人呢。我怕不怕？好多人赶着结婚。我同样地怕结婚。年纪轻轻的，就认定一个女孩，好没意思。”

“你没有女朋友吗？”我问。

“没有认真的。”

我茫然了。躺在面前的是这样的一个躯体，结实，美好，充溢的生命一直到指尖和趾尖。就是这样的一个躯体，没有爱过，也未被爱过，未被情欲燃烧过的一截空白。有一个东方人是他的朋友。冥冥中，在一个遥远的战场上，将有更多的东方人等着做他的仇敌。一个遥远的战场，那里的树和云从未听说过密歇根。

这样想着，忽然发现天色已经晚了。金黄的夕暮湮没了林外的平芜。乌鸦叫得原野加倍地空旷。有谁在附近焚烧落叶，空中漫起灰白的烟来，嗅得出一种好闻的焦味。

“我们回去吃晚饭吧。”劳悌芬说。

那年的秋季特别长，似乎，万圣节来得也特别迟。但到了万圣节，白昼已经很短了。太阳一下去，天很快就黑了。吃过晚饭，劳悌芬问我累不累。

“不累。一点儿也不累。从来没有像这样好兴致。”

“我们开车去附近逛逛去。”

“好啊——今晚不是万圣节前夕吗？你怕不怕？”

“怕什么？”劳悌芬笑起来，“我们可以捉两个女巫回来。”

“对！捉回来，要她们表演怎样骑扫帚！”

全家人都哄笑起来。劳悌芬和我穿上厚毛衫与夹克。推门出去，在寒战的星光下，我们钻进西德的小车。车内好冷，皮垫子冰人臀股，一切金属品都冰人肘臂。立刻，车窗上就呵了一层翳翳的雾气。车子上了十二号公路，速度骤增，成排的榆树向两侧急急闪避，白脚的树干反映着车首灯的光，但榆树的巷子外，南密歇根的平原罩在一件神秘的黑巫衣里。劳悌芬开了暖气。不久，我的膝头便感到暖烘烘了。

“今晚开车特别要小心，”劳悌芬说，“有些小孩子会结队到邻近的村庄去捣蛋。小孩子边走边说笑，在公路边上，很容易发生车祸。今年，警察局在报上提醒家长，不要让孩子穿深色的衣服。”

“你小时候有没有闹过节呢？”

“怎么没有？我跟侯伯闹了好几年。”

“怎么一个捣蛋法？”

“哦，不给糖吃的话，就用烂泥糊在人家门口。或在窗子上画个鬼，或者用粉笔在汽车上涂些脏话。”

“倒是蛮有意思的。”

“现在渐渐不作兴这样了。父亲总说，他们小时候闹得比我们还凶。”

说着，车已上了跨越大税路的陆桥。桥下的车辆四向来去地疾驶着，首灯闪动长长的光芒，向芝加哥，向陀里多。

“是印第安纳的超级税道。我家离州界只有七英里。”

“我知道。我在这条路上开过两次的。”

“今晚已经到过印第安纳了。我们回去吧。”

说着，劳悌芬把车子转进一条小支道，绕路回去。

“走这条路好些，”他说，“可以看看人家的节景。”

果然远处霎着几星灯火。驶近时，才发现是十几户人家。走廊的白漆栏杆上，皆供着点燃的南瓜灯，南瓜如面，几何形的眼鼻展览着布拉克和毕卡索[①]，说不清是恐怖还是滑稽。有的廊上，悬着骑帚巫的怪异剪纸。打扮得更怪异的孩子们，正在拉人家的门铃。灯火自楼房的窗户透出来，映出洁白的窗帷。

---

① 即毕加索。作品中一些外国人名、地名的译法与大陆不同，为保持作者的语言风格及特色，此部分内容未做改动。——编者注

接着劳悌芬放松了油门。路的右侧隐约显出几个矮小的人影。然后我们看出，一个是王，戴着金黄的皇冠，持着权杖，披着黑色的大氅。一个是后，戴着银色的后冕，曳着浅紫色的衣裳。后面一个武士，手执斧钺，不过四五岁的样子。我们缓缓前行，等小小的朝廷越过马路。不晓得为什么，武士忽然哭了起来。国王劝他不听，气得骂起来。还是好心的皇后把他牵了过去。

劳悌芬和我都笑起来。然后我们继续前进。劳悌芬哼起《出埃及》中的一首歌，低沉之中带点凄婉。我一面听，一面数路旁的南瓜灯。最后劳悌芬说：

“那一盏是我们家的南瓜灯了。”

我们把车停在铁丝网成的玉蜀黍圆仓前面。劳悌芬的母亲应铃来开门。我们进了木屋，一下子，便把夜的黑和冷和神秘全关在门外了。

“汤普森家的孩子们刚来过，”他的妈妈说，“爱弟装亚述王，简妮装贵妮薇儿，佛莱德跟在后面，什么也不像，连‘不招待，就作怪’都说不清楚。”

“表演些什么？”劳悌芬笑笑说。

“简妮唱了一首歌。佛莱德什么都不会，硬给哥哥按在地上翻了一个筋斗。”

“汤姆怎么没来？”

“汤姆吗？汤姆说他已经大了，不搞这一套了。”

那年的秋季特别长，似乎可以那样一直延续下去。那一夜，我睡在劳悌芬家楼上，想到很多事情。南密歇根的原野向远方无限地伸长，伸进不可思议的黑色的遗忘里。地上，有零零落落的南瓜灯。天上，秋夜的星座在人家的屋顶上电视的天线上在光年外排列百年前千年前第一个万圣节前就是那样的阵图。我想得很多，很乱，很不连贯。高粱肥。大豆香。从越战想到朝鲜战争想到多年的抗日战争。想冬天就要来了空中嗅得出雪来今年的冬天我仍将每早冷醒在单人床上。大豆香。想大豆在密歇根香着在印第安纳在俄亥俄香着的大豆在另一个大陆有没有在香着？劳悌芬是个好男孩我从来没有过弟弟。这部翻译小说，愈写愈长愈没有情节而且男主角愈益无趣，虽然气氛还算逼真。南瓜饼是好吃的，比苹果饼好吃些。高粱肥。大豆香。大豆香后又怎么样？我实在再也吟不下去了。我的床向秋夜的星空升起，升起。大豆香的下一句是什么？

那年的秋季特别长，所以说，我一整夜都浮在一首歌上。那些尚未收割的高粱，全失眠了。这么说，你就完全明白了，不是吗？那年的秋季特别长。

一九六六年十月二十四日追忆

听听那冷雨

惊蛰一过，春寒加剧。先是料料峭峭，继而雨季开始，时而淋淋漓漓，时而淅淅沥沥，天潮潮地湿湿，即使在梦里，也似乎把伞撑着。而就凭一把伞，躲过一阵潇潇的冷雨，也躲不过整个雨季。连思想也都是潮润润的。每天回家，曲折穿过金门街到厦门街迷宫式的长巷短巷，雨里风里，走入霏霏令人更想入非非。想这样子的台北凄凄切切完全是黑白片的味道，想整个中国整部中国的历史无非是一张黑白片子，片头到片尾，一直是这样下着雨的。这种感觉，不知道是不是从安东尼奥尼那里来的。不过那一块土地是久违了，二十五年，四分之一的世纪，即使有雨，也隔着千山万山，千伞万伞。二十五年，一切都断了，只有气候，只有气象报告还牵连在一起。大寒流从那块土地上弥天卷来，这种酷冷吾与古大陆分担。不能扑进她怀里，被她的裙边扫一扫吧，也算是安慰孺慕之情。

这样想时，严寒里竟有一点温暖的感觉了。这样想时，他希望这些狭长的巷子永远延伸下去，他的思路也可以延伸下去，不是金门街到厦门街，而是金门到厦门。他是厦门人，至少是广义的厦门人，二十年来，不住在厦门，住在厦门街，算是嘲弄吧，也算是安慰。不过说到广义，他同样也是广义的江南人，常州人，南京人，川娃儿，五陵少年。杏花春雨江南，那是他的少年时代了。再过半个月就是清明。安东尼奥尼的镜头摇过去，摇过去又摇过来。残山剩水犹如是。皇天后土犹如是。纭纭黔首纷纷黎民从北到南犹如是。那里面是中国吗？那里面当然还是中国永远是中国。只是杏花春雨已不再，牧童遥指已不再，剑门细雨渭城轻尘也都已不再。然则他日思夜梦的那片土地，究竟在哪里呢？

在报纸的头条标题里吗？还是香港的谣言里？还是傅聪的黑键白键马思聪的跳弓拨弦？还是安东尼奥尼的镜底勒马洲的望中？还是呢，故宫博物院的壁头和玻璃橱内，京戏的锣鼓声中太白和东坡的韵里？

杏花。春雨。江南。六个方块字，或许那片土就在那里面。而无论赤县也好神州也好中国也好，变来变去，只要仓颉的灵感不灭美丽的中文不老，那形象，那磁石一般的向心力当必然长在。因为一个方块字是一个天地。太初有字，于是汉族的心灵他祖先的回忆和希望便有了寄托。譬如凭空写一个“雨”字，点点滴滴，滂滂沱沱，淅沥淅沥淅沥，一切云情雨意，就宛然其中了。视觉上的这种美感，岂是什么 rain① 也好 pluie② 也好所能满足？翻开一部《辞源》或《辞海》，金木水火土，各成世界，而一入“雨”部，古神州的天颜千变万化，便悉在望中，美丽的霜雪云霞，骇

---

① 英文，指雨、雨水。——编者注
② 法文，指雨、雨水。——编者注

人的雷电霹雹[1]，展露的无非是神的好脾气与坏脾气，气象台百读不厌门外汉百思不解的百科全书。

听听，那冷雨。看看，那冷雨。嗅嗅闻闻，那冷雨。舔舔吧，那冷雨。雨在他的伞上这城市百万人的伞上雨衣上屋上天线上，雨下在基隆港在防波堤在海峡的船上，清明这季雨。雨是女性，应该最富于感性。雨气空濛而迷幻，细细嗅嗅，清清爽爽新新，有一点点薄荷的香味，浓的时候，竟发出草和树沐发后特有的淡淡土腥气，也许那竟是蚯蚓和蜗牛的腥气吧，毕竟是惊蛰了啊。也许地上的地下的生命也许古中国层层叠叠的记忆皆蠢蠢而蠕，也许是植物的潜意识和梦吧，那腥气。

第三次去美国，在高高的丹佛他山居了两年。美国的西部，多山多沙漠，千里干旱，天，蓝似盎格鲁-撒克逊人的眼睛，地，红如印第安人的肌肤，云，却是罕见的白鸟。落基山簇簇耀目的雪峰上，很少飘云牵雾。一来高，二来干，三来森林线以上，杉柏也止步，中国诗词里“荡胸生层云”，或是“商略黄昏雨”的意趣，是落基山上难睹的景象。落基山岭之胜，在石，在雪。那些奇岩怪石，相叠互倚，砌一场惊心动魄的雕塑展览，给太阳和千里的风看。那雪，白得虚虚幻幻，冷得清清醒醒，那股皑皑不绝一仰难尽的气势，压得人呼吸困难，心寒眸酸。不过要领略“白云回望合，青霭入看无”的境界，仍须回来中国。台湾湿度很高，最饶云气氤氲雨意迷离的情调。两度夜宿溪头，树香沁鼻，宵寒

---

① 在繁体字中，“云”和“电”是带“雨字头”的。——编者注

袭肘，枕着润碧湿翠苍苍交叠的山影和万籁都歇的岑寂，仙人一样睡去。山中一夜饱雨，次晨醒来，在旭日未升的原始幽静中，冲着隔夜的寒气，踏着满地的断柯折枝和仍在流泻的细股雨水，一径探入森林的秘密，曲曲弯弯，步上山去。溪头的山，树密雾浓，蓊郁的水汽从谷底冉冉升起，时稠时稀，蒸腾多姿，幻化无定，只能从雾破云开的空处，窥见乍现即隐的一峰半壑，要纵览全貌，几乎是不可能的。至少入山两次，只能在白茫茫里和溪头诸峰玩捉迷藏的游戏。回到台北，世人问起，除了笑而不答心自闲，故作神秘之外，实际的印象，也无非山在虚无之间罢了。云缭烟绕，山隐水迢的中国风景，由来予人宋画的韵味。那天下也许是赵家的天下，那山水却是米家的山水。而究竟，是米氏父子下笔像中国的山水，还是中国的山水上纸像宋画，恐怕是谁也说不清楚了吧？

雨不但可嗅，可观，更可以听。听听那冷雨。听雨，只要不是石破天惊的台风暴雨，在听觉上总是一种美感。大陆上的秋天，无论是疏雨滴梧桐，或是骤雨打荷叶，听去总有一点凄凉，凄清，凄楚，于今在岛上回味，则在凄楚之外，更笼上一层凄迷了。饶你多少豪情侠气，怕也禁不起三番五次的风吹雨打。一打少年听雨，红烛昏沉。两打中年听雨，客舟中，江阔云低。三打白头听雨在僧庐下，这便是亡宋之痛，一颗敏感心灵的一生：楼上，江上，庙里，用冷冷的雨珠子串成。十年前，他曾在一场摧心折骨的鬼雨中迷失了自己。雨，该是一滴湿漓漓的灵魂，窗外在喊谁。

雨打在树上和瓦上，韵律都清脆可听。尤其是铿铿敲在屋瓦上，那古老的音乐，属于中国。王禹偁在黄冈，破如椽的大竹为屋瓦。据说住在竹楼上面，急雨声如瀑布，密雪声比碎玉，而无论鼓琴，咏诗，下棋，投壶，共鸣的效果都特别好。这样岂不像住在竹筒里面，任何细脆的声响，怕都会加倍夸大，反而令人耳朵过敏吧。

雨天的屋瓦，浮漾湿湿的流光，灰而温柔，迎光则微明，背光则幽暗，对于视觉，是一种低沉的安慰。至于雨敲在鳞鳞千瓣的瓦上，由远而近，轻轻重重轻轻，夹着一股股的细流沿瓦槽与屋檐潺潺泻下，各种敲击音与滑音密织成网，谁的千指百指在按摩耳轮。“下雨了。”温柔的灰美人来了，她冰冰的纤手在屋顶拂弄着无数的黑键啊灰键，把晌午一下子奏成了黄昏。

在古老的大陆上，千屋万户是如此。二十多年前，初来这岛上，日式的瓦屋亦是如此。先是天暗了下来，城市像罩在一块巨幅的毛玻璃里，阴影在户内延长复加深。然后凉凉的水意弥漫在空间，风自每一个角落里旋起，感觉得到，每一个屋顶上呼吸沉重都覆着灰云。雨来了，最轻的敲打乐敲打这城市。苍茫的屋顶，远远近近，一张张敲过去，古老的琴，那细细密密的节奏，单调里自有一种柔婉与亲切，滴滴点点滴滴，似幻似真，若孩时在摇篮里，一曲耳熟的童谣摇摇欲睡，母亲吟哦鼻音与喉音。或是在江南的泽国水乡，一大筐绿油油的桑叶被啮于千百头蚕，细细琐琐屑屑，口器与口器咀咀嚼嚼。雨来了，雨来的时候瓦这么说，一片瓦说千亿片瓦说，说轻轻地奏吧沉沉地弹，徐徐地叩吧答答地打，间间歇歇敲一个雨季，即兴演奏从惊蛰到清明，在零落的坟上冷冷奏挽歌，一片瓦吟千亿片瓦吟。

在日式的古屋里听雨，听四月，霏霏不绝的黄梅雨，朝夕不断，旬月绵延，湿黏黏的苔藓从石阶下一直侵到他舌底，心底。到七月，听台风台雨在古屋顶上一夜盲奏，千寻海底的热浪沸沸被狂风挟来，掀翻整个太平洋只为向他的矮屋檐重重压下，整个海在他的蜗壳上哗哗泻过。不然便是雷雨夜，白烟一般的纱帐里听羯鼓一通又一通，滔天的暴雨滂滂沛沛扑来，强劲的电琵琶忐忐忑忑忐忑忑，弹动屋瓦的惊悸腾腾欲掀起。不然便是斜斜的西北雨斜斜，刷在窗玻璃上，鞭在墙上，打在阔大的芭蕉叶上，一阵寒濑泻过，秋意便弥漫日式的庭院了。

在日式的古屋里听雨，春雨绵绵听到秋雨潇潇，从少年听到中年，听听那冷雨。雨是一种单调而耐听的音乐是室内乐是室外乐，户内听听，户外听听，冷冷，那音乐。雨是一种回忆的音乐，听听那冷雨，回忆江南的雨下得满地是江湖下在桥上和船上，也下在四川在秧田和蛙塘下肥了嘉陵江下湿布谷咕咕的啼声。雨是潮潮润润的音乐下在渴望的唇上舐舐那冷雨。

因为雨是最最原始的敲打乐从记忆的彼端敲起。瓦是最最低沉的乐器灰蒙蒙的温柔覆盖着听雨的人，瓦是音乐的雨伞撑起。但不久公寓的时代来临，台北你怎么一下子长高了，瓦的音乐竟成了绝响。千片万片的瓦翩翩，美丽的灰蝴蝶纷纷飞走，飞入历史的记忆。现在雨下下来下在水泥的屋顶和墙上，没有音韵的雨季。树也砍光了，那月桂，那枫树，柳树和擎天的巨椰，雨来的时候不再有丛叶嘈嘈切切，闪动湿湿的绿光迎接。鸟声减了啾啾，蛙声沉了咯咯，秋天的虫吟也减了唧唧。二十世纪七十年代的台北不需要这些，一个乐队接一个乐队便遣散尽了。要听鸡叫，只有去《诗经》的韵里寻找。现在只剩下一张黑白片，黑白的默片。

正如马车的时代去后，三轮车的时代也去了。曾经在雨夜，三轮车的油布篷挂起，送她回家的途中，篷里的世界小得多可爱，而且躲在警察的辖区以外。雨衣的口袋越大越好，盛得下他的一只手里握一只纤纤的手。台湾的雨季这么长，该有人发明一种宽宽的双人雨衣，一人分穿一只袖子，此外的部分就不必分得太苛。而无论工业如何发达，一时似乎还废不了雨伞。只要雨不倾盆，风不横吹，撑一把伞在雨中仍不失古典的韵味。任雨点敲在黑布伞或是透明的塑胶伞上，将骨柄一旋，雨珠向四方喷溅，伞缘便旋成了一圈飞檐。跟女友共一把雨伞，该是一种美丽的合作吧。最好是初恋，有点兴奋，更有点不好意思，若即若离之间，雨不妨下大一点。真正初恋，恐怕是兴奋得不需要伞的，手牵手在雨中狂奔而去，把年轻的长发和肌肤交给漫天的淋淋漓漓，然后向对方的唇上颊上尝凉凉甜甜的雨水。不过那要非常年轻且激情，同时，也只能发生在法国的新潮片里吧。

大多数的雨伞想不会为约会张开。上班下班，上学放学，菜市来回的途中，现实的伞，灰色的星期三。握着雨伞，他听那冷雨打在伞上。索性更冷一些就好了，他想。索性把湿湿的灰雨冻成干干爽爽的白雨，六角形的结晶体在无风的空中回回旋旋地降下来，等须眉和肩头白尽时，伸手一拂就落了。二十五年，没有受故乡白雨的祝福，或许发上下一点白霜是一种变相的自我补偿吧。一位英雄，禁得起多少次雨季？他的额头是水成岩还是火成岩削成？他的心底究竟有多厚的苔藓？厦门街的雨巷走了二十年与记忆等长，一座无瓦的公寓在巷底等他，一盏灯在楼上的雨窗子里，等他回去，向晚餐后的沉思冥想去整理青苔深深的记忆。前尘隔海。古屋不再。听听那冷雨。

一九七四年春分之夜

思　蜀

一

在大型的中国地图册里，你不会找到“悦来场”这地方。甚至富勒敦加大教授许淑贞最近从北京寄赠的巨型《中华人民共和国国家普通地图集》，长五十一厘米，宽三十五厘米，足足五公斤之重，上面也找不到这名字。这当然不足为怪：悦来场本是四川省江北县[①]的一个芥末小镇，若是这一号的村镇全上了地图，那岂非芝麻多于烧饼，怎么容纳得下？但反过来说，连地图上都找不到，这地方岂不小得可怜？不，小得可爱，简直有点诗意了。刘长卿劝高僧“莫买沃洲山，时人已知处”，正有此意。抗战岁月，我的少年时代尽在这无图索骥的穷乡度过，可见“入蜀”之深。蜀者，属也。在我少年记忆的深处，我早已是蜀人，而在其最深处，悦来场那一片僻壤全属我一人。

所以有一天在美国麦克奈利版的《最新国际地图册》成渝地

---

① 今为重庆市渝北区。——编者注

区那一页，竟然，哎呀，找到了我的悦来场，真是喜出望外，似乎漂泊了半个世纪，忽然找到了定点可以落锚。小小的悦来场，我的悦来场，在中国地图里无迹可寻，却在外国地图里赫然露面，几乎可说是国际有名了，思之可哂。

二

从一九三八年夏天直到抗战结束，我在悦来场一住就是七年，当然不是去隐居，而是逃难，后来住定了，也就成为学生，几乎在那里度过整个中学时期。抗战的两大惨案，发生时我都靠近现场。南京大屠杀时，母亲正带着九岁的我随族人在苏皖边界的高淳县，也就是在敌军先头部队的前面，惊骇逃亡。重庆大轰炸时，我和母亲也近在二十公里外的悦来场，一片烟火烧艳了南天。

就是为避日机轰炸，重庆政府的机关纷纷迁去附近的乡镇，梁实秋先生任职的编译馆就因此疏散到北碚，也就是后来他写《雅舍小品》的现场。父亲服务的机关海外部把档案搬到悦来场，镇上无屋可租，竟在镇北五公里处找到了一座姓朱的祠堂，反正空着，就洽借了下来，当作办公室兼宿舍。八九家人搬了进去，拼凑着住下，居然各就各位，也够用了。

朱家祠堂的规模不小，建筑也不算简陋。整座瓦屋盖在嘉陵江东岸连绵丘陵的一个山顶，俯视江水从万山丛中滚滚南来，上游辞陕甘，穿剑阁，虽然千回百转，不得畅流，但一到合川，果然汇合众川浩荡而下，到了朱家祠堂俯瞰的山脚，一大段河身尽在眼底，流势壮阔可观。那滔滔的水声日夜不停，在空山的深夜尤其动听。遇到雨后水涨，浊浪汹汹，江面就更奔放，像急于去投奔长江的母怀。

祠堂的前面有一大片土坪，面江的一边是一排橘树，旁边还有一棵老黄葛树，盘根错节，矗立有三丈多高，密密的卵形翠叶庇荫着大半个土坪，成为祠堂最壮观的风景。驻守部队的班长削了一根长竹竿，一端钻孔，高高系在树顶，给我和其他顽童手攀脚缠，像猴子一般爬上爬下。

祠堂的厚木大门只能从内用长木闩闩上，进门也得提高脚后跟，才跨得过一尺高的民初门槛。里面是一个四合院子，两庑的厢房都有楼，成了宿舍。里进还有两间，正中则是厅堂，香案对着帷幕深沉牌位密集的神龛，正是华夏子孙慎终追远的圣殿，长保家族不朽。再进去又是一厅，拾级更上是高台，壁顶悬挂着“彝训增辉”的横匾。

这最内的一进有边门通向厢房，泥土地面，每扫一次就薄了一皮，上面放了两张床，大的给父母，小的给我。此外只有一张书桌两张椅子，一个衣柜。屋顶有一方极小的天窗，半明半昧。靠山坡的墙上总算有窗，要用一截短竹把木条交错的窗棂向上撑起，才能采光。窗外的坡道高几及窗，牧童牵牛而过，常常俯窥我们。

这样的陋室冬冷夏热，可以想见。照明不足，天色很早就暗下来了，所以点灯的时间很长。那是抗战的岁月，正是“非常时期，一切从简”。电线不到的僻壤，江南人所谓的“死乡下”，当然没有电灯。即连蜡烛也贵为奢侈，所以家家户户一灯如豆，灯台里用的都是桐油，而且灯芯难得多条。

半世纪后回顾童年，最难忘的一景就是这么一盏不时抖动的桐油昏灯，勉强拨开周围的夜色，母亲和我就对坐在灯下，一手戴着针箍，另一手握紧针线，向密实难穿的鞋底用力扎刺。我则捧着线装的《古文观止》，吟哦《留侯论》或是《出师表》。此时四野悄悄，但闻风吹虫鸣，尽管一灯如寐，母子脉脉相守之情却与夜同深。

但如此的温馨也并非永久。在朱家祠堂定居的第二年夏天，家人认为我已经十二岁，应该进中学了。正好十里外有一家中学，从南京迁校到“大后方”来，叫作南京青年会中学，简称青中。父亲陪我走了十里山路去该校，我以“同等学力”的资格参加入学考试。不久青中通知我已录取，于是独子生平第一次告别双亲，到学校去寄宿上学，开始做起中学生来。

三

从朱家祠堂走路去青中，前半段五里路是沿着嘉陵江走。先是山路盘旋，要绕过几个小丘，才落到江边踏沙而行。不久悦来场出现在坡顶，便要沿着青石板级攀爬上去。

四川那一带的小镇叫什么“场”的很多。附近就有蔡家场、歇马场、石船场、兴隆场等多处，想必都是镇小人稀，为了生意方便，习于月初月中定期市集，好让各行各业的匠人、小贩从乡下赶来，把细品杂货摆摊求售。四川人叫它作“赶场”。

悦来场在休市的日子人口是否过千，很成问题。取名“悦来”，该是《论语》“近者悦，远者来”的意思，蛮有学问的。镇上只有一条大街，两边少不了茶馆和药铺，加上一些日用必需的杂货店、五金行之类，大概五分钟就走完了。于是街尾就成了路头，背着江边，朝山里蜿蜒而去，再曲折盘旋，上下爬坡，五里路后便到青中了。

四

比起当年重庆那一带的名校，例如南开中学、求精中学、中大附中来，南京青年会中学并不出名，而且地处穷乡，离嘉陵江边也还有好几里路，要去上学，除了走路别无他途，所以全校的学生，把初、高中全加起来，也不过两百多人。

尽管如此，这还是一所好学校，不但办学认真，而且师资充实，加以同学之间十分亲切，功课压力适度，忙里仍可偷闲。老来回忆，仍然怀满孺慕，不禁要叫她一声：“我的母校！”

校园在悦来场的东南，附近地势平旷。大门朝西，对着嘉陵江的方向，门前水光映天，是大片的稻田。农忙季节，村人弯腰插秧，曼声忘情地唱起歌谣，此呼彼应，十分热闹。阴雨天远处会传来布谷咕咕，时起时歇，那喉音柔婉、低沉而带诱惑，令人分心，像情人在远方轻喊着谁。

校后的田埂阡陌交错，好像五柳先生随时会迎面走来，戴着斗笠。晚饭之后到晚自修前，是一天最逍遥最抒情的时辰。三五个同学顶着满天霞彩，踏着懒散的步调，哼着民谣或抗战歌曲，穿过阡陌之网，就走上了一条可通重庆的马路。行人虽然稀少，但南下北上，不时仍会遇见路客骑着小川马嗒嗒而来，马铃叮当，后面跟着吆喝的马僮。在没有计程车的年代，出门的经验不会比李白的“行路难”好到哪里去，有如此代步就要算方便的了。有时还会遇见小贩挑着一担细青甘蔗路过，问我们要不要比劈一下。于是大伙挑出瘦长的一根，姑且扶立在地上，说时迟，那时快，削刀狠命地朝下一劈，半根甘蔗便砉然中分，能劈到多长就吃多长。这一招对男生最有诱惑，若有女生围观，当然就更来劲。

以两百学生的规模而言，砖墙瓦顶的挑高校舍已经算体面而且舒适了。这显然曾是士绅人家的深院大宅，除了广庭高厅有台阶递升，一进更上一进之外，还有月洞边门把长廊引向厢房，雕花的窗棂对着石桥与莲池，便用来改成女生宿舍，男生只好止步，徒羡深闺了。

男生宿舍就没有这么好了，隔在第二进的楼上，把两间大房连成兵营似的通舱，对着内院的墙只有下半壁，上半空着，幸有宽檐伸出庇护，不消说冬天有多冷了。冬天夜长尿多，有些同学怕冷恋被，往往憋到天亮。有一个寒夜，邻床的莫之问把自身紧裹在棉被里，像条春卷，然后要我抽出他的腰带，把他脚跟的被角系个密不通风。我虽然比他还怕冷，倒不想采取这非常手段。

夏天更不好过，除了酷热之外，还得学周处除三害：苍蝇、蚊子、臭虫。臭虫之战最有规模，无一幸免。裸露的肉体是现成的美肴，盛暑的晚上正是臭族的良宵。先是有人梦中搔痒，床板在辗转反侧下吱嗝呻吟。继而愤然坐起，“格老子……龟儿子”地喃喃而诟。终于点起桐油灯盏，向上下铺的木架和床板，上下探照，察看敌情。这么一吵，大家都痒醒了，纷纷起来点灯备战，举室晃动着人影。臭虫虽是宵小之辈，潜逃之敏捷却是一流。木床的质料低劣，缝隙尤多，最容易包庇臭族。那些鼓腹掠食的吸血小鬼，六足纤纤，机警得恼人，一转入地下，就难追剿了。于是有人火攻，用桐油灯火去熏洞口，把木床熏得一片烟黑。有人水灌，找来开水兼烫兼淹。如是折腾了大半夜，仲夏夜之梦变成了仲夏夜之魇。

至于六间教室，则是石灰板壁加盖茅草屋顶搭成，乃真正的茅屋。每个年级分用一间，讲课之声则此呼彼应，沆瀣不分。如果哪位老师是大声公，就会惊动四邻，害得全校侧耳。

其实上午上到第四节课时，男生早已饿了，只盼大赦的下课铃响，老师一合书本，就会泄洪一般，冲出闸门。

当然是冲去饭厅了。两间饭厅相通，一大一小，男生倍于女生，坐在大间，女生则坐小间。训导主任则站在中分的高门槛上，兼顾两边。食时不准喧哗，食毕，男生要等女生鱼贯而出，横越而过，沿着长廊，消失在月洞门里。这是全校男生一览全校女生的紧张时刻，有些女孩会在群童睽睽的注目下不安地傻笑起来，男孩子则与邻座窃笑耳语。晚餐时，这一幕重演一次，但在解散前另有高潮。只因训导主任惯于此时唱名派信，孩子们都竖直耳朵，热切等待主任的大嗓门用南京口音喊出自己的名字。这时正是三十年代转入四十年代，世界上还没有电视，长期抗战的大后方，尤其在悦来场这种地带，连电话和收音机也都没有。每天能在晚霞余晖里收到一封信，总是令人兴奋的。如果一天接到两封，全校都会艳羡。

记得下午都不排课，即使排了，也只有一两节。到了半下午，四点钟左右吧，便有所谓“课外活动”，不是上体育课，便是赛球，那便是运动健将们扬威球场的时候了。孩子们兴高采烈，挟着篮球，向一里路外的罗家堡浩荡出发。到得球场，两队人马追奔逐球起来。文静的同学与球无缘，也跟去助阵，充当啦啦队，不然就索性爬到树上，读起旧小说或者翻译的帝俄时代名著来。我也在“树栖族”之列，往往却连《安娜·卡列妮娜》也无心翻看，却凝望着另一只大球，那火艳艳西沉的落日，在惜别的霞光与渐浓的暮霭里，颓然坠入乱山深处。

晚自修从八点到九点半，男生一律在大饭厅上。每人一盏桐油昏灯，一眼望去，点点黄晕映照着满堂圆颅，一律是乌发平顶，别有一种温馨闲逸的气氛。喧闹当然不准，喃喃私语、吃吃窃笑却此起彼落，真正在温课或做习题的实在不多。看书的，所看也多是闲书，包括新文学和外国作品的中译，甚至训导主任禁看的武侠小说。写信、记日记的也有。但最多的是在聚谈，而年轻的饥肠最难安抚，所以九点不到又觉得空了，便大伙画起“鸡脚爪”来，白吃的一位就收钱采购，得跑一趟贩卖部，抱一包花生糖、沙其马之类的回来。

大饭厅的外面有一株高大的银杏树，矗立半空，扇形的丛叶庇荫着校园，像一龛绿沁沁的祝福。整个校园的众生之中，他不但最为硕伟，也最为长寿，显然是清朝的遗老，这一户人家的沧桑荣辱，甚至嘉庆以来、乾隆以来的风霜与旱涝，都记录在他一圈圈年轮的古秘史里。记忆深处，晴天的每一轮红日都从他发际的朝霞里赫赫诞生，而雨天的层云厚积全靠他一肩顶住，一切风声都从他腋下刮起。一场风雨之后，孩子们必定怀着拾金一般的兴奋去他的脚下，一盒又一盒，争拣半圆不扁的美丽白果，好在晚自修时放到桐油灯上去烧烤。只等火候到了，剥地一声，焦壳迸裂，鲜嫩的果仁就香热可嚼了。美食天赐的乡下孩子，能算是命穷吗？

五

青中的良师不少，孙良骥老师尤其是良中之良。他是我们的教务主任，更是吃重的英文老师，教学十分认真，用功的学生敬之，偷懒的学生畏之，我则敬之、爱之，也有三分畏之。他毕业于金陵大学外文系，深谙英文文法，发音则清晰而又洪亮，他教的课你要是还听不明白，就只能怪自己笨了。从初一到高三，我的英文全是他教的，从启蒙到奠基，从发音、文法到修辞，都受益良多。当日如果没有这位严师，日后我大概还会做作家，至于学者，恐怕就无缘了。

孙老师身高不满五尺，才三十多岁，竟已秃顶了。中学生最欠口德，背后总喜欢给老师取绰号，很自然称他“孙光头”。我从不附和他们，就算在背后也不愿以此称呼。可是另一方面，孙老师脸色红润，精神饱满，步伐敏捷，说起话来虽然带点南京腔调，却音量充沛，句读分明。他和我都是四川本地同学所谓的“下江人”，意即长江下游来的外省人，更俚俗的说法便是“脚底下的人”。我到底是小孩，入川不久就已一口巴腔蜀调，可以乱真，所以同学初识，总会问我：“你是哪一县来的？”原则上当然已断定我是四川人了。孙老师却学不来川语，第一次来我们班上课，点到侯远贵的名，无人答应，显然迟到了。他再点一次，旁座的同学说：“他耍一下儿就来。”孙老师不悦说：“都上课了，怎么还在玩耍？”全班都笑起来，因为“耍一下儿”只是“等一下”的意思。

班上有位同学名叫石国玺，古文根底很好，说话爱“拗文言”，有“老夫子”之称。有一次他居然问孙老师：“‘目’英文怎么说？”孙老师说：“英文叫作 wood。”有同学知道他又在“拗文言”了，便对孙老师解释：“他不是问‘木头’，是问‘眼睛’怎么说。”全班大笑。

在孙老师长年的熏陶下，我的英文程度进步很快，到了高二那年，竟然就自己读起兰姆的《莎氏乐府本事》（Charles Lamb：*Tales from Shakespeare*）来了。我立刻发现，英国文学之门已为我开启一条缝隙，里面的宝藏隐约在望。几乎，每天我都要朗读一小时英文作品，顺着悠扬的节奏体会其中的情操与意境。高三班上，孙老师教我们读伊尔文的《李伯大梦》（*Rip Van Winkle*），课后我再三讽诵，直到流畅无阻，其乐无穷。更有一次，孙老师教到《李氏修辞学》，我一读到丁尼生的《夏洛之淑女》（*The Lady of Shalott*）这两句：

> And up and down the people go,
> Gazirng where the lilies blow...
> （而行人上上下下地往来，
> 凝望着是处有百合盛开）

便直觉必定是好诗，或许那时起缪思就进驻在我的心底了。

至于中国的古典诗词，倒不是靠国文课本读来，而是自己动手去找各种选集，向其中进一步选择自己钟情的作者；每天也是曼声吟诵，一任其音调沦肌浃髓，化为我自己的脉搏心律。当时我对民初的新诗并不怎么佩服，宁可取法乎上，向李白、苏轼去拜师习艺。这一些，加上古文与旧小说，对一位高中生说来，发轫已经有余了。在少年的天真自许里，我隐隐觉得自己会成为诗人，当然没料到诗途有如世途，将如是其曲折而漫长，甚至到七十岁以后还在写诗。

青中的同学里下江人当然不多，四川同学里印象最难磨灭的该是吴显恕。他虽是地主之子，却朴实自爱，全无纨绔恶习，性情在爽直之中蕴含着诙谐，说的四川俚语最逗我发噱。在隆重而无趣的场合，例如纪念周会上，那么肃静无声，他会侧向我的耳际幽幽传来一句戏言，戳破台上大言炎炎的谬处，令我要努力咬唇忍笑。

他家里藏书不少，线装的古籍尤多，常拿来校内献宝。课余我们常会并坐石阶，共读《西厢记》《断鸿零雁记》《婉容词》，至于陶然忘饥。有一次他抱了一叠线装书来校，神情有异，将我拖去一隅，给我看一本“禁书”。原来是大才子袁枚所写的武则天宫闱秽史，床笫之间如在眼前，尤其露骨。现在回想起来，这种文章袁枚是写得出来的。当时两个高中男生，对人道还半懵不懂，却看得心惊肉跳，生怕忽然被训导主任王芷湘破获，同榜开除，身败名裂。

又有一次，他从家中挟来了一部巨型的商务版《英汉大辞典》，这回是公然拿给我共赏的了。这种巨著，连学校的图书馆也未得购藏，我接过手来，海阔天空，恣意豪翻了一阵，真是大开了眼界。不久我当众考问班上的几位高才生：“英文最长的字是什么？”大家搜索枯肠，有人大叫一声说：“有了，extraterritoriality①！”我慢吞吞摇了摇头说：“不对，是 floccinaucinihilipilification②！”说罢更摊开那本《英汉大辞典》，郑重指证。从此我挟洋自重，无事端端会把那部番邦秘籍挟在腋下，施施然走过校园，幻觉自己的博学颇有分量。

另外一位同学袁可嘉却是下江人。我刚进青中时，他已经在高二班，还当了全校军训的大队长，显然是最有前途的高才生。他有一种独来独往、超然自得的灵逸气质，不但谈吐斯文，而且英文显然很好，颇得师长赏识，同学敬佩。

那时全校的寄宿生餐毕，大队长就要先自起立，然后喝令全

---

① 指治外法权。——编者注

② 指（对荣华富贵等的）轻蔑。——编者注

体同学“起立！”并转身向训导主任行礼，再喝令大家“解散！”我初次离家住校，吃饭又慢，往往最后停筷。袁大队长怜我年幼，也就往往等我放碗，才发“起立”之令。事后他会走过来，和颜悦色劝勉小学弟“要练习吃快一点”，使我既感且愧。

有了这么一位温厚儒雅的大学长，正好让我见贤思齐，就近亲炙。不料正如古人所说，他终非“池中物”，只在青中借读了一学期，就辗转考进了全中国最好的学府“西南联大”去了。

后来袁可嘉自己却得以亲炙冯至与卞之琳等诗坛前辈，成为四十年代追随艾略特、奥登等主知诗风的少壮前卫。一九四五年抗战胜利，我也追随青年会中学回到我的出生地南京，继续读完高三。那时袁可嘉已成为知名的诗人兼学者，屡在朱光潜主编的大公报《大公园》周刊上发表评论长文，令小学弟不胜钦仰。

五十二年后，当初在悦来场分手的两位同学，才在天翻地覆的战争与斗争之余，重逢于北京。在巴山蜀水有缘相遇，两个乌发平顶的少年头，都被无情的时光漂白了，甚至要漂光了。

而当年这位小学弟，十岁时从古夜郎之国攀山入蜀，十七岁又穿三峡顺流出川，水不回头人也不回头。直到半世纪后，子规不知啼过了几遍，小学弟早就变成了老诗人，才有缘从海外回川。但是这一次不是攀山南来，也并非顺流东下，而是自空而降，落地不是在嘉陵江口，而是在成都平原。但愿下次有缘回川，能重游悦来场那古镇，来江边的沙滩寻找，有无那黑发少年草鞋的痕迹。

二〇〇年五月三日

走过洛阳桥

我生于南京，但祖籍是福建永春，应为广义的泉州人，六岁时也曾随父母回去永春，住过半年。两岸三通以来，曾于二〇〇三和二〇〇四年回去两次，却都未能踏上泉州的千年石梁洛阳桥，深以为憾。小时候常听父亲提起洛阳桥，印象很深。二〇〇三年八月，已经到了古桥南端，不胜孺慕与怀古，却因溽暑难当，放弃横越。上月第三次去泉州，行前扬言，未竟之渡必将实践，所以四月二十二日，也就是返泉次日上午，在媒体热烈簇拥之下，终于踏上了北宋书法大家，亦即当时泉州太守蔡襄所建的洛阳桥。那天薄阴，细雨初歇，正宜放足踏春。尽管人多口杂，镜头焦聚，我却始终慑住心神，不忘计数，抵达北岸的桥头时，大叫一声："一〇六〇步！"

这距离，以我的脚程计算，大约是半公里，长度相当于布拉格的查理大桥（Charles Bridge）和莫斯科的红场。查理大桥和红场在国际上也许更有名，但洛阳桥更贴近我的心，我的梦，一半是因为常听父亲说起，一半是因为名字是洛阳，正如泉州又叫作晋江。

中国之大，有的是长桥、古桥，但其中另有一座同样更直通吾心，连接吾梦。那便是卢沟桥。这三个字压在我心头的重量，等于整整八年的抗战，压扁了我的童年。卢沟桥全以白石砌成，虽然只有四百四十米，但桥宽十七米，雕柱石狮，气象宏伟，难怪马可波罗要叹为观止。也因此西方人叫它作 Marco Polo Bridge。但桥名马可波罗，却无法直通吾心。

所以桥之为物，不但存在于空间，有其长度、宽度与高度，更存在于时间，有其历史的沧桑。在《桥跨黄金城》一文中我说过："以桥为鞍，骑在一匹河的背上。河乃时间之隐喻，不舍昼夜，又为逝者之别名。然而逝去的是水，不是河。自其变者而观之，河乃时间；自其不变者而观之，河又似乎永恒。桥上人观之不厌的，也许就是这逝而犹在、常而恒迁的生命。而桥，两头抓住逃不走的岸，中间放走抓不住的河，这件事的意义，形而上的可供玄学家去苦思，形而下的不妨任诗人来歌咏。"

二〇〇四年八月，我站在桥头，虽因酷热而未能上桥，却感叹此桥阅人之多而留下了四行绝句。今年果真走完了长桥，就不能只用这四行向泉州人交差了，所以终于将它续完，写成了一首四十行的整诗，了却一桩心愿。当初的四行是：

刺桐花开了多少个春天？
东西塔还要对望多少年？
多少人走过了洛阳桥？
多少船开出了泉州湾？

二〇一一年五月十八日

当我死时

当我死时，葬我，在长江与黄河
之间，枕我的头颅，白发盖着黑土
在中国，最美最母亲的国度
我便坦然睡去，睡整张大陆
听两侧，安魂曲起自长江，黄河
两管永生的音乐，滔滔，朝东
这是最纵容最宽阔的床
让一颗心满足地睡去，满足地想
从前，一个中国的青年曾经
在冰冻的密歇根向西瞭望
想望透黑夜看中国的黎明
用十七年未餍中国的眼睛
饕餮地图，从西湖到太湖
到多鹧鸪的重庆，代替回乡

一九六二年二月二十四日

民　　歌

传说北方有一首民歌
只有黄河的肺活量能歌唱
从青海到黄海
　风　也听见
　沙　也听见

如果黄河冻成了冰河
还有长江最最母性的鼻音
从高原到平原
　鱼　也听见
　龙　也听见

如果长江冻成了冰河
还有我，还有我的红海在呼啸
从早潮到晚潮
　醒　也听见

　梦　也听见

有一天我的血也结冰
还有你的血他的血在合唱
从 A 型到 O 型
　哭　也听见
　笑　也听见

一九七一年十二月十八日

乡　　愁

小时候
乡愁是一枚小小的邮票
我在这头
母亲在那头

长大后
乡愁是一张窄窄的船票
我在这头
新娘在那头

后来啊
乡愁是一方矮矮的坟墓
我在外头
母亲在里头

而现在

乡愁是一湾浅浅的海峡

我在这头

大陆在那头

一九七二年一月二十一日

乡愁四韵

给我一瓢长江水啊长江水
酒一样的长江水
醉酒的滋味
是乡愁的滋味
给我一瓢长江水啊长江水

给我一张海棠红啊海棠红
血一样的海棠红
沸血的烧痛
是乡愁的烧痛
给我一张海棠红啊海棠红

给我一片雪花白啊雪花白
信一样的雪花白
家信的等待
是乡愁的等待

给我一片雪花白啊雪花白

给我一朵腊梅香啊腊梅香
　　母亲一样的腊梅香
　　母亲的芬芳
　　是乡土的芬芳
给我一朵腊梅香啊腊梅香

一九七四年三月

PART 2 / 心灵·情感

在父亲的眼里，
女儿最可爱的时候是在十岁以前，
因为那时她完全属于自己。
在男友的眼里，
最可爱的时候却在十七岁以后，
因为这时她正像毕业班的学生，
已经一心向外了。

▶

焚 鹤 人

一连三个下午，他守在后院里那丛月季花的旁边，聚精会神做那只风筝。全家都很兴奋。全家，那就是说，包括他、雅雅、真真和佩佩。一放学回家，三个女孩子等不及卸下书包，立刻奔到后院里来，围住工作中的爸爸。三个孩子对这只能飞的东西寄托了很高的幻想，它已经成为她们的话题，甚至争论的中心。对于她们，这件事的重要性不下于太阳神八号的访月之行，而爸爸，满身纸屑，左手糨糊、右手剪刀的那个爸爸，简直有点太空人的味道了。

可是他的兴奋，是记忆，而不是展望。记忆里，有许多云、许多风，许多风筝在风中升起。至渺至茫，逝去的风中逝去那些鸟的游伴，精灵的降落伞，天使的驹。对于他，童年的定义是风筝加上舅舅加上狗和蟋蟀。最难看的天空，是充满月光和轰炸机的天空。最漂亮的天空，是风筝季的天空。无意间发现远方的地平线上浮着一只风筝，那感觉，总是令人惊喜的。只要有一只小小的风筝，立刻显得云树皆有情，整幅风景立刻富有牧歌的韵味。如果你是孩子，那惊喜必然加倍。如果那风筝是你自己放上天去的，而且越放越高，风力越强，那种胜利的喜悦，当然也就加倍亲切而且难忘。他永远忘不了在四川的那几年。丰硕而慈祥的四川，山如摇篮水如奶，取之不尽，用之不竭。

那时他当然不至于那么小，只是在记忆中，总有那种感觉。那是第二次世界大战期间，西半球的天空、东半球的天空，机群比鸟群更多。他在高高的山国上，在宽阔的战争之边缘仍有足够的空间，做一个孩子爱做的梦。“男孩的意向是风的意向，少年时的思想是长长的思想。”少年爱做的事情，哪一样，不是梦的延长呢？看地图，是梦的延长。看厚厚的翻译小说，喃喃咀嚼那些多音节的奇名怪姓，是梦的延长。放风筝也是。他永远记得那山国高高的春天。嘉陵江在千崎万崎里寻路向南，好听的水声日夜流着，吵得好静好好听，像在说：“我好忙，扬子江在山那边等我，猿鸟在三峡，风帆在武昌，运橘柑的船在洞庭，等我，海在远方。”春天来时总是那样冒失而猛烈，使人大吃一惊。怎么一下子田里喷出那许多菜花，黄得好放肆，香得好恼人，满田的蜂蝶忙得像加班。邻村的野狗成群结队地跑来追求它们的阿花，害得又羞又气的大人挥舞扫帚去打散它们。细雨霏霏的日子，雨气幻成白雾，从林木蓊郁的谷中冉冉蒸起。杜鹃的啼声里有凉凉的湿意，一声比一声急，连少年的心都给拧得紧紧的好难受。

而最有趣的，该是有风的晴日了。祠堂后面有一条山路，蜿蜒上坡，走不到一刻钟，就进入一片开旷的平地，除了一棵盘根错节的老黄果树外，附近什么杂树也没有。舅舅提着刚完工的风筝，一再嘱咐他起跑的时候要持续而稳定，不能太骤、太快。他的心扑扑地跳，禁不住又回头去看那风筝。那是一只体貌清奇、风神潇洒的白鹤，绿喙赤顶，缟衣大张如氅。翼展怕不止六尺，下面更曳着两条长足。舅舅高举白鹤，双翅在暖洋洋的风中颤颤扑动。终于"一——二——三——"他拼命向前奔跑。不到十码，麻绳的引力忽然松弛，也就在同时，舅舅的喝骂在背后响起。舅舅追上来，一边检视落地的鹤有没有跌伤，一边怪他太不小心。再度起跑时，他放慢了脚步，不时回顾，一边估量着风力，一边慢慢地放线。舅舅迅疾地追上来，从他手中接过线球，顺着风势把鹤放上天去。线从舅舅两手勾住的筷子上直滚出去，线球辘辘地响。舅舅又拽线跑了两次，终于在平岗顶上站住。那白鹤羽衣蹁跹，扶摇直上，长足在风中飘扬，他兴奋得大嚷，从舅舅手中抢回线去。风力越来越强，大有跟他拔河的意思。好几次，他以为自己要离地飞起，吓得赶快还给了舅舅。舅舅把线在黄果树枝上绕了两圈，将看守的任务交给老树。

"飞得那样高？"四岁半的佩佩问道。

"废话！"真真瞪了她一眼，"爸爸做的风筝怎么会飞不高？真是！"

"又不是爸爸的舅舅飞！是爸爸的舅舅做的风筝！你真是笨屁瓜！"十岁的雅雅也纠正她。

"你们再吵，爸爸就不做了！"他放下剪刀。

小女孩们安静下来。两只黄蝴蝶绕着月季花丛追逐。隔壁有人在练钢琴，柔丽的琴音在空中回荡。阿眉在厨房里煎什么东西，满院子都是葱油香。忽然佩佩又问："后来那只鹤呢？"

后来那只风筝呢？对了，后来，有一次，那只鹤挂在树梢上，不上不下，一扯，就破了。他掉了几滴泪，舅舅也很怅然。他记得当时两人怔怔站在那该死的树下，久久无言。最后舅舅解嘲说：“鹤是仙人的坐骑，想是我们的这只鹤终于变成灵禽，羽化随仙去了。”第二天舅甥俩黯然曳着它的尸骸去秃岗顶上，将它焚化。一阵风来，黑灰漫天飞扬，带点名士气质的舅舅一时有些感慨，朗声吟起几句赋来。当时他还是高小的学生，不知道舅舅吟的是什么，后来年纪大些，每次念到“黄鹤一去不复返，白云千载空悠悠”，他就会想起自己的那只白鹤。因为那是他少年时唯一的风筝。当时他曾缠住舅舅，要舅舅再给他做一只。舅舅答应是答应了，但不晓得为什么，自从那件事后，似乎意兴萧条，始终没有再为他做。人生代谢，世事多变，一个孩子少了一只风筝，又算得了什么呢？不久他去十五里外上中学，寄宿在校中，不常回家，且换了一批朋友，也就把这件事渐渐淡忘了。等到他年纪大得可以欣赏舅舅那种亭亭物外的风标和舅舅发表在刊物上但始终不会结集的十几篇作品时，舅舅却已死了好几年了。舅舅死于飞机失事。那年舅舅才三十出头，从香港乘飞机去美国，正待一飞冲天，游乎云表，却坠机焚伤致死。

“后来那只鹤——就烧掉了。”他说。

三个小女孩被妈妈叫进屋里去吃煎饼。他一个人留在院子里继续工作。三天来他一直在糊制这只鹤，禁不住要一一追忆当日他守望舅舅工作时的那种热切心情。他希望，凭着自己的记忆，能把眼前这只风筝做得跟舅舅做的那只一模一样。也许这愿望在他的心底已经潜伏了二十几年了。他深切感到，每一个孩子至少应该有一只风筝，在天上，云上，鸟上。他，朦朦胧胧感到，眼前这只风筝一定要做好，要飞得高且飞得久，这样，才对得起三个孩子，和舅舅，和自己。当初舅舅为什么要做一只鹤呢？他一面工作，一面这样问自己。他想，舅舅一定向他解释过的，只是他年纪太小，也许不懂，也许不记得了。他很难决定：放风筝的人应该是哲学家，还是诗人？这件事，人做一半，风做一半，谋事在人，成事在天。表面上，人和自然是对立的，因为人要拉住风筝，而风要推走风筝，但是在一拉一推之间，人和自然的矛盾竟形成新的和谐。这种境界简直有点形而上了。但这种经验也是诗人的经验，他想。一端是有限，一端是无垠。一端是微小的个人，另一端，是整个宇宙，是整个太空的广阔与自由。你将风筝，不，自己的灵魂放上去，放上去，上去，更上去，去很冷很透明的空间，鸟的青衢云的千叠蜃楼和海市，最后，你的感觉是和天使在通电话，和风在拼合，和迷迷茫茫的一切在心神交驰。这真是最最快意的逍遥游了。而这一切神秘感和超自然的经验，和你仅有一线相通，一瞬间，分不清是风云攫去了你的心，还是你掳获了长长的风云，而风云固仍在天上，你仍然立在地上。你把自己放出去，你把自己收回来，你是诗人。

太阳把金红的光收了回去。月季花影爬满他一身。弄琴人已经住手。有鸟雀飞回高挺的亚历山大椰顶，似在交换航行的什么经验。啾啾啭啭，叽叽喳喳？黄昏流行的就是这种多舌的方言，鸟啊鸟啊他在心里说，明天在蓝色方场上准备欢迎我这只鹤吧。

终于走到了河堤上，他和女孩子们。三个小女孩尤其兴奋。早餐桌上，她们已经为这件事争论起来。真真说，她要第一个起跑。雅雅说真真才七岁，拉不起这么大的风筝。一路上小佩佩也嚷个不停，要爸爸让她拿风筝。她坚持说，昨夜她做了一个梦，梦见自己一个人把风筝"放得比气球还高"。

"你人还没有风筝高，怎么拿风筝？不要说放了。"他说。

"我会嘛！我会嘛！"四月底的风吹起佩佩的头发，像待飞的翅膀。半上午的太阳在她多雀斑的小鼻子上蒸出好些汗珠子。迎着太阳她直眨眼睛。星期天，河堤车辆很少。从那边违建的小木屋里，来了两个孩子，跟在风筝后面，眼中充满羡慕的神色。男孩有十二三岁，平头，穿一双木屐。女孩只有六七岁的样子，两条辫子翘在头上。他举着那只白鹤，走在最前面。绿喙赤冠、玄裳、缟衣，下面垂着两条细长的腿，除了张开的双翼稍短外，这只白鹤和他小时候的那只几乎完全一样。那就是说隔了二十多年，如果他没有记错的话。

"雅雅，"他说，"你站在这里，举高一点。不行，不行，不能这样拿。对了，就像这样。再高一点。对了。我数到三，你就放手。"

他一面向前走，一面放线。走了十几步，他停下来，回头看着雅雅。雅雅正尽力高举白鹤。鹤首昂然，车轮大的翅膀在河风中跃跃欲起，佩佩就站在雅雅身边。一瞬间，他幻觉自己就是舅舅，而站在风中稚髫飘飘的那个热切的孩子，就是二十多年前的自己。握着线，就像握住一端的少年时代。他在心中默祷说："这只鹤献给你，舅舅，希望你在那一端能看见。”

然后他大声说：“一——二——三！”便向前奔跑起来，然后他听见雅雅和真真在背后大声喊他，同时手中的线也松下来。他回过头去，白鹤正歪七扭八地倒栽落地。他跑回去。真真气急败坏地迎上来，手里拽着一只鹤腿。

“一只腿掉了！一只腿掉了！”

“怎么搞的？”他说。

“佩佩踩在鸟的脚上！”雅雅惶恐地说，“我叫她走开，她不走！”

“姐姐打我！姐姐打我！”佩佩闪着泪光。

“叫你举高点嘛，你不听！”他对雅雅说。

“人家手都举酸了。佩佩一直挤过来。”

“这好了。成了个独脚鹤。这怎么飞得起来！”他不悦地说。

“我回家去拿胶纸好了。”真真说。

“那么远！路上又有车。你一个人不能——”

“我们有糨糊。”看热闹的男孩说。

“不行，糨糊一下子干不了。雅雅，你的发夹给爸爸。”他把断腿夹在鹤腹上。他举起风筝。大白鹤在风中神气地昂首，像迫不及待要乘风而去。三个女孩拍起手来。佩佩泪汪汪地笑起来，违建户的两个孩子也张口傻笑。“这次该你跑，雅雅。”他说，“听我数到三就跑。慢慢跑，不要太快。”雅雅兴奋得脸都红了。她牵着线向前走，其他的孩子跟上去。

“好了好了。大家站远些！雅雅小心啊！一——二——三！”

他立刻放开手。雅雅果然跑了起来。没有十几步，白鹤已经飘飘飞起。他立刻追上去。忽然窜出一条黄狗，紧贴在雅雅背后追赶，一面兴奋地吠着。雅雅吓得大叫爸爸。正惊乱间，雅雅绊到了什么，一跤跌了下去。

他厉声斥骂那黄狗，一面赶上去，扶起雅雅。

“不要怕，不要怕，爸爸在这里，我看看呢。膝盖头擦破一点儿皮。不要紧，回去擦一点红药水就好了。”

几个小孩合力把黄狗赶走，这时，都围拢来看狼狈的雅雅。佩佩还在骂那只“臭狗”。

“你这个烂臭狗！我教我们的大鸟来把你吃掉！”真真说。

“傻丫头，叫什么东西！这次还是爸爸来跑吧。”说着他捡起地上的风筝和滚在一旁的线球。左边的鹤翅拴在一丝野草上，钩了一个小洞。幸好出事的那只腿还好好地别在鹤身上。

“姐姐跌痛了，我来拿风筝。”真真说。

“好吧。举高点，对了，就这样。佩佩让开！大家都走开些！我要跑了！”

他跑了一段路，回头看时，那白鹤平稳地飞了起来，两只黑脚荡在半空。孩子们拍手大叫。他再向前跑了二三十步，一面放出麻绳。风力加强，那白鹤很潇洒地向上飞升，愈来愈高，愈远，也愈小。孩子们高兴得跳起来。

“爸爸，让我拿拿看！”佩佩叫。

“不行！该我拿！”真真说。

“你们不会拿的。”他把线球举得高高的，“手一松，风筝不晓得要飞到哪里去了。”

忽然孩子们惊呼起来。那白鹤身子一歪，一条细长而黑的东西悠悠忽忽地掉了下来。

“腿又掉了！腿又掉了！”大家叫。接着那风筝失神落魄地向下坠落。他拉着线向后急跑，竭力想救起它。似乎，那白鹤也在垂死挣扎，像四月的风。

“挂在电线上了！糟了！糟了！”大家嚷成一团，一面跟着他向水田的那边冲去，野外激荡着人喊声、狗叫声。几个小孩子挤在狭窄的田埂上，情急地嘶喊着，绝望地指着倒悬的风筝。

“用劲儿一拉就下来了，爸爸！”

“不行不行！你没看它缠在两股电线中间去了？一拉会破的。”

“会掉到水里去的。”雅雅说。

“你这个死电线！”真真哭了起来。

他站在田埂上，茫然握着松弛的线，看那狼狈而褴褛的负伤之鹤倒挂在高压线上，仅有的一只脚倒折过来，覆在破翅上面。那样子又悲惨又滑稽。

“死电线！死电线！”佩佩附和着姐姐。

“该死的电线！我把你一起剪断！”真真说。

“没有了电线，你怎么打电话、看电视——”

“我才不要看电视，我要放风筝！”

这时，田埂上、河堤上、草坡上，竟围来了十几个看热闹的路人。也有几个是从附近的违建户中闻声赶来。最早的那个男孩子，这时拿了一根晒衣服的长竹竿跑了来。他接过竹竿，踮起脚尖试了几次，始终够不到风筝。忽然，他感到失去了平衡，接着身体一倾，左脚猛向水田里踩去。再拔出来时，裤脚管、袜子、鞋子全浸了水和泥。三个女孩子惊叫一声，向他跑来。到了近处，看清他落魄的样子，真真忽然笑出声来。雅雅忍不住也笑起来，一面叫：

“哎呀，你看这个爸爸！看爸爸的裤子！”接着佩佩也笑得拍起手来，看热闹的路人全笑起来，引得草坡上的黄狗汪汪而吠。

“笑什么！有什么好笑的！”他气得眼睛都红了。雅雅、真真、佩佩吓了一跳，立刻止住了笑。他拾起线球，大喝一声“下来！”使劲儿一扯那风筝。只听见一阵纸响，那白鹤飘飘忽忽地栽向田里。他拉着落水的风筝，施刑一般跑上坡去。白鹤曳着褴褛的翅膀，身不由己地在草上颠倒扑打，纸屑在风中扬起，落下。到了堤上，他把残鹤收到脚边。

“你这该死的野鸟，”他暴戾地骂道，“我看你飞到哪里去！”他举起泥浆浓重的脚，没头没脑地向白鹤踩去，一面踩，一面骂，踩完了，再狠命地猛踢一脚，鹤尸向斜里飞了起来，然后木然倒在路边。“回家去！”他命令道。

三个小女孩惊得呆在一旁，满眼闪着泪水。这时才忽然醒来。雅雅捡起面目全非的空骸，真真捧着纠缠的线球，佩佩牵着一只断腿，三个女孩子垂头丧气地跟在余怒犹炽的爸爸后面，任旁者似笑非笑。

午餐桌上没有一个人说话，只有碗碟和匙箸相触的声音。女孩们都很用心地吃饭，连佩佩也很文静地在喝汤。这情形，和早餐桌上的兴奋与期待，形成了强烈的对比。幸好妈妈不在家吃午饭，这种反常的现象，不需要向谁解释。三个孩子的表情都很委屈。真真泪痕犹在，和尘土混凝成一条污印子。雅雅的脸也没有洗，头发上还沾着几茎草叶和少许泥土。这才想起，她的膝盖还没有搽药水。佩佩的鼻子上布满了雀斑和汗珠。她显然在想刚才的一幕，显然有许多问题要问，但不敢提出来，只能转动她长睫毛下的灵珠，扫视墙角。顺着她的眼光看去，他看见那具已经支离残缺的鹤尸僵倚在墙角的阴影里。他的心中充满了歉疚和懊悔。破坏和凌虐带来的猛烈快感，已经舍他而去。在盛怒的高潮，他觉得理直气壮，可以屠杀所有的天使。但继之而来的是迟钝的空虚。那鹤尸，那一度有生命有灵性的鹤骨，将从此弃在阴暗的一隅，任蜘蛛结网，任蚊蝇休息，任蟑螂与壁虎与鼠群穿行于肋骨之间？伤害之上，岂容再加侮辱？

他放下筷子，推椅而起。

“跟爸爸来。”他轻轻说。

他举起鹤尸。他缓缓走进后院。他将鹤尸悬在一株月桂树上。他点起火柴，鹤身“轰”的一下烧了起来。然后是左翼，然后是熊熊的右翼。然后是仰睨九天的鹤首。女孩儿们的眼睛反映着火光。飞扬的黑灰白烟中，他闭起眼睛。

“原谅我，白鹤。原谅我，舅舅。原谅我，原谅无礼的爸爸。”

“爸爸在念什么呢？”真真轻轻问雅雅。

“我要放风筝。”佩佩说，“我要放风筝。”

“爸爸，再做一只风筝，好不好？”

他没有回答，他不知道该怎么回答才好。他不知道线的彼端究竟是什么。他望着没有风筝的天空。

一九六九年元旦

我的四个假想敌

二女幼珊在港参加侨生联考，以第一志愿分发台大外文系。听到这消息，我松了一口气，从此不必担心四个女儿通通嫁给广东男孩了。

我对广东男孩当然并无偏见，在港六年，我班上也有好些可爱的广东少年，颇讨老师的欢心，但是要我把四个女儿全部让那些“靓仔”“叻仔”掳掠了去，却舍不得。不过，女儿要嫁谁，说得洒脱些，是她们的自由意志，说得玄妙些呢，是姻缘，做父亲的又何必患得患失呢？何况在这件事上，做母亲的往往位居要冲，自然而然成了女儿的亲密顾问，甚至亲密战友，作战的对象不是男友，却是父亲。等到做父亲的惊醒过来，早已腹背受敌，难挽大势了。

在父亲的眼里，女儿最可爱的时候是在十岁以前，因为那时她完全属于自己。在男友的眼里，她最可爱的时候却在十七岁以后，因为这时她正像毕业班的学生，已经一心向外了。父亲和男友，先天上就有矛盾。对父亲来说，世界上没有东西比稚龄的女儿更完美的了，唯一的缺点就是会长大，除非你用急冻术把她久藏，不过这恐怕是违法的，而且她的男友迟早会骑了骏马或摩托车来，把她吻醒。

我未用太空舱的冻眠术，一任时光催迫，日月轮转，再揉眼时，怎么四个女儿都已依次长大，昔日的童话之门砰地一关，再也回不去了，四个女儿，依次是珊珊、幼珊、佩珊、季珊。简直可以排成一条珊瑚礁。珊珊十二岁的那年，有一次，未满九岁的佩珊忽然对来访的客人说："喂，告诉你，我姐姐是一个少女了！"在座的大人全笑了起来。

曾几何时，惹笑的佩珊自己，甚至最幼稚的季珊，也都在时光的魔杖下，点化成"少女"了。冥冥之中，有四个"少男"正偷偷袭来，虽然蹑手蹑足，屏声止息，我却感到背后有四双眼睛，像所有的坏男孩那样，目光灼灼，心存不轨，只等时机一到，便会站到亮处，装出伪善的笑容，叫我"岳父"。我当然不会应他。哪有这么容易的事！我像一棵果树，天长地久在这里立了多年，风霜雨露，样样有份，换来果实累累，不胜负荷。而你，偶尔过路的小子，竟然一伸手就来摘果子，活该蟠地的树根绊你一跤！

而最可恼的，却是树上的果子，竟有自动落入行人手中的样子。树怪行人不该擅自来摘果子，行人却说是果子刚好掉下来，给他接着罢了。这种事，总是里应外合才成功的。当初我自己结婚，不也是有一位少女开门揖盗吗？"堡垒最容易从内部攻破"，说得真是不错。不过彼一时也，此一时也。同一个人，过街时讨厌汽车，开车时却讨厌行人。现在是轮到我来开车。

好多年来，我已经习于和五个女人为伍，浴室里弥漫着香皂和香水气味，沙发上散置皮包和发卷，餐桌上没有人和我争酒，都是天经地义的事。戏称吾庐为“女生宿舍”，也已经很久了。做了“女生宿舍”的舍监，自然不欢迎陌生的男客，尤其是别有用心的一类。但是自己辖下的女生，尤其是前面的三位，已有“不稳”的现象，却令我想起叶慈的一句诗：

一切
已崩溃，失去重心。

我的四个假想敌，不论是高是矮，是胖是瘦，是学医还是学文，迟早会从我疑惧的迷雾里显出原形，一一走上前来，或迂回曲折，嗫嚅其词，或开门见山，大言不惭，总之要把他的情人，也就是我的女儿，对不起，从此领去。无形的敌人最可怕，何况我在亮处，他在暗里，又有我家的“内奸”接应，真是防不胜防。只怪当初没有把四个女儿及时冷藏，使时间不能拐骗，社会也无由污染。现在她们都已大了，回不了头；我那四个假想敌，那四个鬼鬼祟祟的地下工作者，也都已羽毛丰满，什么力量都阻止不了他们了。先下手为强，这件事，该乘那四个假想敌还在襁褓的时候，就予以解决的。至少美国诗人纳许（Ogden Nash，1902—1971）劝我们如此。他在一首妙诗《由女婴之父来唱的歌》（*Song to Be Sung by the Father of Infant Female Children*）之中，说他生了女儿吉儿之后，惴惴不安，感到不知什么地方正有个男婴也在长大，现在虽然还浑浑噩噩，口吐白沫，却注定将来会抢走他的吉儿。

于是做父亲的每次在公园里看见婴儿车中的男婴，都不由神色一变，暗暗想道："会不会是这家伙？"想着想着，他"杀机陡萌"（My dreams，I fear，are infanticiddle），便要解开那男婴身上的别针，朝他的爽身粉里撒胡椒粉，把盐撒进他的奶瓶，把沙撒进他的菠菜汁，再扔头优游的鳄鱼到他的婴儿车里陪他游戏，逼他在水深火热之中挣扎而去，去娶别人的女儿。足见诗人以未来的女婿为假想敌，早已有了前例。

不过一切都太迟了。当初没有当机立断，采取非常措施，像纳许诗中所说的那样，真是一大失策。如今的局面，套一句史书上常见的话，已经是"寇入深矣"！女儿的墙上和书桌的玻璃垫下，以前的海报和剪报之类，还是披头士、拜丝、大卫·凯西弟的形象，现在纷纷都换上男友了。至少，滩头阵地已经被入侵的军队占领了去，这一仗是必败的了。记得我们小时，这一类的照片仍被列为机密要件，不是藏在枕头套里，贴着梦境，便是夹在书堆深处，偶尔翻出来神往一番，哪有这么二十四小时眼前供奉的？

这一批形迹可疑的假想敌，究竟是哪年哪月开始入侵厦门街余宅的，已经不可考了。只记得六年前迁港之后，攻城的将士便换了一批口操粤语的少年来接手。至于交战的细节，就得问名义上是守城的那几个女将，我这位"昏君"是再也搞不清的了。只知道敌方的炮火，起先是瞄准我家的信箱，那些歪歪斜斜的笔迹，久了也能猜个七分；继而是集中在我家的电话，"落弹点"就在我书桌的背后，我的文苑就是他们的沙场，一夜之间，总有十几次脑震荡。那些粤音平上去入，有九声之多，也令我难以研判敌情。现在我带幼珊回了厦门街，那头的广东部队轮到我太太去抵挡，我在这头，只要留意台湾健儿，任务就轻松多了。

信箱被袭，只如战争的默片，还不打紧。其实我宁可多情的少年勤写情书，那样至少可以练习作文，不致在视听教育的时代荒废了中文。可怕的还是电话中弹，那一串串警告的铃声，把战场从门外的信箱扩至书房的腹地，默片变成了身历声，假想敌在实弹射击了。更可怕的，却是假想敌真的闯进了城来，成了有血有肉的真敌人，不再是假想了好玩的了，就像军事演习到中途，忽然真的打起来了一样。真敌人是看得出来的。在某一女儿的接应之下，他占领了沙发的一角，从此两人呢喃细语，嗫嚅密谈，即使脉脉相对的时候，那气氛也浓得化不开，窒得全家人都透不过气来。这时几个姐妹早已回避得远远的了。任谁都看得出情况有异。万一敌人留下来吃饭，那空气就更为紧张，好像摆好姿势，面对照相机一般。平时鸭塘一般的餐桌，四姐妹这时像在演哑剧，连筷子和调羹都似乎得到了消息，忽然小心翼翼起来。明知这僭越的小子未必就是真命女婿，（谁晓得宝贝女儿现在是十八变中的第几变呢？）心里却不由自主升起一股淡淡的敌意。也明知女儿正如将熟之瓜，终有一天会蒂落而去，却希望不是随眼前这自负的小子。

当然，四个女儿也自有不乖的时候，在恼怒的心情下，我就恨不得四个假想敌赶快出现，把她们统统带走。但是那一天真要来到时，我一定又会懊悔不已。我能够想象，人生的两大寂寞，一是退休之日，一是最小的孩子终于也结婚之后。宋淇有一天对我说：“真羡慕你的女儿全在身边！”真的吗？至少目前我并不觉得自己有什么可羡之处。也许真要等到最小的季珊也跟着假想敌度蜜月去了，才会和我存并坐在空空的长沙发上，翻阅她们小时的相簿，追忆从前，六人一车长途壮游的盛况，或是晚餐桌上，热气蒸腾，大家共享的灿烂灯光。人生有许多事情，正如船后的波纹，总要过后才觉得美的。这么一想，又希望那四个假想敌，那四个生手笨脚的小伙子，还是多吃几口闭门羹，慢一点出现吧。

袁枚写诗，把生女儿说成“情疑中副车”，这书袋掉得很有意思，却也流露了重男轻女的封建意识。照袁枚的说法，我是连中了四次副车，命中率够高的了。余宅的四个小女孩现在变成了四个小妇人，在假想敌环伺之下，若问我择婿有何条件，一时倒恐怕答不上来。沉吟半晌，我也许会说：“这件事情，上有月下老人的婚姻谱，谁也不能窜改，包括韦固，下有两个海誓山盟的情人，‘二人同心，其利断金’，我凭什么要逆天拂人，梗在中间？何况终身大事，神秘莫测，事先无法推理，事后不能悔棋，就算交给二十一世纪的电脑，恐怕也算不出什么或然率来。倒不如故示慷慨，伪作轻松，博一个开明父亲的美名，到时候带颗私章，去做主婚人就是了。”

问的人笑了起来，指着我说：“什么叫作‘伪作轻松’？可见你心里并不轻松。”

我当然不很轻松，否则就不是她们的父亲了。例如人种的问题，就很令人烦恼。万一女儿发痴，爱上一个耸肩摊手口香糖嚼个不停的小怪人，该怎么办呢？在理性上，我愿意“有婿无类”，做一个大大方方的世界公民。但是在感情上，还没有大方到让一个臂毛如猿的小伙子把我的女儿抱过门槛。现在当然不再是“严夷夏之防”的时代，但是一任单纯的家庭扩充成一个小型的联合国，也大可不必。问的人又笑了，问我可曾听说混血儿的聪明超乎常人。我说：“听过，但是我不稀罕抱一个天才的‘混血孙’。我不要一个天才儿童叫我 Grandpa，我要他叫我外公。”问的人不肯罢休：“那么省籍呢？”

“省籍无所谓。”我说，“我就是苏闽联姻的结果，还不坏吧？当初我母亲从福建写信回武进，说当地有人向她求婚。娘家大惊小怪，说：‘那么远！怎么就嫁给南蛮！’后来娘家发现，除了言语不通之外，这位闽南姑爷并无可疑之处。这几年，广东男孩锲而不舍，对我家的压力很大，有一天闽粤结成了秦晋，我也不会感到意外。如果有个台湾少年特别巴结我，其志又不在跟我谈文论诗，我也不会怎么为难他的。至于其他各省，从黑龙江直到云南，口操各种方言的少年，只要我女儿不嫌他，我自然也欢迎。”

“那么学识呢？”

“学什么都可以。也不一定要是学者，学者往往不是好女婿，更不是好丈夫。只有一点：中文必须精通。中文不通，将祸延吾孙！”

客又笑了，“相貌重不重要？”他再问。

“你真是迂阔之至！”这次轮到我发笑了，“这种事，我女儿自己会注意，怎么会要我来操心？”

笨客还想问下去，忽然门铃响起。我起身去开大门，发现长发乱处，又一个假想敌来掠余宅。

一九八〇年九月于台北

记忆像铁轨一样长

我的中学时代在四川的乡下度过。那时正当抗战，号称天府之国的四川，一寸铁轨也没有。不知道为什么，年幼的我，在千山万岭的重围之中，总爱对着外国地图，向往去远方游历，而且觉得最浪漫的旅行方式，便是坐火车。每次见到月历上有火车在旷野奔驰，曳着长烟，便心随烟飘，悠然神往，幻想自己正坐在那一排长窗的某一扇窗口，无穷的风景为我展开，目的地呢，则远在千里外等我，最好是永不到达，好让我永不下车。那平行的双轨一路从天边疾射而来，像远方伸来的双手，要把我接去未知；不可久视，久视便受它催眠。

乡居的少年那么神往于火车，大概是因为它雄伟而修长，轩昂的车头一声高啸，一节节的车厢铿铿跟进，那气派真是慑人。至于轮轨相击枕木相应的节奏，初则铿锵而慷慨，继则单调而催眠，也另有一番情韵。过桥时俯瞰深谷，真若下临无地，蹑虚而行，一颗心，也忐忐忑忑待在半空。黑暗迎面撞来，当头罩下，一点准备也没有，那是过山洞。惊魂未定，两壁的回声轰动不绝，你已经愈陷愈深，冲进山岳的盲肠里去了。光明在山的那一头迎你，先是一片幽昧的微熹，迟疑不决，蓦地天光豁然开朗，黑洞把你吐回给白昼。这一连串的经验，从惊到喜，中间还带着不安和神秘，历时虽短而印象很深。

坐火车最早的记忆是在十岁。正是抗战第二年，母亲带我从上海乘船到安南，然后乘火车北上昆明。滇越铁路与富良江平行，依着横断山脉蹲踞的余势，江水滚滚向南，车轮铿铿向北。也不知越过多少桥，穿过多少山洞。我靠在窗口，看了几百里的桃花映水，真把人看得眼红、眼花。

入川之后，刚亢的铁轨只能在山外远远喊我了。一直要等胜利还都，进了金陵大学，才有京沪路上疾驶的快意。那是大一的暑假，随母亲回她的故乡武进，铁轨无尽，伸入江南温柔的水乡，柳丝弄晴，轻轻地抚着麦浪。可是半年后再坐京沪路[1]的班车东去，却不再中途下车，而是直达上海。那是最难忘的火车之旅了：红旗渡江的前夕，我们仓皇离京，还是母子同行，幸好儿子已经长大，能够照顾行李。车厢挤得像满满一盒火柴，可是乘客的四肢却无法像火柴那么排得平整，而是交肱叠股，摩肩错臂，互补着虚实。母亲还有座位。我呢，整个人只有一只脚半踩在茶几上，另一只则在半空，不是虚悬在空中，而是斜斜地半架半压在各色人等的各色肢体之间。这么维持着"势力平衡"，换腿当然不能，如厕更是妄想。到了上海，还要奋力夺窗而出，否则就会被新涌上来的回程旅客夹在中间，挟回南京去了。

---

① 当时的北京还叫"北平"，这里的京沪路指从南京到上海的铁路。——编者注

来台之后，与火车更有缘分。什么快车慢车、山线海线，都有缘在双轨之上领略，只是从前京沪路上的东西往返，这时，变成了纵贯线上的南北来回。滚滚疾转的风火千轮上，现代哪吒的心情，有时是出发的兴奋，有时是回程的慵懒，有时是午晴的遐思，有时是夜雨的落寞。大玻璃窗招来豪阔的山水，远近的城村；窗外的光景不断，窗内的思绪不绝，真成了情景交融。尤其是在长途，终站尚远，两头都搭不上现实，这是你一切都被动的过渡时期，可以绝对自由地大想心事，任意识乱流。

饿了，买一盒便当充午餐，虽只一片排骨，几块酱瓜，但在快览风景的高速动感下，却显得特别可口。台中站到了，车头重重地喘一口气，颈挂零食拼盘的小贩一拥而上。太阳饼、凤梨酥的诱惑总难以拒绝。照例一盒盒买上车来，也不一定是为了有多美味，而是细嚼之余有一股甜津津的乡情，以及那许多年来，唉，从年轻时起，在这条线上进站、出站、过站、初旅、重游、挥别，重重叠叠的回忆。

最生动的回忆却不在这条线上，在阿里山和东海岸。拜阿里山神是在十二年前。朱红色的窄轨小火车在洪荒的岑寂里盘旋而上，忽进忽退，忽蠕蠕于悬崖，忽隐身于山洞，忽又引吭一呼，回声在峭壁间来回反弹。万绿丛中牵曳着这一线媚红，连高古的山颜也板不起脸来了。

拜东岸的海神却近在三年以前，是和我存一同乘电气化火车从北回归线南下。浩浩的太平洋啊，日月之所出，星斗之所生，毕竟不是海峡所能比，东望，是令人绝望的水蓝世界，起伏不休的咸波，在远方，摇撼着多少个港口多少只船，扪不到边，探不到底，海神的心事就连长锚千丈也难窥。一路上怪壁碍天，奇岩镇地，被千古的风浪刻成最丑所以也最美的形貌，罗列在岸边如百里露天的艺廊，刀痕刚劲，一件件都凿着时间的签名，最能满足狂士的“石癖”。不仅岸边多石，海中也多岛。火车过时，一个个岛屿都不甘寂寞，跟它赛跑起来。毕竟都是海之囚，小的，不过跑三两分钟，大的，像龟山岛，也只能追逐十几分钟，就认输放弃了。

萨洛扬的小说里，有一个寂寞的野孩子，每逢火车越野而过，总是兴奋地在后面追赶。四十年前在四川的山国里，对着世界地图悠然出神的，也是那样寂寞的一个孩子，只是在他的门前，连火车也不经过。后来远去外国，越洋过海，坐的却常是飞机，而非火车。飞机虽可想成庄子的逍遥之游，列子的御风之旅，但是出没云间，游行虚碧，变化不多，机窗也太狭小，久之并不耐看。哪像火车的长途，催眠的节奏，多变的风景，从阔窗里看出去，又像是在人间，又像驶出了世外。所以在海外旅行，凡铿铿的双轨能到之处，我总是站在月台——名副其实的“长亭”——上面，等那阳刚之美的火车轰轰隆隆其势不断地踹进站来，来载我去远方。

在美国的那几年，坐过好多次火车，在爱荷华城读书的那一年，常坐火车去芝加哥看刘鎏和孙璐。美国是汽车王国，火车并不考究。去芝加哥的老式火车颇有十九世纪遗风，坐起来实在不大舒服，但沿途的风景却看之不倦。尤其到了秋天，原野上有一股好闻的淡淡焦味，太阳把一切成熟的东西焙得更成熟，黄透的枫叶杂着赭尽的橡叶，一路艳烧到天边，谁见过那样美丽的“火灾”呢？过密西西比河，铁桥上敲起空旷的铿锵，桥影如网，张着抽象美的线条，倏忽已踹过好一片壮阔的烟波。等到暮色在窗，芝城的灯火迎面渐密，那黑人老车掌就喉音重浊地喊出站名：**Tanglewood！**

有一次，从芝城坐火车回爱荷华城。正是耶诞假后，满车都是回校的学生，大半还背着、拎着行囊，更显拥挤。我和好几个美国学生挤在两节车厢之间，等于站在老火车轧轧交挣的关节之上，又冻又渴，饮水的纸杯在众人手上，从厕所一路传到我们跟前。更严重的问题是不能去厕所，因为连那里面也站满了人。火车原已误点，我们在呵气翳窗的芝城总站上早已困立了三四个小时，偏偏隆冬的膀胱最容易注满。终于“满载而归”，一直熬到爱大的宿舍。一泻之余，顿觉身轻若仙，重心全失。

美国火车经常误点，真是恶名昭彰。我在美国下决心学开汽车，完全是给老爷火车激出来的。火车误点，或是半途停下来等到地老天荒，甚至为了说不清楚的深奥原因向后倒开，都是最不浪漫的事。几次耽误，我一怒之下，决定把方向盘握在自己手里，不问山长水远，都可即时命驾。执照一到手，便与火车分道扬镳，从此我骋我的高速路，它敲它的双铁轨。不过在高速路旁，偶见迤迤的列车同一方向疾行，那修长而魁伟的体魄，那稳重而剽悍的气派，尤其是在天高云远的西部，仍令我怦然心动。总忍不住要加速去追赶，兴奋得像西部片里马背上的大盗，直到把它追进了山洞。

一九七六年去英国，周榆瑞带我和彭歌去剑桥一游。我们在维多利亚车站的月台上候车，匆匆来往的人群，使人想起那许多著名小说里的角色，在这“生之旋涡”里卷进又卷出的神色与心情。火车出城了，一路开得不快，看不尽人家后院晒着的衣裳和红砖翠篱之间明艳而动人的园艺。那年西欧大旱，耐干的玫瑰却恣肆着娇红。不过是八月底，英国给我的感觉却是过了成熟焦点的晚秋，尽管是迟暮了，仍不失为美人。到剑桥飘起霏霏的细雨，更为那一幢幢严整雅洁的中世纪学院平添了一分迷蒙的柔美。经过人文传统日琢月磨的景物，究竟多一种沉潜的秀逸气韵，不是铝光闪闪的新厦可比。在空幻的雨气里，我们撑着黑伞，踱过剑河上的石洞拱桥，心底回旋的是弥尔顿牧歌中的抑扬名句，不是硖石才子的江南乡音。红砖与翠藤可以为证，半部英国文学史不过是这河水的回声。雨气终于浓成暮色，我们才挥别了灯暖如橘的剑桥小站。往往，大旅途里最具风味的，是这种一日来回的“便游”（sidetrip）。

两年后我去瑞典开会，回程顺便一游丹麦与德国，特意把斯德哥尔摩到哥本哈根的机票，换成黄底绿字的美丽火车票。这一程如果在云上直飞，一小时便到了，但是在铁轨上轮转，从上午八点半到下午四点半，却足足走了八个小时。云上之旅海天一色，美得未免抽象。风火轮上八小时的滚滚滑行，却带我深入瑞典南部的四省，越过青青的麦田和黄艳艳的芥菜花田，攀过银桦蔽天杉柏密矗的山地，渡过北欧之喉的峨瑞升德海峡，在香熟的夕照里驶入丹麦。瑞典是森林王国，火车上凡是门窗几椅之类都用木制，给人的感觉温厚而可亲。车上供应的午餐是烘面包夹鲜虾仁，灌以甘洌的嘉士伯啤酒，最合我的口味。瑞典南端和丹麦北部这一带，陆上多湖，海中多岛，我在诗里曾说这地区是“屠龙英雄的泽国，佯狂王子的故乡”，想象中不知有多阴郁，多神秘。其实那时候正是春夏之交，纬度高远的北欧日长夜短，柔蓝的海峡上，迟暮的天色久久不肯落幕。我在延长的黄昏里独游哥本哈根的夜市，向人鱼之港的灯影花香里，寻找疑真疑幻的传说。

德国之旅，从杜塞尔多夫到科隆的一程，我也改乘火车。德国的车厢跟瑞典的相似，也是一边是狭长的过道，另一边是方形的隔间，装饰古拙而亲切，令人想起旧世界的电影。乘客稀少，由我独占一间，皮箱和提袋任意堆在长椅上。银灰与橘红相映的火车沿莱茵河南下，正自纵览河景，查票员说科隆到了。刚要把行李提上走廊，猛一转身，忽然瞥见蜂房蚁穴的街屋之上峻然拔起两座黑黝黝的尖峰，瞬间的感觉，极其突兀而可惊。定下神来，火车已经驶近那一双怪物，峭险的尖塔下原来还整齐地绕着许多小塔，锋芒逼人，拱卫成一派森严的气象，那么崇高而神秘，中世纪哥特式的肃然神貌耸在半空，无闻于下界琐细的市声。原来是科隆的大教堂，在莱茵河畔顶天立地已七百多岁。火车在转弯。不知道是否因为微侧，竟感觉那一对巨塔也峨然倾斜，令人吃惊。不知飞机回降时成何景象，至少火车进城的这一幕十分壮观。

三年前去里昂参加国际笔会的年会，从巴黎到里昂，当然是乘火车，为了深入法国东部的田园诗里，看各色的牛群，或黄或黑，或白底而花斑，嚼不尽草原缓坡上远连天涯的芳草萋萋。陌生的城镇，点名一般地换着站牌。小村更一现即逝，总有白杨或青枫排列于乡道，掩映着粉墙红顶的村舍，衬以教堂的细瘦尖塔，那么秀气地指着远天。席思礼、毕沙洛，在初秋的风里吹弄着牧笛吗？那年法国刚通了东南线的电气快车，叫作 Le TGV（Train à Grande Vitesse），时速三百八十公里，在报上大事宣扬。回程时，法国笔会招待我们坐上这娇红的电鳗。由于座位是前后相对，我一路竟倒骑着长鳗进入巴黎。在车上也不觉得怎么“风驰电掣”，颇感不过如此。今年初夏和纪刚、王蓝、健昭、杨牧一行，从东京坐子弹车射去京都，也只觉其“稳健”而已。车到半途，天色渐昧，正吃着鳗鱼佐饭的日本便当，吞着苦涩的札幌啤酒，车厢里忽然起了骚动，惊叹不绝。在邻客的探首指点之下，讶见富士山的雪顶白矗晚空，明知其为真实，却影影绰绰，像一片可怪的幻象。车行极快，不到三五分钟，那一影淡白早已被近丘所遮。那样快的变动，敢说浮世绘的画师，戴笠挎剑的武士，都不曾见过。

台湾中南部的大学常请台北的教授前往授课，许多朋友不免每星期南下台中、台南或高雄。从前龚定庵奔波于北京与杭州之间，柳亚子说他“北驾南舣到白头”。这些朋友在岛上南北奔波，看样子也会奔到白头，不过如今是在双轨之上，不是驾马舣舟。我常笑他们是演《双城记》。其实近十年来，自己在台北与香港之间，何尝不是如此？在台北，三十年来我一直以厦门街为家。现在的汀洲街二十年前是一条窄轨铁路，小火车可通新店。当时年少，我曾在夜里踏着轨旁的碎石，鞋声轧轧地走回家去，有时索性走在轨道上，把枕木踩成一把平放的长梯。时常在冬日的深宵，诗写到一半，正独对天地之悠悠，寒战的汽笛声会一路沿着小巷呜呜传来，凄清之中有其温婉，好像在说：全台北都睡了，我也要回站去了，你，还要独撑这倾斜的世界吗？夜半钟声到客船，那是张继。而我，总还有一声汽笛。

在香港，我的楼下是山，山下正是九广铁路的中途。从黎明到深夜，在阳台下滚滚碾过的客车、货车，至少有一百班。初来的时候，几乎每次听见车过，都不禁要想起铁轨另一头的那一片土地，简直像十指连心。十年下来，那样的节拍也已听惯，早成大寂静里的背景音乐，与山风海潮合成浑然一片的天籁了。那轮轨交磨的声音，远时哀沉，近时壮烈，清晨将我唤醒，深宵把我摇睡，已经潜入了我的脉搏，与我的呼吸相通。将来我回台湾，最不惯的恐怕就是少了这金属的节奏，那就是真正的寂寞了。也许应该把它录下音来，用最敏感的机器，以备他日怀旧之需。附近有一条铁路，就似乎把住了人间的动脉，总是有情的。

香港的火车电气化之后，大家坐在冷静如冰箱的车厢里，忽然又怀起古来，隐隐觉得从前的黑头老火车，曳着煤烟而且重重叹气的那种，古拙刚愎之中仍不失可亲的味道。在从前那种车上，总有小贩穿梭于过道，叫卖斋食与“凤爪”，更少不了的是报贩。普通票的车厢里，不分三教九流，男女老幼，都杂杂沓沓地坐在一起，有的默默看报，有的怔怔望海，有的瞌睡，有的啃鸡爪，有的闲闲地聊天，有的激昂慷慨地痛论国事，但旁边的主妇并不理会，只顾得呵斥自己的孩子。如果你要香港社会的样品，这里便是。周末的加班车上，更多广州返来的回乡客，一根扁担，就挑尽了大包小笼。此情此景，总令我想起杜米叶（Honoré Daumier）的名画《三等车上》。只可惜香港没有产生自己的杜米叶，而电气化后的明净车厢里，从前那些汗气、土气的乘客，似乎一下子都不见了，小贩子们也绝迹于月台。我深深怀念那个摩肩抵肘的时代。站在今日画了黄线的整洁月台上，总觉得少了一点什么，直到记起了从前那一声汽笛长啸。

写火车的诗很多，我自己都写过不少。我甚至译过好几首这样的诗，却最喜欢土耳其诗人塔朗吉（Cahit Sitki Taranci）的这首：

去什么地方呢？这么晚了，
美丽的火车，孤独的火车？
凄苦是你汽笛的声音，
令人记起了许多事情。
为什么我不该挥舞手巾呢？
乘客多少都跟我有亲。
去吧，但愿你一路平安，
桥都坚固，隧道都光明。

一九八四年五月

萤火山庄

一

今年夏天，毅然放下一切，脱掉台湾贴身的炎热与喧嚣，去纽约探望长女珊珊。其实也就是去高纬避暑，不，纳凉。朋友怪而问曰："纽约能避暑吗？" 我答道："当然不是在纽约闹市，而是在纽约郊外，其实是出了纽约州，进了康州，离纽约市有一小时半的车程。"

七月十五日，料峭的风雨中，为政与珊珊带了飞黄与姝婷兄妹，把我们从肯尼迪机场接回家去。我已经五年未去美国了，竟有一点生疏。车子一汇入高速路的洪流，年轻时凭一张行车地图在该邦闯州越郡的强烈记忆，忽然附体醒来。为政知我是车迷，一路为我指点新款的 Corvette 与 Mustang，真令我醒目动心。进入康州之后，丘陵地带坡势渐起，夏木含雨，风景绿得饱满而滋润。

"一进康州，就算是新英格兰了。"为政说。

从高速路下来，我们转入两巷对开的乡道，绿荫对峙如屏风，车在其间上坡下坡，左弯右盘。

“这一带的树林太好了。”我叹道。

“我们的屋子就在树林里。”珊珊说。

正说着车慢了下来，从一道斜坡右转入林。浓荫密掩之下，灰顶白墙的两层木屋，艳红的前门上，雅典娜头像的铜环铿铿可叩，已到家了。

“简直是在森林里。”我不禁赞叹。

“不是森林，只是树林。”为政说着，望了珊珊一眼。

“太密了啦，”珊珊怨道，“遮得屋子阴沉沉的，什么都不清不楚。应该砍掉几棵！”

“砍一棵七百块，”为政解释，“还问你木材留不留。你要是留下来自己劈柴，再也劈不清。”

从此我们，我和我存，还有后来加入的幼珊与季珊，就在这一片深邃的翠绿里住了一个月，长享牧神芬多精的祝福，却又隐隐担忧，最后怎能再回到台湾的热、闹里去。

二

等到时差淡去，安顿下来之后，才真正体会这近乎隐士的林居是怎样的情形。屋前屋后，全是主干俊挺枝叶茂盛的乔木，拔高都在四五丈之间，多为加拿大枫，也有松杉及橡树。枝柯交接，浓荫密庇着木屋，只在前门和后院留一点余地，网开半角，让阳光、星光进来做客，所以什么东晒、西晒都非逼视，只能算是偷窥。

二楼的阳台旁边，有一间孩子的游戏室，满堆着两个小顽童的玩具。最耐看的却是室顶的天窗，其形廓然大方，仰望可见一簇簇树顶，像是几个巨头在开高峰会议。最好是睡在地毯上从容举眼，尤其是探看夜深的星空，真有井蛙窥天的奇趣。

由于树多院深，左邻右舍都相隔颇远，往往也只微露一角，静得不闻犬声，如果有犬的话。康州这一带的人家，罕见以灌木丛树为篱，即使石砌的围墙，也多是糙石错叠，高不过腰。受到长岛海峡（Long Island Sound）的滋润，滨海的这一带丘陵起伏，雨多林茂，驶车其间，如聆树精（dryads）吟唱一首悠长的牧歌，绿韵不绝。此地的“人间”就是“林间”，所以家家户户其实是以整片树林来充当篱笆，而将车声车尘隔在翠屏外面，鸟声虫声留在自家院里。

珊珊说，这林中木屋在建筑的格式上叫作 raised ranch。屋前的红门开在底楼和二楼的中间：由于坡势缓降，屋前的草地齐及底楼的半腰，而屋后的楼基又高出地面，需加支撑。至于 ranch 倒名不副实，因为既非农庄，又非牧场，只有一片林地而已。但不管名称如何，也不管是否能充庄宅，这双层木屋仍算舒适风雅。加上前后森森的乔木嘉荫，硕颀的直干矗立如柱，高擎着翠上叠翠禽外鸣禽的丛叶，如盖如伞。尤其是屋后的莽莽苍苍，目光如豆怎么能看透，简直是绿色迷宫。只有淙淙的水声，夜深时，密告草底有小溪在偷偷越境。

珊珊婚后定居在纽约的皇后区，闹市一住就是八年，前年终于搬下乡来。新址在信封上是“康州威士顿”（Weston，CT），但门前的乡道两巷对开，离小镇仍有十分钟车程。这位置，当然仍在纽约的磁场之内，毕竟已是边缘了；算是新英格兰的地界，却别在康州西南的拐脚，尚未深入；已在大西洋岸的斜坡上，但是距长岛海峡的沙滩还有十英里。

就这么和家人相聚了一个月，享受了三代在同一屋顶下团圆的温馨。天气倒并不温暖，时雨时晴，雨天会变得阴冷，像台湾的秋天，入夜甚至寒气逼人，又像台湾冬日的寒流，我们都要盖被。

一个初晴的黄昏，浓荫张翠的叶隙还透着西天的霞晕。正是昼夜换班的神秘时辰，我们都在高架的阳台上，或靠着黑色的空花铁椅，或倚着白漆的长条栏杆，倾听林间的寂静。有异物倏忽掠空来去，使暮色不安。该是蝙蝠。

“萤火虫！”小姝婷叫了起来。我从铁椅上一跃而起，冲向栏杆。暮色渐深的草地上，果然有亮金一闪。大家都贴立在栏杆边，向林中的草地寻视，兴奋异常。草地上、石堆里，甚至树叶间，此起彼落，明灭不定，一时碎金飞闪，成了童话的魔灯。仲夏夜之梦的场景，已经有三十多年未见了。大半辈子在台湾，以前来高纬的北美惊艳于雪景，不料现在，却要从亚热带来寒带追寻流萤。早年在台北，这提灯夜游的小飞客，曾经从植物园飞入我的诗句。后来它就和木屐、折扇、蜡烛一起失踪了。儿时在江南天井的水缸边，中学时代在四川的黄葛树下，这神秘的小灯笼也曾点醒过炎暑的夜色；于今回顾，亦皆化成点点的乡愁。而这些，我怎能告诉美国的firefly？它们恐怕连梭罗也不认得了，何况是杜牧啊。

我问幼珊和季珊小时有没有见过萤火虫，她们似乎并无印象。为政索性找来空瓶，带着飞黄走下木梯，去草石之间追捕这些一闪即逝的古典幽浮。小男孩捉到了一只，奔回阳台上给我看。可怜的小俘虏，在瓶中就默然无光了。飞黄也觉得失望，就开瓶释俘。昆虫学家说，会闪浅绿幽光的是雌萤，光从腹部的器官发出，乃是黄磷在酵素的影响下氧化的现象；又说雌萤无翼，发光的用意是在引诱雄萤。这么说来，仲夏夜之梦就更有情了。原就不该打断那只“怀夏”少女的幽会的。

至于鹿，这一带的乡道两侧，不时也可见“仙踪”。每次发现，为政都会放低车速，教我们注意左顾或右盼。有时候来不及转头，仙踪已渺，不免令人怅怅。珊珊倒不大惊小怪，只淡淡地说：“我们后院子里也有几只。”

真的吗？帅呆了吧？真有这种野福仙趣吗？珊珊说，要碰运气，黄昏鹿群口渴，就会到屋后的树下来饮溪。

后来果真出现了几次，可惜都是家人先发现，等我赶去窗口或阳台，不是已经逸走，便是只见背影匆匆，消失在枫树的巨干之后。终于一天下午，又出现了。这一次不是遥远的一瞥，而是站定了，怔怔地回望着我们；不是一只，而是四只，全是棕底白斑的梅花鹿，都停在枫林前面的绿茵之上。显然，它们也是一家人，不，一家鹿，谨慎然而好奇地，在十几米外从容打量着我们，眼神温柔而镇定。就这么，两家众目灼灼，对阵而又对视，都出了神。寂静中，气氛紧张又有点滑稽。我存蹑手蹑脚，举起了相机。

那几分钟真像是永恒。终于鹿群散开，大的领头，向马路那边逛去，并嚼食道旁的蕨草。幼珊、季珊带着飞黄与姝婷，也是两大带着两小，奔赴最近的窗口去窥视。一阵忙乱过后，只剩下一只幼鹿徘徊在坡顶，似乎在寻找母亲。最后它也走下坡来，在一株巨枫前面立住，再向我们一瞥，便没入了林中。

以前在美国西部开车，偶尔也会遇见野鹿过路。公路局为了示警，甚至会竖立 Deer Crossing 的路牌，为长途平添野趣。我在丹佛自炊了一年，兔肉、鹿肉都煮过。前年和我存去芬兰，还买了咸腌的驯鹿肉回来，却嫌它太咸太腥，未敢吃完。珊珊屋后的草地上，深深浅浅有不少鹿蹄印子，大鹿印深，小鹿斑比当然印淡，但都前轻后重，判然二分。

我们的主人，为政和珊珊，爱吃龙虾又与鹿为邻，正应了苏轼的名句“侣鱼虾而友麋鹿”。他们谈到鹿群，却是爱憎参半。为政警告我们，鹿身上有虱子，不可接近。珊珊恨恨地说，她在门前种的郁金香，好不容易开了花，却被鹿齐头吃掉。看来就连仙人也有其现实的一面。

三

就这样我在“萤火山庄”隐居了一个月。其间曾有六天，与家人共乘了一辆道奇的八人座厢型车，北上鳕角与波士顿，并远游缅因州的阿凯地亚国家公园。只可惜佩珊有事留在台湾，未能像去苏格兰的那次，同车共游。除此之外，我成了十足的隐士，近于自然而远于人群。在翠荫清凉的林间，时或听蝉声噪夏，但更苍老而可惊的是远近皆闻的鸦啼，益显得林深树密，人烟稀渺。其他的鸣禽就斯文得多，除了偶弄巧舌之外，也像我一样隐身不见、隐名不识，极其逍遥。可见的林栖者当然少不了敏捷而机警的松鼠，几乎尾比身长，挥舞成多姿的魔帚；草上的白蝶翩翩，也乘风有致。最威武的仍是众目共仰的鹰隼，巡翔在一切之上，怪唳磔磔，宣称自己是风的主人。这一切“神的富有”，包括黄昏的间谍——蝙蝠，与草上的幽浮——萤火，使我恍然，何以新英格兰的地灵会生出狄金荪那样的人杰。

至于纽约的闹市，我就不再去拜访了。这次去美国，我只见到一位故人。夏志清先生召我进城，我却劝他下乡，并夸张此间林栖之乐，为政和珊珊也从旁鼓吹。City Mouse 禁不起 Country Mouse 的叽叽劝诱，终于由夫人王洞陪同，从中央车站乘火车来到威士顿，再由乡下的群鼠开车去接。

十年未见，夏志清并未显得更老。近年他病于心脏，文章是写得少了些，但此次重逢，他精神很好，谈锋仍健，中英双语争发，仍然声宏气盛，急湍奔泻，不可标点。他谈到兴头上时，与其说是与人对话，不如说是滔滔自语，石火电光，心里想到的几乎全出了口，驷马难追，简直就是意识横流。“人来疯”其实不限于小孩子，老顽童也是一样。

纽约客送给我两本大书：艾略特的《玄学诗面面观》（*The*

Varieties of Metaphysical Poetry）是旧讲稿新出书；巴顺的《从曙光到暮气》(*Jacques Barzun：From Dawn to Decadence*）则阔论五百年来的西方文化，是一部新著。夏先生特别强调，巴顺此书深思熟虑，痛砭末流，是值得细读的洋洋巨著；又说其人不但渊博，更能贯通，甚至钱钟书都难匹敌。

珊珊和为政十年前在纽约结婚，夏先生是喜宴上致辞的贵宾，一番话说得妙趣横生，若非於梨华大力劝止，真不知阔论何时方休。他一直是小夫妻俩敬爱的夏伯伯，来他们家已是熟客，十分自在。大家谈得尽兴，去镇上吃过晚餐，便送一对纽约客搭火车回城。

这次去美之前，总算把钟怡雯新著《听说》的序言赶了出来，余下的两篇也都答应了半年，就带去美国偿债。在“萤火山庄”的宁静天地，每天和飞黄、姝婷兄妹嬉戏为乐，渐觉返老还童，加以芬多精的野餐令人身轻气畅，文思无阻，两篇序言居然顺利完成，回台的心情顿感轻松。一篇叫作《当中华女儿做了美国妈妈》，是为张纯瑛的文集《情悟，天地宽》而作。另一篇叫作《最后的牧歌——希美内思的〈小毛驴与我〉》，以序林为正从英译本再转译的中文译本。我在“萤火山庄”的楼下大书房里写这两篇文章，在桌灯下往往坐到深夜，楼上的家人都已酣然，林中也已寂了万籁，只剩下手中这支笔陪我醒着，从十九岁的少年一直醒到现在，便感觉唯寂寞始能长保清醒，唯清醒始能永耐寂寞。

这心情，楼上梦中的孙儿、孙女，有一天能够领会吗？有一天我走了，我留下的书，一本又一本，那两个孩子，在电视机前长大的美国孩子，肯放下英文来读吗？

木屋顶上，新英格兰的星空灿烂无语。

二〇〇〇年八月二十四日

不流之星

一

最后，总算找到一丛林投树影。高岛把吉普车开过来，横挡在树丛背后，风势就不再那么嚣张了。他从车厢里取出油布，铺在碎沙地上，再把两床毛毯压在布上，镇住掀腾的海风。车灯一熄，就只剩潮声滔滔，在林投树外捣打着黑岸。四个人头朝着吉普车，脚底朝着远方的公路，并排仰卧在毯上。

于是十一月的夜空，啊星空，为我们揭开了天启。

那一天正是二〇〇一年十一月十七日，天文学家早已预告狮子星座会下流星雨。观星族昼伏夜出，都远离人间的灯火，去暗处，仰望天上的星光，恨不得眼睛能长在头顶。我们原不想去凑热闹，因为四年前海尔·鲍普彗星过境，观星族在南部空前塞车，倾巢而出的盛况，真像遍野露宿，要迎接外太空光临的什么明星。也确是明星啊，青发飘扬，被梳于太阳风炎炎的火掌。更是稀客，四千年才来访这么一趟。那气派，似乎众星都成了标点，唯独它才是跨版的头条。我们的车当然也困在屏东某处，好不容易才挤到一座桥下，在甘蔗田边露宿了一晚。

这一次原来是为了我存的生日，和朋友们来青蛙石旁的青年活动中心提前庆祝。晚餐过后，大家唱了十几首歌，酒意渐退，夜色转深，户外的海风刮得更紧，大家也就散了。

高岛却意犹未尽，浓眉一扬说，何不出去散一会儿步。我们说风太大了，恐怕会冷。他就说，多穿一点好了。于是我们，就是我存、幼珊、我，都戴上帽子，披上围巾，跟高岛推门而出。

走到中庭，清狂的海风将人吹醒，抬头一望，天上却异常骚动。星光像棋子一般早已布满了，密密的星光迎风寒颤，像彼此在呼应，又像是对我们召喊。大家兴奋起来，禁不起高岛一怂恿，都上了他的吉普车。不到半小时，我们就躺在巴士海峡的岸边了。

海浪嚣嚣侵耳。海风像冷血的蛇，窜入了衣袖和裤脚管，令人不安。我一提恐怕有蛇，大家竟有些惴惴，林投树影也似乎窸窣可疑了。已经十点多了，远方的公路上偶尔车过，灯光也掠人眉睫。但最后，星空的壮丽无言而化，令人平静了下来。

二

该知道的，近来已经成为常识了。所谓流星，只是彗星轨道上留下的杂屑碎片，因辐射与太阳风而散开，与地球相遇，就冲撞或追撞上来，但因速度每秒高达七十四到一百一十公里，在大气层的外围，离地面八十五公里到一百一十五公里就烧光了。流星往往极小，细如沙粒，甚至只有百万分之一克，再小就看不见了。大的可以到一千公斤。如果能直透大气落到地面，就算是陨石了。通常每一天来侵地球的流星，达到一亿颗之多，简直不可思议。幸好我们有大气层保护。没有大气的月球就赤裸裸地，任凭万古陨石的袭击，只好变成麻脸美人了。

“狮子座的流星，”我存说，“都是从狮子星座射出来的吗？”

“不是的，”我说，“狮子座离我们远得很呢！例如它的第一号星 **Regulus**，我们叫作轩辕十四，就离地球有七十光年。至于今晚我们要看的流星，不过是彗星尘在地球大气层摩擦燃烧的景象。只因它出现在狮子座的方向，我们为了方便，这么称呼而已。其实这些所谓流星，离我们只有一百公里左右，跟那些天外的狮子毫无关系。”

“那狮子座究竟在什么方向呢？”幼珊说。

“在这个季节的晚上，”我说，“十点多了，应该在东北的高空，不难找的。”

“没错，”高岛说着，用电筒照着星图手册翻了一下，“就在北斗的斜上方。斗魁朝外的两颗亮星，天枢和天璇，联成一线向下延长五倍，是北极星，向上延长七八倍，就是狮子座的老大 **Alpha** 了。”

“是鹅銮鼻的上面吗？”我存说。

“还要朝北一点。”我说。

“先要找到北斗七星才行。”我存说。

“那不是北斗吗？”幼珊指向三十多度的北空，“斗柄朝上呢——”

“啊！”两个女人同时惊呼，兴奋异常。

“是流星吗？”高岛问。

“是呀！”幼珊得意地笑了。

预测成真，大家都很兴奋，一起仰望着璀璨的星穹，像是共读着一页闪着神秘符号的无字天书。那奥秘之书，读得人目眩而神迷，愈是不解愈觉得耐看，终于幻觉此身已非我，似乎正在蝉蜕而飞升，浮游于着魔之境。久之，我竟半寐半寤，渐渐忘了此行是来仰观流星的。

“啊！”三个人一起惊叹，这一次，连高岛也见到了。

“我怎么就没看见？”我惋惜道。

只有一次，我眼角似乎有一闪异光掠过。而这时，我存已数到六颗，幼珊和高岛也各见了三颗。我有些不甘心，但仍然觉得不虚此行。虽然流星雨只沾到一滴，但是这满天的“不流之星”，这一簇簇一丛丛高吊的氢灯与氦灯，夺目而攫神，空间至宏至大，时间至长至久，乃无与伦比的终极剧院，几闪一瞥即逝的流星，不过是无足轻重的临时演员——我真正要崇拜的是这些“不流之星”交辉互映的洪荒气象、宇宙舞台。今夕何幸，竟能枕着涛声、风声，脚心对着北极的天轴，让我蜕去卑微的此身，匆促的此生，从容不迫，向诸天的众神默祷致敬。

我们仰偃的沙岸在台湾最南端，还不到北纬二十二度。相对地，北极星的仰角也就低于二十二度，太近地面了，就很难找。但它的指标北斗七星，希腊人叫作大熊座的，入冬便转到它的上面来了。这一丛灿烂是北天最显贵的光族，除了柄魁相接的天权之外，其余六星全是二等，加起来就灼灼耀眼了。难怪唐人的诗句说“北斗七星高，哥舒夜带刀”，因为愈往北走，七星就愈高，仰角与纬度形成正比，而愈高也就愈明亮了。

把斗魁朝外的一边，也就是天璇接天枢的虚线延长五倍，就是北极星所在了。其实，渺渺天球，茫茫宇宙，无数赤经猬集的一点，太虚幻境最神秘的瓜蒂，离北极星，所谓的北极星，还有一度。这在天文上便谬以光年了。天文学家说，到公元二一〇〇年，那距离会缩减到半度以下。

不过，天文学家又说，过了公元二一〇〇年，天球的北极又会逐年远离今日的北极星，而向织女星缓缓移动。当然，从人类短促的岁月看来，那变化何止沧海桑田，简直是天长地久。原来我们这可怜的地球，年去年来，在太空自转又公转，那曲折的长途并非逍遥之旅，而是身不由己，受到星际引力不断的牵连。太阳系的远亲与近邻，从日月到内外的行星，对我们拉扯的结果，使地球成为一只旋转得不稳的陀螺。而相对于地轴倾斜的摇摆，天轴在天球上也描出二十三度半的赤纬，于是满天纵横的星座也必须调整坐标，同时春分在赤道上的位置也不断西移。变动的幅度大约是每七十年一度，平均两万六千年满一周期。

天轴北极既然随地轴变动，天文学家乃预测，到公元一万四千年，昊天的绝顶当移至织女星的附近，于是织女星就要取代北极星，夜复一夜，接受众星簇拥的光荣了。

三

这时流星已渐稀，大家的目光漫巡于北天，不禁讨论起北斗七星来。高岛举起电筒的弱柱，不自量力地妄朝星空扫来扫去。

“要连接七星的哪两颗，”幼珊说，“才能指到北极星呢？”

“把方斗朝外的一边，哪，”高岛说着，电筒的光芒抖了两下，“向下描五倍的样子，就是了。”

“我还是找不到。”我存放下双筒望远镜。

“找不到的，”我说，“北极星太低了，而且并不亮丽，只是二等星。倒是一万两千年后，来接班的织女星是天上第五颗最亮的明星。其实织女星的亮度是太阳的五十倍，只是它离我们有二十六光年，是天狼星距离的三倍，如果把它放在天狼星的位置，那它的光芒不但会盖过天狼，恐怕连金星和火星也要逊色。其实呢，所谓星象并非永恒，只是人生的蟪蛄怎么能看透神的春秋呢？而另一方面，亘古的星象，我们所见的，不过是从有限的角度，一偏之见而已，真正是坐井观天——”

“我们躺在这里，像四只井底之蛙！”高岛呵呵大笑。大家都笑了起来。“一点也不错，”我叹道，“障碍太多了。人间的灯火，以近害远。愈近地面，景象愈模糊。而不平的地平线正是我们的井口，把我们困在里面。何况浩瀚的星空太高深了，光年的远景天外有天，日上有日，银河的盘旋之后更旋着千盘百盘的银河，凭我们的目光如豆——”

“对呀，还比不上青蛙的大复眼呢！”幼珊打断我得意的呓语。

“看哪，天狼星都升起来了！”高岛惊呼。

“在哪里？”我存说。

“向左边看，”我说，“还没有那么高。它出来还没太久呢。冬晚看星，要从猎户座看起，因为它就在天球赤道上，接近天顶，而且形状好认，亮星多而集中，所以最有气派，自然成为前半夜最显赫的天标。猎户座本身就有两大明星：左翼的参宿四是星空第十亮星，右翼的参宿七是星空第七。紧追在猎户后面的，是诸天最亮的天狼，而猎户紧追的，是金牛，和牛目眈眈的毕宿五，光芒为星空第十四。毕宿五的西名是阿尔德巴朗（Aldebaran），来自阿拉伯文，意思是‘追踪者’——”

“还要追呀，”幼珊笑了，“又追什么呢？”

“我知道，”高岛说，“追七姐妹！”

“对！追巨人阿特力士和水神所生的七个女儿。”我说，“希腊神话说，猎人厄莱音（Orion）苦追七姐妹，月神来救，把她们变成了星座，升天后还依偎在一起。其实呢，那一丛密密麻麻，何止七颗，还纠缠着一窝暧昧的星云——”

“何止七颗呢，有好几十颗！”高岛说着，把望远镜递给了我存。

“哎呀！”忽然她和幼珊齐发惊呼。

“又是一颗流星，你看到没有？”我存问我。

“我还是没看到，”我说，“恐怕是没有流星缘吧。不过今晚天色清朗，风紧星密，虽然流星不多，而我见到的更少，但是这满天的‘不流之星’，这许多历历星宿，暧暧天河，我们今晚一同仰望的，古代的圣贤豪杰，骚人逐客，在寂寞的深更也都曾叹息见证，叹生命的匆促，宇宙的无穷。能这么并排仰卧在天地之间，共同面对赤裸裸的宇宙，该是最值得纪念的一夜了。想一百多年前，寂寞无告的梵高，戴着帽檐插烛的草帽，在阿尔的夜空下画那幅神奇的《星光夜》时，又有谁肯陪伴着他呢？”

大家又陷入冥想之中。

四

当近空的流星擦火柴似的一闪即灭，就算是流星雨吧，也不过是一场小阵雨，怎么淋得熄远空高穹悬挂的千万座大吊灯呢？天狼星南面的气象君临着海天，狼睛的青辉睥睨慑人。猎户升得更高了，艳红的参宿四与透蓝的参宿七遥遥呼应，像隔着三星连贯的钻石腰带，在互打旗语。前面奔踹的是金牛，绯橙色的怪眼定定瞪住惊怯的七姐妹，瑟缩在一起像一团星云，不，星雾。据说这一簇姐妹淘诞生才一亿五千万年，这在星裔史上要算是豆蔻青春了。

但是谁也不可能去追她们了，因为敻辽开阔的这大千世界，光年的驿站无始无终，光波与电磁波在寂寞的真空里辛勤地奔波，无所谓昼夜，更不论季节。什么都在绝望的另一端：织女离我们二十五光年，牵牛离我们十六，就凭人间一瞬的七夕，能横渡无情的天河吗？光华绚烂的星穹，那样豪奢的亿兆灯饰，炫人眼睫，夜复一夜的嘉年华会，空耗的排场，只有众神才挥霍得起。究竟是为了谁呢？又能够维持多久呢？不可能是为了渺小的人类吧？二十五光年或三千光年有什么区别呢？反正是可望而不可即吧。人类不过是一群穷孩子，而星空是富丽昂贵的展示橱窗，那些希腊名牌的非卖品，只能踮着脚看，不许摸的。

然则以北极星为轴顶，这星斗阑干的一盘盘奇诡图案，变中有常，常中有变，早在八卦与楔形文字之前，已经像旋转木马那样子天旋地转。那一组又一组灿烂而又隐晦的符号，从伏羲到张衡到徐光启，从希巴克斯到哥白尼到牛顿到马克斯韦尔，多少好奇的眼睛为之动心而出神而长夜不寐，为了向此中寻求天启。然则奥秘的星空啊究竟是宗教之源、神话之墟，还是科学的现场？最耐久、最耐读，也最难索解的密码，罗列着光谱，标点着黑暗，谁能说得清，究竟是无限的坐标、永恒的隐喻，还是众神的脸谱？

尽管如此，这一刻却轮到了我，轮到我仰卧在南溟之滨，北纬廿二度还不足，东经一百廿一度却更加，来仰对初冬肃穆的高穹。全宇宙神秘的光彩，有的近在几个光年外，像人马座的主星，有的远从好几千甚至几百万光年的彼端，像仙女座暧昧的银河，跨越真空的迢迢征途，虽然方向各异，长短不一，此刻却不约而同，竟猬集而辐辏，都赶到我的睫间。全宇宙亿兆的星球，竟都纳入了一球渺小，像我忙碌的瞳孔。不知道这是否造化有意的安排，或许，所谓永恒也不过如此。

二〇〇二年七月三十一日

另一段城南旧事

林海音的小说名著《城南旧事》写英子七岁到十三岁的故事，所谓城南，是指北京的南城。那故事温馨而亲切，令人生怀古的清愁，广受读者喜爱。但英子长大后回到台湾，另有一段“城南旧事”，林海音自己未写，只好由女儿夏祖丽来写了。这第二段旧事的城南，却在台北。

初识海音，不记得究竟何时了。只记得来往渐密是在六十年代之初。我在“联副”[①]经常发表诗文，应该始于一九六一，已经是她十年主编的末期了。我们的关系始于编者与作者，渐渐成为朋友，进而两家来往，熟到可以带孩子上她家去玩。

这一段因缘一半由地理促成。夏家住在重庆南路三段十四巷一号，余家住在厦门街一一三巷八号，都在城南，甚至同属古亭区。从我家步行去她家，越过汀州街的小火车铁轨，沿街穿巷，不用十五分钟就到了。

当时除了单篇的诗文，我还在“联副”刊登了长篇的译文，

---

① 即《联合报》副刊。——编者注

包括毛姆颇长的短篇小说《书袋》和《生活》杂志上报道拜伦与雪莱在意大利交往的长文《缪思在意大利》，所以常在晚间把续稿送去她家。

记得夏天的晚上，海音常会打电话邀我们全家去夏府喝绿豆汤。珊珊姐妹一听说要去夏妈妈家，都会欣然跟去，因为不但夏妈妈笑语可亲，夏家的几位大姐姐也喜欢这些小客人，有时还会带她们去街边“捞金鱼”。

海音长我十岁，这差距不上不下。她虽然出道很早，在文坛上比我先进，但是爽朗率真，显得年轻，令我下不了决心以长辈对待。但径称海音，仍觉失礼。另一方面，要我像当时人多话杂的那些女作家昵呼“海音姐”或“林大姐”，又觉得有点俗气。同样地，我也不喜欢叫什么“夏菁兄”或“望尧兄”。叫“海音女士”吧，又太做作了。最后我决定称她“夏太太”，因为我早已把何凡叫定了“夏先生”，似乎以此类推，倒也顺理成章。不过我一直深感这称呼太淡漠，不够交情。

夏家的女儿比余家的女儿平均要大十二三岁，所以祖美、祖丽、祖葳领着我们的四个小珊转来转去，倒真像一群大姐姐。她们玩得很高兴，不但因为大姐姐会带，也因为我家的四珊，不瞒你说，实在很乖。祖焯比我家的孩子大得太多，又是男生，当然远避了这一大群姐妹淘。

不过在夏家做客，亲切与热闹之中仍感到一点，什么呢，不是陌生，而是奇异。何凡与海音是不折不扣的北京人，他们不但说京片子，更办《国语日报》，而且在“国语推行委员会”工作。

他们家高朋满座，多的是卷舌善道的北京人。在这些人面前，我们才发现自己是多么口钝的南方人，ㄓㄔ不卷，ㄕㄙ不分，一口含混的普通话简直张口便错。用语当然也不道地，海音就常笑我把“什么玩意儿”说成了“什么玩意”。有一次我不服气，说你们北方人“花儿鸟儿鱼儿虫儿”，我们南方人听来只觉得“肉麻儿”。众人大笑。

那时候台北的文人大半住在城南。单说我们厦门街这条小巷子吧，曾经住过或是经常走过的作家，至少就包括潘垒、黄用、王文兴与“蓝星”的众多诗人。巷腰曾经有《新生报》的宿舍，所以彭歌也常见出没。巷底通到同安街，所以《文学杂志》的刘守宜、吴鲁芹、夏济安也履印交叠。所以海音也不时会走过这条巷子，甚至就停步在我家门口，来按电铃。

就像旧小说常说的，“光阴荏苒”，这另一段“城南旧事”随着古老的木屐踢踏，终于消逝在那一带的巷尾弄底了。夏家和余家同一年搬了家。从一九七四年起，我们带了四个女儿就定居在香港。十一年后我们再回台湾，却来了高雄，常住在岛南，不再是城南了。厦门街早已无家可归。

夏府也已从城南迁去城北，日式古屋换了新式的公寓大厦，而且高栖在六楼的拼花地板，不再是单层的榻榻米草席。每次从香港回台，几乎都会去夏府做客。众多文友久别重聚，气氛总是热烈的，无论是餐前纵谈或者是席上大嚼，那感觉真是宾至如归，不拘形骸到喧宾夺主。女主人天生丽质的音色，流利而且透彻，水珠滚荷叶一般畅快圆满，却为一屋的笑语定调，成为众客共享的耳福。夏先生在书房里忙完，往往最后才出场，比起女主人来也“低调”多了。

海音为人，宽厚、果决、豪爽。不论是做主编、出版人或是朋友，她都有海纳百川的度量。我不敢说她没有敌人，但相信她的朋友之多，交情之笃，是罕见的。她处事十分果决，而且决定得很快，我几乎没见过她当场犹豫，或事后懊悔。至于豪爽，则来自宽厚与果决：宽厚，才能豪，果决，才能爽。跟海音来往，不用迂回；跟她交谈，也无须客套。

这样豪爽的人当然好客。海音是最理想的女主人，因为她喜欢与人共享，所以客人容易与她同乐。她好吃，所以精于厨艺，喜欢下厨，更喜欢陪着大家吃。她好热闹，所以爱请满满一屋子的朋友众谈，那场合往往是因为有远客过境，话题新鲜，谈兴自浓。她好摄影，主要还是珍惜良会，要留刹那于永恒。她的摄影不但称职，而且负责。许多朋友风云际会，当场拍了无数照片，事后船过无纹，或是终于一叠寄来，却曝光过度，形同游魂，或阴影深重，疑是卫夫人的墨猪，总之不值得保存，却也不忍心就丢掉。海音的照片不但拍得好，而且冲得快，不久就收到了，令朋友惊喜加上感佩。

所以去夏府做客，除了笑谈与美肴，还有许多近照可以传观，并且引发话题。她家的客厅里有不少小摆设，在小鸟与青蛙之外，更多的是象群。她收集的瓷象、木象、铜象姿态各殊，洋洋大观。朋友知道她有象癖，也送了她一些，总加起来恐怕不下百头。这些象简直就是她的“象征”，隐喻着女主人博大的心胸、祥瑞的容貌。海音素称美女，晚年又以“资深美女”自嘲自宽。依我看来，美女形形色色，有的美得妖娆，令人不安；海音却是美得有福相的一种。

这位美女主编，不，资深美女加资深主编，先是把我的稿子刊在“联副”，继而将之发表于《纯文学》月刊，最后又成为我好几本书的出版人。我的文集《望乡的牧神》《焚鹤人》《听听那冷雨》《青青边愁》，诗集《在冷战的年代》，论集《分水岭上》都在她主持的“纯文学出版社”出书，而且由她亲自设计封面，由作者末校。我们合作得十分愉快：我把编好的书稿交给她后，一切都不用操心，三四个星期之后新书就到手了。欣然翻玩之际，发现封面雅致大方，内文排印悦目，错字几乎绝迹，捧在手里真是俊美可爱。那个年代书市兴旺，这六本书销路不恶，版税也付得非常爽快，正是出版人一贯的作风。

“纯文学出版社”经营了二十七年，不幸在一九九五年结束。在出版社同人与众多作者的一片哀愁之中，海音指挥若定，表现出“时穷节乃见”的大仁大勇。她不屑计较琐碎的得失，毅然决然，把几百本好书的版权都还给了原作者，又不辞辛劳，一箱一箱，把存书统统分赠给他们。这样的豪爽果断，有情有义，有始有终，堪称出版业的典范。当前的出版界，还找得到这样珍贵的品种吗？

海音在“纯文学出版社”的编务及业务上投注了多年的心血，对台湾文坛甚至早期的新文学贡献很大。祖丽参与社务，不但为母亲分劳，而且笔耕勤快，有好几本访问记列入“纯文学丛书”。

出版社曲终人散，虽然功在文坛，对垂垂老去的出版人仍然是伤感的事。可是海音的晚年颇不寂寞，不但文坛推重，友情丰收，而且家庭幸福，亲情洋溢。虽然客厅里挂的书法题着何凡的名句“在苍茫的暮色里加紧脚步赶路”，毕竟有何凡这么忠贞的老伴相互“牵手”，走完全程。而在她文学成就的顶峰，《城南旧事》在大陆拍成电影，赢得多次影展大奖，又译成三种外文，制成绘图版本。

在海音七十大寿的盛会上，我献给她一首三行短诗，分别以寿星的名字收句。子敏领着几位作家，用各自的乡音朗诵，颇为叫座。我致辞说：“林海音岂止是长青树，她简直是长青林。她植树成林，我们就在那林荫深处……常说成功的男人背后必有一位伟大的女性。现在是女强人的时代，照理成功的女人背后也必有一位伟大的男性。可是何凡和林海音，到底谁在谁的背后呢？还是闽南语说得好：夫妻是‘牵手’。这一对伉俪并肩携手，都站在前面。”

暮色苍茫得真快，在八十岁的寿宴上，我们夫妻的座位安排在寿星首席。那时的海音无复十年前的谈笑自若了。宾至的盛况不逊当年，但是热闹的核心缺了主角清脆动听的女高音，不免就失去了焦聚。美女再资深也终会老去，时光的无礼令人怅愁。我应邀致辞，推崇寿星才德相侔，久负文坛的清望，说一度传闻她可能出任台湾当局主管文化负责人：“如果早二十年，她确是台湾当局主管文化负责人的最佳人选。可是，一个人做了林海音，还稀罕做台湾当局主管文化负责人吗？”这话突如其来，激起满堂的掌声。

四年后，时光的无礼变成绝情。我发现自己和齐邦媛、痖弦坐在台上，面对四百位海音的朋友追述她生前的种种切切。深沉的肃静低压着整个大厅。海音的半身像巨幅海报高悬在我们背后，熟悉的笑容以亲切的眸光、开朗的齿光煦照着我们，但没有人能够用笑容回应了。刚才放映的纪录片，从稚龄的英子到耋年的林先生，栩栩的形貌还留在眼睫，而放眼台下，沉思的何凡虽然是坐在众多家人的中间，却形单影只，不，似乎只剩下了一半，令人很不习惯。我长久未流的泪水忽然满眶，觉悟自己的“城南旧事”，也是祖丽姐妹和珊珊姐妹的“城南旧事”，终于一去不回。半个世纪的温馨往事，都在那幅永恒的笑貌上停格了。

二〇〇二年八月十一日

失 帽 记

二〇〇八年的世界有不少重大的变化，其间有得有失。这一年我自己年届八十，其间也得失互见：得者不少，难以细表，失者不多，却有一件难过至今。我失去了一顶帽子。

一顶帽子值得那么难过吗？当然不值得，如果是一顶普通的帽子，甚至是高价的名牌。但是去年我失去的那顶，不幸失去的那一顶，绝不普通。

帅气、神气的帽子我戴过许多顶，头发白了稀了之后尤其喜欢戴帽。一顶帅帽遮羞之功，远超过假发。邱吉尔和戴高乐同为二战之英雄，但是戴高乐戴了高帽尤其英雄，所以戴高乐戴高帽而乐之，也所以我从未见过戴高乐不戴高帽。

戴高乐那顶高卢军帽丢过没有，我不得而知。我自己好不容易选得合头的几顶帅帽，却无一久留，全都不告而别。其中包括两顶苏格兰呢帽，一顶大概是掉在英国北境某餐厅，另一顶则应遗失在莫斯科某旅馆。还有第三顶是在加拿大维多利亚港的布恰花园所购，白底红字，状若戴高乐的圆筒鸭舌军帽而其筒较低，当日戴之招摇过市，风光了一时，后竟不明所终。

一个人一生最容易丢失也丢得最多的，该是帽与伞。其实伞也是一种帽子，虽然不戴在头上，毕竟也是为遮头而设，而两者所以易失，也都是为了主人要出门，所以终于和主人永诀，更都是因为同属身外之物，一旦离手离头，几次转身就给主人忘了。

帽子有关风流形象。独孤信出猎暮归，驰马入城，其帽微侧，吏人慕之，翌晨戴帽尽侧。千年之后，纳兰性德的词集亦称《侧帽》。孟嘉重九登高，风吹落帽，浑然不觉。桓温命孙盛作文嘲之，孟嘉也作文以答，传为佳话，更成登高典故。杜甫七律《九日蓝田崔氏庄》并有“羞将短发还吹帽，笑倩旁人为正冠”之句。他的《饮中八仙歌》更写饮者的狂态：“张旭三杯草圣传，脱帽露顶王公前。”尽管如此，失帽却与风流无关，只和落拓有份。

去年十二月中旬，香港中文大学图书馆为我八秩庆生，举办了书刊手稿展览，并邀我重回沙田去签书、演讲。现场相当热闹，用媒体流行的说法，就是所谓人气颇旺。联合书院更编印了一册精美的场刊，图文并茂地呈现我香港时期十一年，在学府与文坛的各种活动，题名《香港相思——余光中的文学生命》，在现场送给观众。典礼由黄国彬教授代表文学院致辞，除了联合书院冯国培院长、图书馆潘明珠副馆长、中文系陈雄根主任等主办人之外，与会者更包括了昔日的同事卢玮銮、张双庆、杨钟基等，令我深感温馨。放眼台下，昔日的高足如黄坤尧、黄秀莲、樊善标、何杏枫等，如今也已做了老师，各有成就，令人欣慰。

演讲的听众多为学生，由中学老师带领而来。讲毕照例要签书，为了促使长龙蠕动得较快，签名也必须加速。不过今日的粉丝不比往年，索签的要求高得多了：不但要你签书、签笔记本、签便条、签书包、签学生证，还要题上他的名字、他女友的名字，或者一句赠言，当然，日期也不能少。那些名字往往由索签人即兴口述，偏偏中文同音字最多。“什么 hui？恩惠的惠吗？”“不是的，是智慧的慧。”“也不是，是恩惠的惠加草字头。”乱军之中，常常被这么乱喊口令。不仅如此，一粉丝在桌前索签，另一粉丝却在你椅后催你抬头、停笔、对准众多相机里的某一镜头，与他合影。笑容尚未收起，而夹缝之中又有第三只手伸来，要你放下一切，跟他“交手”。

这时你必须全神贯注，以免出错。你的手上，忽然是握着自己的笔，忽然是他人递过来的，所以常会掉笔。你想喝茶，却鞭长莫及。你想脱衣，却匀不出手。你内急已久，早应泄洪，却不容你抽身疾退。这时，你真难身外分身，来护笔、护表、护稿、扶杯。主办人焦待于旋涡之外，不知该纵容或喝止炒热了的粉丝。

去年年底在中文大学演讲的那一次，听众之盛况不能算怎么拥挤，但也足以令我穷于应付，心神难专。等到曲终人散，又急于赶赴晚宴，不遑检视手提包及背袋，代提的主人又川流不息，始终无法定神查看。餐后走到户外，准备上车，天寒风起，需要戴帽，连忙逐袋寻找。这才发现，我的帽子不见了。

事后几位主人回去现场，又向接送的车中寻找，都不见帽子踪影。我存和我，夫妻俩像侦探，合力苦思，最后确见那帽子是在何时，何地，所以应该排除在某地、某时失去的可能，诸如此类过程。机场话别时，我仍不放心，还谆谆嘱咐潘明珠、樊善标，如果寻获，务必寄回高雄给我。半个月后，他们把我因“积重难返”而留下的奖牌、赠书、礼品等等寄到台湾。包裹层层解开，真相揭晓，那顶可怜的帽子，终于是丢定了。

仅仅为了一顶帽子，无论有多贵或是多罕见，本来也不会令我如此大惊小怪。但是那顶帽子不是我买来的，也不是他人送的，而是我身为人子继承得来的。那是我父亲生前戴过的，后来成了他身后的遗物，我存整理所发现，不忍径弃，就说动我且戴起来。果然正合我头，而且款式潇洒，毛色可亲，就一直戴下去了。

那顶帽子呈扁楔形，前低后高，戴在头上，由后脑斜压向前额，有优雅的缓缓坡度，大致上可称贝瑞软帽（beret），常覆在法国人头顶。至于毛色，则圆顶部分呈浅陶土色，看来温暖体贴。四周部分则前窄后宽，织成细密的十字花纹，为淡米黄色。戴在我的头上，倜傥风流，有欧洲名士的超逸，不止一次赢得研究所女弟子的青睐。但帽内的乾坤，只有我自知冷暖，天气愈寒，尤其风大，帽内就愈加温暖，仿佛父亲的手掌正护在我头上，掌心对着脑门。毕竟，同样的这一顶温暖曾经覆盖过父亲，如今移爱到我的头上，恩佑两代，不愧是父子相传的忠厚家臣。

回顾自己的前半生，有幸集双亲之爱，才有今日之我。当年父亲爱我，应该不逊于母亲。但小时我不常在他身边，始终呵护着我庇佑着我的，甚至在抗战沦陷区逃难，生死同命的，是母亲。呵护之亲，操作之劳，用心之苦，凡她力之所及，哪一件没有为我做过？反之，记忆中父亲从来没打过我，甚至也从未对我疾言厉色，所以绝非什么严父。不过父子之间始终也不亲热。小时他倒是常对我讲论圣贤之道，勉励我要立志立功。长夏的蝉声里，倒是有好几次父子俩坐在一起看书：他靠在躺椅上看《纲鉴易知录》，我坐在小竹凳上看《三国演义》。冬夜的桐油灯下，他更多次为我启蒙，苦口婆心引领我进入古文的世界，点醒了我的汉魄唐魂。张良啦，魏征啦，太史公啦，韩愈啦，都是他介绍我初识的。

后来做父亲的渐渐老了，做儿子的越长大了，各忙各的。他宦游在外，或是长期出差数下南洋，或担任同乡会理事长，投入乡情侨务；我则学府文坛，烛烧两头，不但三度旅美，而且十年居港，父子交集不多。自中年起他就因关节病苦于脚痛，时发时歇，晚年更因青光眼近于失明。二十三年前，我接中山大学之聘，由香港来高雄定居。我存即毅然卖掉台北的故居，把我的父亲、她的母亲一起接来高雄安顿。

许多年来，父亲的病情与日常起居，幸有我存悉心照顾，并得我岳母操劳陪伴。身为他的独子，我却未能经常省视侍疾，想到五十年前在台大医院的加护病房，母亲临终时的泪眼，谆谆叮嘱："爸爸你要好好照顾。"实在愧疚无已。父亲和母亲鹣鲽情深，是我前半生的幸福所赖。只记得他们大吵过一次，却几乎不曾小吵。母亲逝于五十三岁，长她十岁的父亲，尽管亲友屡来劝婚，却终不再娶，鳏夫的寂寞守了三十四年，享年，还是忍年，九十七岁。

可怜的老人，以风烛之年独承失明与痛风之苦，又不能看报看电视以遣忧，只有一架古董收音机喋喋为伴。暗淡的孤寂中，他能想些什么呢？除了亡妻和历历的或是渺渺的往事。除了独子为什么不常在身边。而即使在身边时，也从未陪他久聊一会儿，更从未握他的手或紧紧拥抱住他的病躯。更别提四个可爱的孙女，都长大了吧，但除了幼珊之外，又能听得见谁的声音？

长寿的代价，是沧桑。

所以在遗物之中竟还保有他常戴的帽子，无疑是继承了最重要的遗产。父亲在世，我对他爱得不够，而孺慕耿耿也始终未能充分表达。想必他深心一定感到遗憾，而自他去后，我遗憾更多。幸而还留下这么一顶帽子，未随碑石俱冷，尚有余温，让我戴上，幻觉未尽的父子之情，并未告终，幻觉依靠这灵媒之介，犹可贯通阴阳，串联两代，一时还不致径将上一个戴帽人完全淡忘。这一份与父共帽的心情，说得高些，是感恩，说得重些，是赎罪。不幸，连最后的这一点凭借竟也都失去，令人悔恨。

寒流来时，风势助威，我站在岁末的风中，倍加畏冷。对不起，父亲。对不起，母亲。

二〇〇九年四月

观　音　山

观音仰卧成观音山，在对岸
　云里看过，雨里看过
隔一湾浅浅的淡水，看过

今夏我看的次数更加多
　因你在山脚，你在对岸
风景为你而美，云为你舒展

曾立在江边幻想，幻想在风中
　你凌波而来，踏苇而来
幻想我涉江去采药，采芙蓉

采之欲遗谁？你和菩萨同在
　和慈悲同在，和美同在
而淡水流着，我留在尘埃

这该是莫可奈何的距离
　你在眼中，你在梦中
你是缥缈的观音，在空中

最耐看该是隔岸，不是登山
　举目是山，回头是岸
我是商隐，不是灵均，行吟泽畔

一九六二年六月二十四日

桐　油　灯

记得在河的上游
也就是路的起点
有一个地方叫从前
有一盏桐油灯亮着
灯下有一个孩子
咿唔念他的古文
如果我一路走回去
回到流浪的起点
就会在古屋的窗外
窥见那夜读的小孩
独自在桐油灯下
吟哦韩愈或李白
在未有电视的年代
如果在户外的风中
在风吹草动的夜里
在星光长芒的下面

我敲窗叫他出来
去阅历山外的江海
不知吃惊的稚脸
会不会听出那呼唤
是发自神秘的未来?
当黑发乍对着白头
七分风霜如流犯
三分自许若先知
会不会认出是我?
如果我向他警告
外面的世界有多糟
下游的河水多混浊
他能否点头领悟?
他的时间还未到
又何必唐突天机
打断他无忧的夜读
何况谁又能拦阻
他永远不下山来
于是我重寻出路
暂且(或者是永恒?)
留他在夜色的深处
在河之源，路之初
去独守那一盏

渐成神话的桐油灯

一九九三年二月十日

今生今世

今生今世
我最忘情的哭声有两次
一次，在我生命的开始
一次，在你生命的告终
第一次，我不会记得，是听你说的
第二次，你不会晓得，我说也没用
但两次哭声的中间啊
有无穷无尽的笑声
一遍一遍又一遍
回荡了整整三十年
你都晓得，我都记得

一九九五年十一月五日

PART 3 读书·理趣

每个人的童年未必都像童话，
但是至少该像童年。
若是在都市的红尘里长大，
不得亲近草木虫鱼，
且又饱受考试的威胁，
就不得纵情于杂学闲书，
更不得看云、听雨，
发一整个下午的呆。

▼

猛虎和蔷薇

英国当代诗人西格夫里·萨松（Siegfried Sassoon，1886—1967）曾写过一行不朽的警句：In me the tiger sniffs the rose. 译成中文，便是："我心里有猛虎在细嗅蔷薇。"

如果一行诗句可以代表一种诗派（有一本英国文学史曾举柯立芝《忽必烈汗》中的三行诗句："好一处蛮荒的所在！如此的圣洁，鬼怪，像在那残月之下，有一个女人在哭她幽冥的欢爱！"为浪漫诗派的代表），我就愿举这行诗为象征诗派艺术的代表。每次念及，我不禁想起法国现代画家昂利·卢梭（Henri Rousseau，1844—1910）的杰作《沉睡的吉卜赛人》。假使卢梭当日所画的不是雄狮逼视着梦中的浪子，而是猛虎在细嗅含苞的蔷薇，我相信，这幅画同样会成为杰作。惜乎卢梭逝世，而萨松尚未成名。

我说这行诗是象征诗派的代表，因为它具体而又微妙地表现出许多哲学家所无法说清的话：它表现出人性里两种相对的本质，但同时更表现出那两种相对的本质的调和。假使他把原诗写成了"我心里有猛虎雄踞在花旁"，那就会显得呆笨，死板，徒然加强了人性的内在矛盾。只有原诗才算恰到好处，因为猛虎象征人性的一方面，蔷薇象征人性的另一面，而“细嗅”刚刚象征着两者的关系，两者的调和与统一。

原来人性含有两个：其一是男性的，其一是女性的；其一如苍鹰，如飞瀑，如怒马；其一如夜莺，如静池，如驯羊。所谓雄伟和秀美，所谓外向和内向，所谓戏剧型的和图画型的，所谓戴奥耐苏斯艺术和阿波罗艺术，所谓“金刚怒目，菩萨低眉”，所谓“静如处子，动如脱兔”，所谓“骏马秋风冀北，杏花春雨江南”，所谓“杨柳岸，晓风残月”和“大江东去”，一句话，姚姬传所谓的阳刚和阴柔，都无非是这两种气质的注脚。两者粗看若相反，实则乃相成。实际上每个人多多少少都兼有这两种气质，只是比例不同而已。

东坡有幕士，尝谓柳永词只合十七八女郎，执红牙板，歌“杨柳岸，晓风残月”；东坡词须关西大汉，铜琵琶，铁绰板，唱“大江东去”。东坡为之“绝倒”。他显然因此种阳刚和阴柔之分而感到自豪。其实东坡之词何尝都是“大江东去”？“笑渐不闻声渐悄，多情却被无情恼”“绣帘开，一点明月窥人”，这些词句，恐怕也只合十七八女郎曼声低唱吧？而柳永的词句“长安古道马迟迟，高柳乱蝉嘶”，以及“渡万壑千岩，越溪深处。怒涛渐息，樵风乍起；更闻商旅相呼，片帆高举。”又是何等境界！就是晓风残月的上半阕那一句“暮霭沉沉楚天阔”，谁能说它竟是阴柔？他如王维以清淡胜，却写过“一身转战三千里，一剑曾当百万师”的诗句；辛弃疾以沉雄胜，却写过“罗帐灯昏，哽咽梦中语”的词句。再如浪漫诗人济慈和雪莱，无疑地都是阴柔的了。可是清啭的夜莺也曾唱过："或是像精壮的科德慈，怒着鹰眼，凝视在太平洋上。"就是在那阴柔到了极点的"夜莺曲"里，也还有这样的句子："同样的歌声时常——迷住了神怪的长窗——那荒僻妖土的长窗——俯临在惊险的海上。"至于那只云雀，他那《西风歌》里所蕴藏的力量，简直是排山倒海，雷霆万钧！还有那一首十四行诗《阿西曼地亚斯》（*Ozymandias*），除了表现艺术不朽的思想不说，只其气象之伟大，魄力之雄浑，已可匹敌太白的"西风残照，汉家陵阙"。

也就是因为人性里面，多多少少地含有这相对的两种气质，许多人才能够欣赏和自己气质不尽相同，甚至大不相同的人。例如在英国，华兹华斯欣赏密尔顿；拜伦欣赏顶普；夏绿蒂·白朗特欣赏萨克瑞；史歌德欣赏简·奥斯丁；史云朋欣赏兰道；兰道欣赏白朗宁。在我国，辛弃疾的欣赏李清照也是一个最好的例子。

但是平时为什么我们提起一个人，就觉得他是阳刚，而提起另一个人，又觉得他是阴柔呢？这是因为各人心里的猛虎和蔷薇所成的形势不同。有人的心原是虎穴，穴口的几朵蔷薇免不了猛虎的践踏；有人的心原是花园，园中的猛虎不免给那一片香潮醉倒。所以前者气质近于阳刚，而后者气质近于阴柔。然而踏碎了的蔷薇犹能盛开，醉倒了的猛虎有时醒来。所以霸王有时悲歌，弱女有时杀贼；梅村、子山晚作悲凉，萨松在第一次大战后出版了低调的《心旅》（*The Heart's Journey*）。

"我心里有猛虎在细嗅蔷薇。"人生原是战场，有猛虎才能在逆流里立定脚跟，在逆风里把握方向，做暴风雨中的海燕，做不改颜色的孤星。有猛虎，才能创造慷慨悲歌的英雄事业；涵蕴耿介拔俗的志士胸怀，才能做到孟郊所谓的“镜破不改光，兰死不改香”！同时人生又是幽谷，有蔷薇才能烛隐显幽，体贴入微；有蔷薇才能看到苍蝇搓脚，蜘蛛吐丝，才能听到暮色潜动，春草萌芽，才能做到“一沙一世界，一花一天国”。在人性的国度里，一只真正的猛虎应该能充分地欣赏蔷薇，而一朵真正的蔷薇也应该能充分地尊敬猛虎；微蔷薇，猛虎变成了菲力斯汀（Philistine）；微猛虎，蔷薇变成了懦夫。韩黎诗：“受尽了命运那巨棒的痛打，我的头在流血，但不曾垂下！”华兹华斯诗：“最微小的花朵对于我，能激起非泪水所能表现的深思。”完整的人生应该兼有这两种至高的境界。一个人到了这种境界，他能动也能静，能屈也能伸，能微笑也能痛哭，能像二十世纪人一样的复杂，也能像亚当夏娃一样的纯真，一句话，他心里已有猛虎在细嗅蔷薇。

一九五二年十月二十四日

书斋·书灾

物以类聚，我的朋友大半也是书呆子。很少有朋友约我去户外恋爱春天。大半的时间，我总是与书为伍。大半的时间，总是把自己关在六叠之上，四壁之中，制造氮气，做白日梦。我的书斋，既不像华波尔（Horace Walpole）中世纪的歌德式城堡那么豪华，也不像格勒布街（Grub Street）的阁楼那么寒酸。我的藏书不多，也没有统计，大约在一千册左右。“书到用时方恨少”，花了那么多钱买书，要查点什么仍然不够应付。有用的时候，往往发现某本书给朋友借去了没还来。没用的时候，它们简直满坑，满谷；书架上排列得整整齐齐的之外，案头，椅子上，唱机上，窗台上，床上，床下，到处都是。由于为杂志写稿，也编过刊物，我的书城之中，除了居民之外，还有许多来来往往的流动户口，例如《文学杂志》《现代文学》《中外》《蓝星》《作品》《文坛》《自由青年》等等，自然，更有数以百计的《文星》。

“腹有诗书气自华”。奈何那些诗书大半不在腹中，而在架上，架下，墙隅，甚至书桌脚下。我的书斋经常在闹书灾，令我的太太、岳母，和擦地板的下女顾而绝望。下女每逢擦地板，总把架后或床底的书一股脑儿堆在我床上。我的岳母甚至几度提议，用秦始皇的方法来解决。有一次，在台风期间，中和乡大闹水灾，夏菁家里数千份《蓝星》随波逐流，待风息水退，乃发现地板上，厨房里，厕所中，狗屋顶，甚至院中的树上，或正或反，举目皆是《蓝星》。如果厦门街也有这么一次水灾，则在我家，水灾过后，必有更严重的书灾。

你会说，既然怕铅字为祸，为什么不好好整理一下，使各就其位，取之即来呢？不可能，不可能！我的答复是不可能。凡有几本书的人，大概都会了解，理书是多么麻烦，同时也是多么消耗时间的一件事。对于一个书呆子，理书是带一点回忆的哀愁的。喏，这本书的扉页上写着“一九五二年四月购于台北”（那时你还没有大学毕业哪！）；那本书的封底里页，记着一个女友可爱的通信地址（现在不必记了，她的地址就是我的。可叹，可叹！这是幸福，还是迷惘？）。有一本书上写着：“赠余光中，一九五九年于爱奥华城。”（作者已经死了，他巍峨的背影已步入文学史。将来，我的女儿们读文学史到他时，有什么感觉呢？）另一本书令我想起一位好朋友，他正在太平洋彼岸的一个小镇上穷泡，好久不写诗了。翻开这本红面烫金古色古香的诗集，不料一张叶脉毕呈枯脆欲断的橡树叶子，翩翩地飘落在地上。这是哪一个秋天的幽灵呢？那么多书，那么多束信，那么多叠的手稿！我来过，我爱过，我失去——该是每块墓碑上都适用的墓志铭。而这，也是每位作家整理旧书时必有的感想。谁能把自己的回忆整理清楚呢？

何况一面理书，一面还要看书。书是看不完的，尤其是自己的藏书。谁要能把自己的藏书读完，一定成为大学者。有的人看书必借，借书必不还。有的人看书必买，买了必不看完。我属于后者。我的不少朋友属于前者。这种分类法当然纯粹是主观的。有一度，发现自己的一些好书，甚至是绝版的好书，被朋友们久借不还，甚至于久催不理，我愤怒得考虑写一篇文章，声讨这批雅贼，不，“雅盗”，因为他们的罪行是公开的。不久我就打消这念头了，因为发现自己也未能尽免“雅盗”的作风。架上正摆着的，就有几本向朋友久借未还的书——有一本论诗的大著是向淡江某同事借的，已经半年多没还了，他也没来催。当然这么短的“侨居”还不到“归化”的程度。有一本《美国文学的传统》下卷，原是朱立民先生处借来，后来他料我毫无还意，绝望了，索性声明是送给我，而且附赠了上卷。在十几册因久借而“归化”了的书中，大部分是台大外文系的财产。它们的“侨龄”都已逾十一年。据说系图书馆的管理员仍是当年那位女士，吓得我十年来不敢跨进她的辖区。借钱不还，是不道德的事。书也是钱买的，但在“文艺无国界”的心理下，似乎借书不还是一件不值一提的事了。

除了久借不还的以外，还有不少书——简直有三四十册——是欠账买来的。它们都是向某家书店“买”来的，“买”是买来了，但几年来一直未曾付账。当然我也有抵押品——那家书店为我销售了百多本的《万圣节》和《钟乳石》，也始终未曾结算。不过我必须立刻声明，到目前为止，那家书店欠我的远少于我欠书店的。我想我没有记错，或者可以说，没有估计错，否则我不会一直任其发展而保持缄默。大概书店老板也以为他欠我较多，而容忍了这么久。

除了上述两种来历不太光荣的书外，一部分的藏书是作家朋友的赠书。其中绝大多数是中文的新诗集，其次是小说、散文、批评，和翻译，自然也有少数英文，乃至法文、韩文，和土耳其文的著作。这些赠书当然是来历光明的，因为扉页上都有原作者或译者的亲笔题字，更加可贵。可是，坦白地说，这一类的书，我也很少全部详细拜读完毕的。我敢说，没有一位作家会把别的作家的赠书一一览尽。英国作家贝洛克（Hilaire Belloc）有两行谐诗：

When I am dead，I hope it may be said:
"His sins were scarlet，but his books were read."

勉强译成中文，就成为：

当我死时，我希望人们会说：
"他的罪深红，但他的书确实读过。"

此地的 read 是双关的，它既是"读"的过去分词，又和"红"（red）同音，因此不可能译得传神。贝洛克的意思，无论一个人如何罪孽深重，只要他的著作真有人当回事地拜读过，也就算难能可贵了。一个人，尤其是一位作家之无法遍读他人的赠书，由此可以想见。每个月平均要收到三四十种赠书（包括刊物），我必须坦白承认，我既无时间逐一拜读，也无全部拜读的欲望。事实上，太多的大著，只要一瞥封面上作者的名字，或是多么庸俗可笑的书名，你就没有胃口开卷饕餮了。世界上只有两种作家——好的和坏的。除了一些奇迹式的例外，坏的作家从来不会变成好的作家。我写上面这段话，也许会莫须有地得罪不少赠书的作家朋友。不过我可以立刻反问他们："不要动怒。你们可以反省一下，曾经读完，甚至部分读过，我的赠书没有？"我想，他们大半不敢遽做肯定的回答的。那些"难懂"的现代诗，那些"嚼饭喂人"的译诗，谁能够强人拜读呢？十九世纪牛津大学教授达巨生（C.L.Dodgson，笔名 Lewis Carrol）曾将他著的童话小说《爱丽丝漫游奇境记》（*Alice in Wonderland*），呈献一册给维多利亚女皇。女皇很喜欢那本书，要达巨生教授将他以后的作品见赠。不久她果然收到他的第二本大著——一本厚厚的数学论文。我想女皇该不会读完第一页的。

第三类的书该是自己的作品了。它们包括四本诗集，三本译诗集，一本翻译小说，一本翻译传记。这些书中，有的尚存三四百册，有的仅余十数本，有的甚至已经绝版。到现在我仍清晰地记得，印第一本书时患得患失的心情。出版的那一晚，我曾经兴奋得终宵失眠，幻想着第二天那本小书该如何震撼整个文坛，如何再版三版，像拜伦那样传奇式地成名。为那本书写书评的梁实秋先生，并不那么乐观。他预计"顶多销三百本。你就印五百本好了"。结果我印了一千册，在半年之内销了三百四十多册。不久我因参加第一届大专毕业生的预官受训，未再继续委托书店销售。现在早给周梦蝶先生销光了。目前我业已发表而迄未印行成集的，有五种诗集，一本《现代诗选译》，一本《蔡斯德菲尔家书》，一本画家保罗·克利的评传，和两种散文集，如果我不夭亡——当然，买半票，充“神童”的年代早已逝去——到五十岁时，希望自己已是拥有五十本作品（包括翻译）的作家，其中至少应有二十种诗集。对九缪思许的这个愿，恐怕是太大了一点。然而照目前写作的“产量”看来，打个六折，有三十本是绝对不成问题的。

最后一类藏书，远超过上述三类的总和。它们是我付现买来，积少成多的中英文书籍。惭愧得很，中文书和英文书的比例，十多年来，愈来愈悬殊了。目前大概是三比七。大多数的书呆子，既读书，亦玩书。读书是读书的内容，玩书则是玩书的外表。书确是可以“玩”的。一本印刷精美、封面华丽的书，其物质的本身就是一种美的存在。我所以买了那么多的英文书，尤其是缤纷绚烂的袖珍版丛书，对那些七色鲜明设计潇洒的封面一见倾心，往往是重大的原因。“企鹅丛书”（Penguin Books）的典雅，“现代丛书”（Modern Library）的端庄，“袖珍丛书”（Pocket Books）的活泼，“人人丛书”（Everyman's Library）的古拙，“花园城丛书”（Garden City Books）的豪华，瑞士“史基拉艺术丛书”（Skira Art Books）的堂皇富丽，尽善尽美……这些都是使蠹鱼们神游书斋的乐事。资深的书呆子通常有一种不可救药的毛病。他们爱坐在书桌前，并不一定要读哪一本书，或研究哪一个问题，只是喜欢这本摸摸，那本翻翻，相相封面，看看插图和目录，并且嗅嗅（尤其是新书的）怪好闻的纸香和油墨味。就这样，一个昂贵的下午用完了。

约翰生博士曾经说，既然我们不能读完一切应读的书，则我们何不任性而读？我的读书便是如此。在大学时代，出于一种攀龙附凤、进香朝圣的心情，我曾经遵循文学史的指点，自勉自励地读完八百多页的《汤姆·琼斯》，七百页左右的《虚荣市》，甚至咬牙切齿，边读边骂地咽下了《自我主义者》。自从毕业后，这种啃劲愈来愈差了。到目前忙着写诗、译诗、编诗、教诗、论诗，五马分尸之余，几乎毫无时间读诗，甚至无时间读书了。架上的书，永远多于腹中的书；读完的藏书，恐怕不到十分之三。尽管如此，“玩”书的毛病始终没有痊愈。由于常“玩”，我相当熟悉许多并未读完的书，要参考某一意见，或引用某段文字，很容易就能翻到那一页。事实上，有些书是非玩它一个时期不能欣赏的。例如梵高的画集、康明思的诗集，就需要久玩才能玩熟。

然而，十年玩下来了，我仍然不满意自己这书斋。由于太小，书斋之中一直闹着书灾。那些漫山遍野、满坑满谷、汗人而不充栋的洋装书，就像一批批永远取缔不了的流氓一样，没法加以安置。由于是日式，它嫌矮，而且像一朵“背日葵”那样，永远朝北，绝对晒不到太阳。如果中国多了一个阴郁的作家，这间北向的书房应该负责。坐在这扇北向之窗的阴影里，我好像冷藏在冰箱中一只满孕着南方的水果。白昼，我似乎沉浸在海底，岑寂的幽暗奏着灰色的音乐。夜间，我似乎听得见爱斯基摩人雪橇滑行之声，而北极星的长髯垂下来，铮铮然，敲响串串的白钟乳。

可是，在这间艺术的冷宫中，有许多回忆仍是炽热的。朋友来访，我常爱请他们来这里座谈，而不去客厅，似乎这里是我的“文化背景”，不来这里，友情的铅锤落不到我的心底。佛洛斯特的凝视悬在壁上，我的缪思是男性的。在这里，我曾经听吴望尧，现代诗一位失踪的王子，为我讲一些猩红热和翡冷翠的鬼故事。在这里，黄用给我看到几乎是他全部的作品，并且磨利了他那柄冰冷的批评。在这里，王敬羲第一次遭遇黄用，但是，使我们大失所望，并没有吵架。在这里，陈立峰，一个风骨凛然的编辑，也曾遗下一朵黑色的回忆……比起这些回忆，零乱的书籍显得整齐多了。

一九六三年四月十五日

岂有哑巴缪思？

一

一九六五年的初秋，夏菁和我同客美国。他高踞落基山顶，我远卧五湖平原，两地相隔，千五百英里。九月间，他飞去芝加哥，我则驾车去芝城迎接。参观了艺术馆后，太阳已经偏西，便负着落晖，冲着满地的秋色，驶回密歇根去。那夜月色清朗，平而直的超级国道，无声地流着，流一条牛奶的运河。怀乡人最畏明月夜，何况长途犹长，归途的终点也不能算家。于是两人对吟起唐人绝句来，一人一首，结果，是愈吟愈愁。事隔年余，仍记得当时，吟到“不知何处吹芦管，一夜征人尽望乡”，真感到是那么一回事，一时“鹅皮”（gooseflesh）都麻了起来。那实在是难忘的一夜。

“鹅皮”也好，“鸡皮”也好，诵诗而到高潮，我的反应之中，总会有这么一点生理的成分。不是冒起鸡皮鹅皮，便是目润喉涩，最敏锐时，更有猝然中箭的感觉。英国诗人浩司曼在《诗的名与实》一文中，也曾经描述诗对他的作用，是生理甚于心智。他说，在早晨修脸的时候，他尽可能避免想诗，否则一句诗忽然涌现在心中，他的面肌紧张起来，剃刀便会失手。又说，随之而来，会有一阵寒战，自上而下，扫过他的脊椎，且有泪水涌至眼中。最后，浩司曼说，胃部是这一切感觉的中心。高敢也表示过，看梵高的画使他的胃不宁。

绘画到底是空间的艺术，构图的节奏感对我们生理的节奏（例如呼吸和脉搏）所起的作用，似乎不如诗和音乐一类的时间的艺术，那么强烈。虽然十分喜爱绘画，我在面对一幅杰作时，所经验的是一种深沉然而缓慢的感动，缓慢，是因为画家没有限你一定的时间去领会他的作品。音乐则恰恰相反，其节奏感完全取决于时间；人体的节奏感受到它的影响，随之疾缓起伏，所以我们在生理上对音乐的反应，总是更为迅速而直接。证之以我个人的经验：被一段美好的旋律感动时，我会生鸡皮，竖汗毛，麻头顶；但神往于一幅画的意境时，似乎很少这种生理的现象。

尽管有少数诗人（从乔治·赫伯特到阿波里奈尔到康明思）热衷于诗的空间表现，诗，在本质上仍是一种时间的艺术。而时间艺术的诗，对我们的作用，尽管是非常心灵的，也是颇为生理的。这一点，似乎有不少的读者，甚至作者自己，尚无明确的认识。缪思，一半是神，一半也是女人。她紧扣我们的心灵，但同时也满足我们的耳目。缪思而成为哑巴，则所以成为女性的魅力，已经丧失了一半。不幸的是，中国诗的缪思，已经显示出变哑的危机了。

对于我，对于中年以上的某些读者，中国古典诗的朗吟（英文叫作 chanting）是可以终身享受的一种高级乐趣。说得轻松些，它可以自娱，可以娱人，是雅人名士的一种消遣，一种修养。说得严重些，它成为欣赏古典诗的一个必要条件；短如一首五言绝句，不加千百遍的朗诵或低吟，是不可能充分心领神会的。我这一代的中年人，身逢抗战，经历种种的不幸，而比起现在的青年来，至少多一件幸事，那就是，懂得如何吟诵古典诗。小时候，我的父母和二舅父都会吟诗。他们虽未着意教我，毕竟耳濡目染，久之我也吟成了自己的一种腔调。其后这种吟哦，或高咏，或低唱，给了我无穷的安慰。今日，我的学生之中，甚至青年诗人之中，据我所知，十之八九都不会吟诵古典诗。某些青年诗人，恐怕还没有意会到这是一种不利，一种缺陷。默读唐诗，甚或用今日的国语出声诵读，固然也可以获致相当程度的了解，但比起曼声朗吟千百次后的那种领会，恐怕相去远甚。最大的原因，在于前者仅仅是心灵的吸收，而后者加上了生理的沉浸。所谓“熟读唐诗”，也就是要用生理的适应去帮助心灵的吸收，使那种节奏感，那种声调，进入肌肉，缠绕每一根神经。

这样的分析，有些读者可能认为缺乏“诗意”。但是诗的生理作用，往往可以超越心灵的领会而影响读者或听众。我在美国授中国诗的时候，班上的金发孩子们对我朗吟的反应，总是热烈的，有些学生甚至要我教他们跟着吟咏。一位学生事后告诉我：他念这一班所留下的最深印象，是某次听我朗吟《国殇》。其间我也有时应邀去别的大学演讲，而当我在演讲时朗吟李白或杜甫时，完全不懂中文的听众，总是兴味盎然。这种反应，大部分属于生理。反之，我不懂西班牙文，而每次听到西班牙神父兼诗人劳治国（Father Carlos Orozco）朗诵洛尔卡炽热的抒情诗，总是感到一种绝大的过瘾。又如狄伦·汤默斯的诗，据有些人说，看起来很费解，听起来，尤其听他自己朗诵起来，反而很容易接受，至少会感到，那节奏之中，挟带着一股强大的说服力。再如乔叟那种中世纪的英文，看起来好费劲，而听傅良圃神父（Father Fred Foley）念起来，忽然透明得多。不错，心灵是诗的殿堂，但是，耳朵是诗的一扇奇妙的门。仅仅张开眼睛，是不能接受全部的诗的。我几乎可以说，一首诗若未经诵出，只有一半的生命，因为它的缪思是哑了的缪思。在台湾，某些诗人铺张意象而无视于节奏的结果，已经使部分现代诗哑然无声，不能卒读。这样发展下去，也许有一天我们的新诗会哑掉，而古典诗的吟诵，也可能失传。（例如仅仅会说国语的读者，是不会知道什么是入声的。而将"水深波浪阔，无使蛟龙得"读成平声，哪里还有凄恻之感？）中国文学岂不变成了哑文学？

英文有一个字，我最喜欢。audience 的本意，是听众，也是观众，在美国，它还有读者的意思。在中文里，还没有一个字，能兼读者与听众二义。一个诗人在创作时，是以什么样的人为对象呢？是以读者，或是听众为对象呢？在某种崇高而纯粹的意义上，诗人可以自称，他的创作的对象是某一个人，是他自己，自己的灵魂，是虚空，是神；也就是说，他的作品是悼诗，是书简，是自言自语，是一种祷告，一种符咒。果然完全如此，他可以寄掉，烧掉，忘掉，或者记在日记里面。如果他拿出来发表，则他显然是以一群人为对象了。当罗赛蒂把一卷诗封在他亡妻的棺中殉葬时，那些作品的对象只限于一个女人；但是后来，当他启棺取诗，将之公诸读者时，对象便成为一群人了。

华兹华斯认为，诗人是对众人说话的一个人（a man speaking to men）。这当然和演说家不同。演说家同时对一大群人说话，眼中并没有单独的个人；诗人也许有一千个听众或读者，但每一个人都感觉，诗人似乎只对他一个人单独对谈。在一个民族的早期文学之中，诗只以听众为对象，因为那时诗不但可以朗诵，更可以吟唱。之后，诗不但与音乐分了家，甚至渐渐与口语分了家，结果是，诗保有了读者，但失去了听众。最后，自从象征主义以后，似乎连读者也愈来愈少了。

以美国诗为例。爱伦坡曾企图再度将音乐与诗接合，但拘于机械的格律，似乎是按照节拍计谱写的，乃被爱默森呼为“叮当诗人”。林赛（Vachel Lindsay）也曾热心这样的结合，不过他直接用乐器来伴奏。桑德堡则以吉他自弹自诵。不过诗和音乐分家似乎是分定了。在另一方面，诗和口语的关系，也是时疏时密的。艾略特在理论上，强调诗应该采纳语言自然的节奏，且须具备好散文的起码条件（因此他曾反对米尔顿的过分割裂与倒装），但在自己的创作上，有时文白夹杂，频用外文，例如《荒原》之中，竟用了六种不同的外文。庞德也有这种毛病。大致上说来，艾略特的理论，实践在他的诗剧中的，多于在他的诗中。佛洛斯特之所以广受欢迎，原因之一，在于他作品中自然而亲切的对话体裁。

美国现代诗所以未被晦涩的独白体完全淹没，佛洛斯特的榜样是有阻挡作用的。例如晚一辈的艾伯哈特（Richard Eberhart）便深受他的影响。更年轻的一辈，包括“敲打的一代”，更透过威廉姆斯和意象派，欲直追惠特曼的自由诗，更是纯以口语为节奏的基础。费林盖蒂（Lawrence Ferlinghetti）更说：“印刷已经使诗变得冷寂无声，我们遂忘记诗曾是口头传讯的那种力量了。街头歌者和救世军传道士的声音，是不可蔑视的。”

无论如何，美国的诗人仍未与“听众”脱节。一些诗人应邀到大学里去演讲，往往只是解释并朗诵自己的作品。我听过的诗人自诵，先后有佛洛斯特、魏因（John Wain）、魏尔伯（Richard Wilbur），和海克特（Anthony Hecht）等几位。佛洛斯特很容易地吸引了两千多人。魏尔伯的听众，挤满了一座会堂，也有四百人左右。艾略特在明尼苏达大学诵诗时，听众一万三千多人，有人甚至认为是沙福克里斯以来的最高纪录。和费林格蒂一样，名诗人沙比洛（Karl Shapiro）也极力强调听众的重要性。他在《什么不是诗？》一文中说：“听众品鉴力低下这个问题，在批评中恒成为主要的借口。事实上，除非当场试验，别无他法可以测出听众的品鉴力。”接着他又说：“一切好诗对于听众皆有直接的震撼力。最伟大的诗，皆以戏剧或叙事形式出之，即可证明此点。几乎一切的现代诗，无论是当场或是事后，皆不能发生震撼……现代诗之为病，便是与一切活生生的听众脱节之病。”

二

三年前，我还在国内的时候，往往应邀到各处做专题演讲。这次回国后，我便改变方式，将所谓专题演讲，改为朗诵自己的作品，且稍稍加以诠释。我发现，听众对后者的反应，远比对前者热烈，因为专题演讲是理性的，泛论的，而自诵作品是感情的，个人的，更易引起人性的共鸣。

集体性的现代诗朗诵会，我自己曾经策划、主持过四五次，也曾多次参加过别人所举办的。自己所主持的几次，最成功的，是一九六四年三月底在耕莘文教院举办的“第三次现代诗朗诵会”。那次的听众约有五百四五十人，其中颇有一些是旁立到终场的；参加朗诵的，除诗人们自己外，尚有教授、军官、神父，及各大学学生，所诵语文包括中文、英文、法文和西班牙文。

不过，国内的诗朗诵，和国外的有一点不同。国外的诗朗诵，似乎绝少备有印刷品，供听众边听边看。在国内，像这样的场合，无论是“现代艺术季”的发表会，台大学生主办的“现代诗交响乐”，或是我主持的“现代诗朗诵会”，往往备有作品的全份油印，让“听众”同时做“读者”。这一点差异意味着至少两件事。第一，中文的同音字远比西洋语文的同音字为多，要全赖耳朵去分辨，当然不如耳目并用那么方便。像“联合国”“青岛”“印象主义”等等多音的名词，固然一听即懂，但遇上单音字，而上下文又不清楚时，听觉便不灵了。例如“事”的同音字，据一本《国语辞典》所列，便有三十六个之多。碰上“事”“四”不分的诵者，情形就更混乱了。英文自然也有同音字，唯一音之中，像sea和see，像be和bee等等，也只有三两个字的重复而已。第二，美国的现代诗固然不好懂，但口语化的程度，以及节奏上的透明，似乎仍较台湾的现代诗宜于做听觉上的沟通。英文诗中的语言，虽历经华兹华斯、白朗宁、霍普金斯、哈代、艾略特，和意象派诸人的改革，似乎一直能保持一股活的传统。我国诗中的语言，五四以后呈现了一种剧变，以致今日现代诗的语言和唐宋诗的语言，相去不可以道里计。我觉得，叶慈的节奏，在宏富和流畅方面，去莎士比亚并不太远。而方莘和鲍照之间，则好像怎么样也连贯不起来。我曾将近作《凡有翅的》译成英文，夏菁看后，认为在语言上，英译比中文原文还好，读起来比较顺畅自然，且更响亮。之后在朗诵会上两者并诵，也有人与夏菁同感。我不敢说，这是不是因为我们的白话尚未充分成熟，或至少不及英语成熟。不过，我们的现代诗人还不很愿意，或尚不太敢于面对“听众”，因为他们对这件事没有把握，则是不争的事实。

可是“听众”的挑战，是永远在那里等着现代诗人的。不接受这项挑战且将听众赢到现代诗这边来，现代诗将命定只有少数读者，让诗在纸上冷掉。小说的读者一向多于诗。其他的艺术，如绘画、雕塑、音乐、舞蹈、戏剧、电影，莫不当场当时争取并征服活的听众或观众。只有诗，只有现代诗似乎仍然安于在印刷品上与一些零零星星的面目模糊的“读者”寂寂相对。也就是说，仍然安于做一个哑了的缪思。

对于这种现象，辩护人自然可以提出了许多借口：例如，诗具有永恒性和普遍性，所以诗的欣赏不必局限于某一特定的时空；例如，诗是可以反复吟咏，细细玩味的，所以宜于个别的读者自己欣赏；例如，具有深度的诗，静静默读，比千百人前的诵朗，更能曲折体会，而潜入作者思想的底层；例如，某些抒情诗，只合读者低吟，不宜诵者高呼。

这些都是可以成立的理由。我也承认，某些作品，或以思想的深度见长，或以“印刷术的地形”取胜，在本质上或不太适合吟诵。但是在原则上，没有诗，没有一首好诗，是不能拿来吟诵，或者虽吟诵也令人无法当场（或多或少地）接受的。如果真有这种现象，现代诗人们似乎应该坐下来好好地反省一下了。我也不否认，在大众的场合，一首“野”的诗比一首“驯”的诗，更容易攫住听众的注意，而一首谐趣洋溢的诗比一首严肃的诗，或更受欢迎。但是作者吟诵的艺术，加上他的个性和名望，都能形成震撼听众的力量。据我的观察，周梦蝶对听众的吸引力，绝不在管管之下。我们知道，听众的组成分子，也是形形色色的。

曾因晦涩与偏窄而几乎失去读者的现代诗，不但应该向小说，向其他艺术争回它的读者，且应培养它自己应该拥有的一群活听众。和活听众不断地接触下，活生生的反应可能使现代诗人在人性的镜子中照见自己，也可能使现代诗人想到读者不会使他想到的种种问题。诗人们实在应该有勇气面对这种考验。

如果我们以为，现代诗必然是滞销的，那就错误了。在美国，金斯堡的诗集《怒号》[①]，十年之内，已经销到十六版。费林盖蒂也

① 现大陆通译为《嚎叫》。——编者注

极受大学生的欢迎；他的《心灵的科尼岛》也已经在短短的八年里印了十四版，销数超过了二十万册。他的另一本诗集《从旧金山出发》，在书背里页，还附了一张自诵作品的录音片。诗人自诵作品的录音片，每张六元，在美国也销售得很多。这类唱片，有专集，有选集，也有由名演员或名学者来朗诵的，例如里察·波顿便录过哈代的诗。据说狄伦·汤默斯和佛洛斯特的唱片销数，都上了六位数。这种唱片，不但予听众以如闻其人的亲切感，更让他们从诗人的自诵中领会那些作品真正的意义。想想看，如果莎士比亚在四百年前曾经将他朗诵十四行的声音录下来了，该多令人兴奋，多便利莎学的研究！

而我们，不到半个世纪，梁启超的声音已经听不见了。王国维的声音听不见了。近如胡适和傅斯年，一张唱片也没有留下来。诗人的声音，徐志摩的，闻一多的，也已随时间消逝尽了。但在西方，现代一流作家的声音，将永传后世，不但令后人如聆其声，千百年后，更成为文学史、语言学、声韵学等等的宝贵资料。在美国，成名的诗人，不但有诵诗的唱片流行于市场，更应邀将自己的吟诵制成录音带，保存在国会图书馆中。这充分地显示出，美国对自己的现代文学资料，如何珍视，且努力保存。

希望我们的图书馆，以及文化界有关的人士，能及时注意这一点。希望我们能及时录下当代学者的古典诗的吟诵，以及当代重要诗人及作家们的自诵，为了诗，为了文学的研究与延续。一个民族，岂能让自己的缪思哑掉？

一九六七年五月十三日

茱萸之谜

茱萸在中国诗中的地位，是十分特殊的。屈原在《离骚》里曾说：“椒专佞以慢慆兮，榝又欲充夫佩帏。”显然认为榝是不配盛于香囊佩于君子之身的一种恶草。榝，就是茱萸。千年之后，到了唐人的笔下，茱萸的形象已经大变。王维的“遥知兄弟登高处，遍插茱萸少一人”，杜甫的“明年此会知谁健，醉把茱萸仔细看”，都是吟咏重阳的名句。屈原厌憎的恶草，变成了唐人亲近的美饰，其间的过程，是值得追究一下的。

重九，是中国民俗里很富有诗意的一个节日，诸如登高、落帽、菊花、茱萸等等，都是惯于入诗的形象。登高的传统，一般都认为是本于《续齐谐记》所载的这么一段：“汝南桓景随费长房游学累年。长房谓曰：‘九月九日，汝家中当有灾。宜急去，令家人各作绛囊，盛茱萸以系臂，登高饮菊花酒，此祸可除。’景如言，齐家登山。夕还，见鸡犬牛羊一时暴死。长房闻之曰：‘此可代也。’今世人九日登高饮酒，妇人带茱萸囊，盖始于此。”

重九的吟诗传统，大概是晋宋之间形成的。二谢戏马台登高赋诗，孟嘉落帽，陶潜咏菊，都是那时传下来的雅事。唯独茱萸一事似乎是例外。《续齐谐记》的作者是梁朝人吴均，而桓景和费长房相传是东汉时人。根据《续齐谐记》的说法，登高、饮菊花酒、戴茱萸囊，这些习俗到梁时已颇盛行，但其起源则在东汉。可是《西京杂记》中贾佩兰一段，却说汉高祖宫人“九月九日佩茱萸，食蓬饵，饮菊华酒，令人长寿”。此说假如可信，则重九的习俗更应从东汉上推以至于汉初了。但无论我们相信《西京杂记》或是《续齐谐记》，最初佩戴茱萸的，似乎只是女人。不但如此，南北朝的诗中，也绝少出现咏茱萸之作。

到了唐朝，情形便改观了。茱萸不但成为男人的美饰，更为诗人所乐道。当时的女人仍佩此花，但似乎渐以酒姬为主，称为茱萸女，张谔诗中便曾见咏。王维所谓“遍插茱萸”，说明男子佩花之盛。杜甫所谓“醉把茱萸”，可能是指茱萸酒。重九二花，菊与茱萸，菊花当然更出风头，因为它和陶渊明缘结不解，而茱萸，在屈原一斥之后，却没有诗人特别来捧场。虽然如此，茱萸在唐诗里面仍然是很受注意的重阳景物。杜甫全集里，咏重九的十四首诗中便三次提到茱萸。李白的诗句“九日茱萸熟，插鬓伤早白”说明此树的红实熟于重九，可以插在鬓边。佩戴茱萸的方式，可谓不一而足，或如赵彦伯所谓“簪挂丹萸蕊”，或如陆景初所谓“萸房插缙绅”。至于李峤的“萸房陈宝席”和杜甫的“缀席茱萸好”，则是陈花于席，而李乂的“捧篋萸香遍”该是分传花房或赤果。储光羲的“九日茱萸飨六军”，恐怕是指茱萸酒，而不是指花。

我想佩缀茱萸之风大盛于唐，大概是宫廷倡导所致。当时每逢重阳佳节，皇帝常常率领一班文臣登高赋诗，同时把一枝枝的茱萸分群臣佩饰，算是辟邪消灾，应付桓景的故事。翻开全唐诗，多的是“九月九日幸临渭亭登高应制”或者“九月九日登慈恩寺浮图应制”一类的诗题。这一类的诗，无非“菊彩扬尧日，萸香远舜风”“宠极萸房遍，恩深菊酎余”的颂辞，绝少文学价值。一般说来，应制诗常提到此花，反之则少提及，可见宫廷行重九之令，一定备有此花。杜甫五律《九日》末二句“茱萸赐朝士，难得一枝来”，指的正是这件事。到了陆游的诗句“但忆杜醅挼菊蕊，敢希朝士赐萸枝”，恐怕只是偷杜甫之句，不是写实了。

只要看唐代“茱萸赐朝士”之盛，便可以想见汉代宫人佩花之说或非虚构。汉高祖时不可能流行桓景故事，而《西京杂记》中所言重九种种也并无登高之说。原来茱萸辟邪除害，并非纯由传说，乃有医学根据。我们统称为“茱萸”的植物，其实更分为三类：山茱萸属山茱萸科，吴茱萸和食茱萸则属芸香料，功能杀虫消毒，逐寒去风。李时珍在《本草纲目》里说，井边种植此树，叶落井中，人饮其水，得免瘟疫。至于说什么“悬其子于屋，辟鬼魅”，自然是迷信，大概是取其味辛性烈之意，正如西洋人迷信大蒜可以逐魔吧。郭震所谓“辟恶茱萸囊，延年菊花酒”，正是此意。除此之外，吴茱萸还可以“起阳健脾”，山茱萸更能“补肾气，兴阳道，坚阴茎，添精髓，安五脏，通九窍”。不知这些功用和此物大盛于唐有没有关系？据说茱萸之为物，不但花、茎、叶、实均可入药，还可制酒。白居易所谓“浅酌茱萸杯”，恐怕正是这种补酒。

食茱萸的别名，有榄、藙、越椒等多种。古人以椒、榄、姜为“三香”，到了明朝，榄已罕用，现代人则只用椒与姜，不知茱萸为何物了。但在《礼记》里，三牲即已用茱萸来调味去腥。《吴越春秋》更说：“越以甘蜜丸榄报吴赠封之礼。”可见早在屈原之前，茱萸已成国际间相赠的礼品了。然则众人之所贵，何以独独见鄙于屈原呢？可能茱萸味特辛辣，“螫口惨腹”，不合屈原口味，甚至引起过敏之症，也未可知。曹植诗句“茱萸自有芳，不若桂与兰”，也许正说中了此意。

一九七六年九月

夜读叔本华

体系博大思虑精纯的哲学名家不少，但是文笔清畅引人入胜的却不多见。对于一般读者，康德这样的哲学大师永远像一座墙峭堑深的名城，望之十分壮观，可惜警卫严密，不得其门而入。这样的大师，也许体系太大，也许思路太玄，也许只顾言之有物，不暇言之动听，总之好处难以句摘。所以翻开任何谚语名言的词典，康德被人引述的次数远比培根、尼采、罗素、桑塔亚纳一类哲人为少。叔本华正属于这澄明透彻易于句摘的一类。他虽然不以文采斐然取胜，但是他的思路清晰，文字干净，语气坚定，读来令人眼明气畅，对哲人寂寞而孤高的情操无限神往。夜读叔本华，一杯苦茶，独斟千古，忍不住要转译几段出来，和读者共赏。我用的是企鹅版英译的《叔本华小品警语录》(*Arthur Schopenhauer：Essays and Aphorisms*)：

作家可以分为流星、行星、恒星三类。第一类的时效只在转瞬之间：你仰视而惊呼："看哪"——他们却一闪而逝。第二类是行星，耐久得多。他们离我们较近，所以亮度往往胜过恒星，无知的人以为那就是恒星了。

但是他们不久也必然消逝；何况他们的光辉不过借自他人，而所生的影响只及于同路的行人（也就是同辈）。只有第三类不变，他们坚守着太空，闪着自己的光芒，对所有的时代保持相同的影响，因为他们没有视差，不随我们观点的改变而变形。他们属于全宇宙，不像别人那样只属于一个系统（也就是国家）。正因为恒星太高了，所以他们的光辉要好多年后才照到世人的眼里。

叔本华用天文来喻人文，生动而有趣。除了说恒星没有视差之外，他的天文大致不错。叔本华的天文倒令我联想到徐霞客的地理。徐霞客在游太华山日记里写道：“未入关，百里外即见太华兀出云表；及入关，反为冈陇所蔽。”太华山就像一个伟人，要在够远的地方才见其巨大。世人习于贵古贱今，总觉得自己的时代没有伟人。梵高离我们够远，我们才把他看清，可是当日阿罗的市民只看见一个疯子。

风格正如心灵的面貌，比肉体的面貌更难作假。模仿他人的风格，等于戴上一副假面具；不管那面具有多美，它那死气沉沉的样子很快就会显得索然无味，使人受不了，反而欢迎奇丑无比的真人面貌。学他人的风格，就像是在扮鬼脸。

作家的风格各如其面，宁真而丑，毋假而妍。这比喻也很传神，可是也会被平庸或懒惰的作家用来解嘲。这类作家无力建立或改变自己的风格，只好绷着一张没有表情或者表情不变的面孔，看到别的作家表情生动而多变，反而说是在扮鬼脸。颇有一些作家喜欢标榜“朴素”。其实朴素应该是“藏巧”，不是“藏拙”，应该是“藏富”，不是“炫穷”。拼命说自己朴素的人，其实是在炫耀美德，已经不大朴素了。

> “不读”之道才真是大道。其道在于全然漠视当前人人都热衷的一切题目。不论引起轰动的是政府或宗教的小册子，是小说或者是诗，切勿忘记，凡是写给笨蛋看的东西，总会吸引广大读者。读好书的先决条件，就是不读坏书：因为人寿有限。

这一番话说得斩钉截铁，痛快极了。不过，话要说得痛快淋漓，总不免带点武断，把真理的一笔账，四舍五入，做断然的处理。叔本华漫长的一生，在学界和文坛都不得意。他的传世杰作《意志与观念的世界》在他三十一岁那年出版，其后反应一直冷淡，十六年后，他才知道自己的滞销书大半是当作废纸卖掉了的。叔本华要等待很多很多年，才等到像瓦格纳、尼采这样的知音。他的这番话为自己解嘲，痛快的背后难免带点酸意。其实曲高不一定和寡，也不一定要久等知音，披头士的歌曲可以印证。不过这只是次文化的现象，至于高文化，最多只能“小众化”而已。轰动一时的作品，虽经报刊鼓吹，市场畅售，也可能只是一个假象，“传后率”不高。判别高下，应该是批评家的事，不应任其商业化，取决于什么排行榜。这期间如果还有几位文教记者来推波助澜，更据以教训滞销的作家要反省自己孤芳的风格，那就是僭越过甚，误会采访就是文学批评了。

一九八五年六月二日

诗与哲学

最近接到你的来信，说你喜欢读诗，尤其是感性十足而又洋溢着抒情意味的作品，像诗中的绝句，词中的小令，西方浪漫派的诗，和徐志摩的小品，但是，你说，你不喜欢诗人说理，包括所谓哲理诗。

我对你的选择，能够同情，却不赞许。我同情你，是因为你年轻，又初入诗国，认识尚浅；但是不赞许你，因为诗的天地广阔，有如人生，不但能表现感性，也能提供知性，不但可以抒情，也可以说理。

诗不是哲学，但可以含蓄哲理，在表现个人的情思之外，还可以探究普遍的道理。据我所知，有些哲学家不喜欢诗，当然，也有些诗人不喜欢哲学。不过我深信，毫无诗意的哲人未免失之枯燥与严峻，反之，耽于个人经验而不能提升为普遍真理的诗人，也恐怕难成大家。

不过诗情要通于哲理，不能直截了当地把感性的经验归纳成落于言诠的知性规则，只能用暗示与象征来诱导读者，使他因小见大，由变识常，举一反三，而自悟真理。哲学大师康德在《纯理性的批判》结尾说："头上是灿烂的星空，胸中是道德的规律。此二者令我满心惊奇而敬畏，思之愈久，念之愈深，愈觉其然。"这句话兼具知性与感性，气象不凡，虽非纯诗，却有诗意。朱熹《观书有感》诗云：

昨夜江边春水生，
蒙冲巨舰一毛轻。
向来枉费推移力，
此日中流自在行。

表面上是说水涨船高，航行因而轻便，实际上却暗示读书或穷理，都要循序渐进，等到用力够深，思虑成熟，自会豁然贯通。一夜春雨，江水骤至，是影射久思之余的顿悟。蒙冲巨舰即大船，蒙冲，即艨艟。二、三、四句暗示，重大的问题以前费力思考，难以解决，现在终于领悟，举重若轻，顺利分析而得到结论。

朱熹乃哲学家之善写诗者，抽象的事理在他诗中得以具体的形象生动表达，很有说服力。另一方面，诗人之中也有深谙哲理的，更善于借可见、易见之物来喻不见、难见之理，苏轼便是有名的例子。下面是他的名作《题西林壁》：

横看成岭侧成峰；
远近高低各不同。
不识庐山真面目，

只缘身在此山中。

表面上此诗是写庐山之景变化多端，难以详述，也难以综览。实际上庐山是表，世事是里；庐山只是借喻，世事才是本题。苏轼以小喻大，以特例来喻常理，生动而巧妙地说明了当局者迷、主观者偏的道理。我们离庐山太近了，甚至就在山中，反而只见细节，不见全貌，只见殊姿，不见共相。

现代诗中企图表现哲理的作品不少，但成功的不多。现年七十七岁的卞之琳先生是一位杰出的现代诗人，他早年的短诗《断章》，寥寥四句，是一首耐人寻味的哲理妙品：

你站在桥上看风景，
看风景人在楼上看你。

明月装饰了你的窗子，
你装饰了别人的梦。

表面上，这首诗前二行在写景，后二行由实入虚，写景兼而抒情。就摆在这层次上来看，这首诗已经够妙、够美，不但简洁而生动地呈现出画面，更有一种匀称的感觉。如果我们在耽于美感的观照之余，能越过表相去探讨事物的本质与普遍的真理，就发现这首诗的妙处不限于写景与抒情。

原来世间的万事万物皆有关联，真所谓牵一发而动全身。你站在桥上看风景，另有一人却在高处观赏，连你也一起看了进去，成为风景的一部分，有如山水画中的一个小人。同样地，明月出现在你的窗口，你呢，却出现在别人的梦中。你的窗口因为有月而美，别人的梦呢，因为你出现才有意义。

这么看来，这首诗有一种交相反射、层层更进的情趣，令人想起“螳螂捕蝉，黄雀在后”的成语。波斯古谚“我埋怨自己没有鞋子，直到有一天看见别人没有脚”，也有这种层递发展。只是波斯古谚的发展是递减，而“螳螂捕蝉，黄雀在后”是递加，卞之琳的《断章》也是递加。

《断章》的妙处尚不止此，因为它更阐明了世间的关系有主有客，但主客之势变易不居，是相对而非绝对。你站在桥上看风景，你是主，风景是客。但别人在楼上看风景，连你也一并视为风景，于是轮到别人为主，你为客了。明月装饰了你的窗子，你是主，明月是客。但是你却装饰了别人的梦，于是主客易位，轮到你做客，别人做主。同样一个人，可以为主，也可以为客，于己为主，于人为客。正如同一个人，有时在台下看戏，有时却在台上演戏。

再想一下，又有问题。台下观众若是客，台上演员果真是主吗？你站在桥上看风景，果真风景是客，你是主吗？语云“物是人非”，也许风景不殊，你才是匆匆的过客吧？

《断章》的前两句另有一层曲折。你站在桥上看风景，其中的你，是背着楼呢，还是向着楼呢？若是背楼，则你看风景，别人看你，是递加之势。若是向楼，则你看风景，也看楼上人，楼上人看风景，也看桥上人（就是说：也看你）。这就不是同向递加，而是相向交射了，那就变成了对镜之局，正如辛弃疾所说的：“我见青山多妩媚，料青山见我应如是。”

世事纷纭，有时是递加，有时是交射，有时却巧结连环。就像过节送礼，最后却回到自己手中。如果之琳先生不在意，我倒想借用他的道具来安排另一局世棋。诗名就叫《连环》如何？

你站在桥头看落日，
落日却回顾，
回顾着远楼，
有人在楼头正念你。

你站在桥头看明月，
明月却俯望，
俯望着远窗，
有人在窗口正梦你。

一九八七年十二月十一日

自豪与自幸

——我的国文启蒙

每个人的童年未必都像童话，但是至少该像童年。若是在都市的红尘里长大，不得亲近草木虫鱼，且又饱受考试的威胁，就不得纵情于杂学闲书，更不得看云、听雨，发一整个下午的呆。我的中学时代在四川的乡下度过，正是抗战，尽管贫于物质，却富于自然，裕于时光，稚小的我乃得以亲近山水，且涵泳中国的文学。所以每次忆起童年，我都心存感慰。

我相信一个人的中文根底，必须深固于中学时代。若是等到大学才来补救，就太晚了，所以大一国文之类的课程不过虚设。我的幸运在于中学时代是在纯朴的乡间度过，而家庭背景和学校教育也宜于学习中文。

一九四〇年秋天，我进入南京青年会中学，成为初一的学生。那家中学在四川江北县悦来场，靠近嘉陵江边，因为抗战，才从南京迁去了当时所谓的“大后方”。不能算是什么名校，但是教学认真。我的中文跟英文底子，都是在那几年打结实的。尤其是英文老师孙良骥先生，严谨而又关切，对我的教益最多。当初若非他教我英文，日后我是否进外文系，大有问题。

至于国文老师，则前后换了好几位。川大毕业的陈梦家先生，兼授国文和历史，虽然深度近视，戴着厚如酱油瓶底的眼镜，却非目光如豆，学问和口才都颇出众。另有一位国文老师，已忘其名，只记得仪容儒雅，身材高大，不像陈老师那么不修边幅，甚至有点邋遢。更记得他是北师大出身，师承自多名士耆宿，就有些看不起陈先生，甚至溢于言表。

高一那年，一位前清的拔贡来教我们国文。他是戴伯琼先生，年已古稀，十足是川人惯称的“老夫子”。依清制科举，每十二年由各省学政考选品学兼优的生员，保送入京，也就是贡入国子监，谓之拔贡。再经朝考及格，可充京官、知县或教职。如此考选拔贡，每县只取一人，真是高才生了。戴老夫子应该就是巴县（即江北县）的拔贡，旧学之好可以想见。冬天他来上课，步履缓慢，意态从容，常着长衫，戴黑帽，坐着讲书。至今我还记得他教周敦颐的《爱莲说》，如何摇头晃脑，用川腔吟诵，有金石之声。这种老派的吟诵，随情转腔，一咏三叹，无论是当众朗诵或者独自低吟，对于体味古文或诗词的意境，最具感性的功效。现在的学生，甚至主修中文系的，也往往只会默读而不会吟诵，与古典文学不免隔了一层。

为了戴老夫子的耆宿背景，我们交作文时，就试写文言。凭我们这一手稚嫩的文言，怎能入夫子的法眼呢？幸而他颇客气，遇到交文言的，他一律给六十分。后来我们死了心，改写白话，结果反而获得七八十分，真是出人意料。

有一次和同班的吴显恕读了孔稚珪的《北山移文》，佩服其文采之余，对纷繁的典故似懂非懂，乃持以请教戴老夫子，也带点好奇，有意考他一考。不料夫子一瞥题目，便把书合上，滔滔不绝，不但我们问的典故他如数家珍地详予解答，就连没有问的，他也一并加以讲解，令我们佩服之至。

国文班上，限于课本，所读毕竟有限，课外研修的师承则来自家庭。我的父母都算不上什么学者，但他们出身旧式家庭，文言底子照例不弱，至少文理是晓畅通达的。我一进中学，他们就认为我应该读点古文了，父亲便开始教我魏征的《谏太宗十思疏》，母亲也在一旁帮腔。我不太喜欢这种文章，但感于双亲的谆谆指点，也就十分认真地学习。接下来是读《留侯论》，虽然也是以知性为主的议论文，却淋漓恣肆，兼具生动而铿锵的感性，令我非常感动。再下来便是《春夜宴桃李园序》《吊古战场文》《与韩荆州书》《陋室铭》等几篇。我领悟渐深，兴趣渐浓，甚至倒过来央求他们多教一些美文。起初他们不很愿意，认为我应该多读一些载道的文章，但见我颇有进步，也真有兴趣，便又教了《为徐敬业讨武曌檄》《滕王阁序》《阿房宫赋》。

父母教我这些，每在讲解之余，各以自己的乡音吟哦给我听。父亲诵的是闽南调，母亲吟的是常州腔，古典的情操从乡音深处召唤着我，对我都异常亲切。就这么，每晚就着摇曳的桐油灯光，一遍又一遍，有时低回，有时高亢，我习诵着这些古文，忘情地赞叹骈文的工整典丽，散文的开阖自如。这样的反复吟咏，潜心体会，对于真正进入古人的感情，去呼吸历史，涵泳文化，最为深刻、委婉。日后我在诗文之中展现的古典风格，正以桐油灯下的夜读为其源头。为此，我永远感激父母当日的启发。

不过那时为我启蒙的，还应该一提二舅父孙有孚先生。那时我们是在悦来场的乡下，住在一座朱氏宗祠里，山下是南去的嘉陵江，涛声日夜不断，入夜尤其撼耳。二舅父家就在附近的另一个山头，和朱家祠堂隔谷相望。父亲经常在重庆城里办公，只有母亲带我住在乡下，教授古文这件事就由二舅父来接手。他比父亲要闲，旧学造诣也似较高，而且更加喜欢美文，正合我的抒情倾向。

他为我讲了前后《赤壁赋》和《秋声赋》，一面捧着水烟筒，不时滋滋地抽吸，一面为我娓娓释义，哦哦诵读。他的乡音同于母亲，近于吴侬软语，纤秀之中透出儒雅。他家中藏书不少，最吸引我的是一部插图动人的线装《聊斋志异》。二舅父和父亲那一代，认为这种书轻佻侧艳，只宜偶尔消遣，当然不会鼓励子弟去读。好在二舅父也不怎么反对，课余任我取阅，纵容我神游于人鬼之间。

后来父亲又找来《古文笔法百篇》和《幼学琼林》《东莱博议》之类，抽教了一些。长夏的午后，吃罢绿豆汤，父亲便躺在竹睡椅上，一卷接一卷地细览他的《纲鉴易知录》，一面叹息盛衰之理，我则畅读旧小说，尤其耽看《三国演义》。《西游记》《水浒传》，甚至《封神榜》《东周列国志》《七侠五义》《包公案》《平山冷燕》等等也在闲观之列，但看得最入神也最仔细的，是《三国演义》，连草船借箭那一段的《大雾迷江赋》也读了好几遍。至于《儒林外史》和《红楼梦》，则要到进了大学才认真阅读。当时初看《红楼梦》，只觉其婆婆妈妈，很不耐烦，竟半途而废。早在高中时代，我的英文已经颇有进境，可以自修《莎氏乐府本事》（*Charles Lamb：Tales from Shakespeare*），甚至试译拜伦《海罗德公子游记》[1]（*Childe Harold's Pilgrimage*）的片段。只怪我野心太大，头绪太多，所以读中国作品也未能全力以赴。

我一直认为，不读旧小说难谓中国的读书人。“高眉”（high-brow）的古典文学固然是在诗文与史哲，但“低眉”（low-brow）的旧小说与民谣、地方戏之类，却为市井与江湖的文化所寄，上至骚人墨客，下至走卒贩夫，广为雅俗共赏。身为中国人而不识关公、包公、武松、薛仁贵、孙悟空、林黛玉，是不可思议的。如果说庄、骚、李、杜、韩、柳、欧、苏是古典之葩，则西游、水浒、三国、红楼正是民俗之根，有如圆规，缺其一脚必难成其圆。

读中国的旧小说，至少有两大好处。一是可以认识旧社会的民情风土、市井江湖，为儒道释俗化的三教文化作一注脚；另一则是在文言与白话之间搭一桥梁，俾在两岸自由来往。当代学者慨叹学子中文程度日低，开出来的药方常是“多读古书”。其实目前学生中文之病已近膏肓，勉强吞咽几丸《孟子》或《史记》，实在是杯水车薪，无济于事，根底太弱，虚不受补。倒是旧小说融贯文白，不但语言生动，句法自然，而且平仄妥帖，词汇丰富；

① 现大陆通译为《恰尔德·哈罗德游记》。——编者注

用白话写的，有口语的流畅，无西化之夹生，可谓旧社会白话文的“原汤正味”，而用文言写的，如《三国演义》《聊斋志异》与唐人传奇之类，亦属浅近文言，便于白话过渡。加以故事引人入胜，这些小说最能使青年读者潜化于无形，耽读之余，不知不觉就把中文摸熟弄通，虽不足从事什么声韵训诂，至少可以做到文从字顺，达意通情。

我那一代的中学生，非但没有电视，也难得看到电影，甚至广播也不普及。声色之娱，恐怕只有靠话剧了，所以那是话剧的黄金时代。一位穷乡僻壤的少年要享受故事，最方便的方式就是读旧小说。加以考试压力不大，都市娱乐的诱惑不多而且太远，而长夏午寐之余，隆冬雪窗之内，常与诸葛亮、秦叔宝为伍，其乐何输今日的磁碟、录影带、卡拉 OK？而更幸运的，是在“且听下回分解”之余，我们那一代的小“看官”们竟把中文读通了。

同学之间互勉的风气也很重要。巴蜀文风颇盛，民间素来重视旧学，可谓弦歌不辍。我的四川同学家里常见线装藏书，有的可能还是珍本，不免拿来校中炫耀，乃得奇书共赏。当时中学生之间，流行的课外读物分为三类，即：古典文学，尤其是旧小说；新文学，尤其是三十年代白话小说；翻译文学，尤其是帝俄与苏联的小说。三类之中，我对后面两类并不太热衷，一来因为我勤读英文，进步很快，准备日后直接欣赏原文，至少可读英译本，二来我对当时西化而生硬的新文学文体，多无好感，对一般新诗，尤其是普罗八股，实在看不上眼。同班的吴显恕是蜀人，家多古典藏书，常携来与我共赏，每遇奇文妙句。辄同声啧啧。有一次我们迷上了《西厢记》，爱不释手，甚至会趁下课的十分钟展卷共读，碰上空堂，更并坐在校园的石阶上，膝头摊开张生的苦恋，你一节，我一段，吟咏什么“颠不剌的见了万千，似这般可喜娘的宠儿罕曾见”。后来发现了苏曼殊的《断鸿零雁记》，也激赏了一阵，并传观彼此抄下的佳句。

至于诗词，则除了课本里的少量作品以外，老师和长辈并未着意为我启蒙，倒是性之相近，习以为常，可谓无师自通。当然起初不是真通，只是感性上觉得美，觉得亲切而已。遇到典故多而背景曲折的作品，就感到隔了一层，纷繁的附注也不暇细读。不过热爱却是真的，从初中起就喜欢唐诗，到了高中更兼好五代与宋之词，历大学时代而不衰。

最奇怪的，是我吟咏古诗的方式，虽得闽腔吴调的口授启蒙，兼采二舅父哦叹之音，日后竟然发展成唯我独有的曼吟回唱，一波三折，余韵不绝，跟长辈比较单调的诵法全然相异。五十年来，每逢独处寂寞，例如异国的风朝雪夜，或是高速长途独自驾车，便纵情朗吟“弃我去者昨日之日不可留，乱我心者今日之日多烦忧！”或是“长洪斗落生跳波，轻舟南下如投梭，水师绝叫凫雁起，乱石一线争磋磨！”顿觉太白、东坡就在肘边，一股豪气上通唐宋。若是吟起更高古的“老骥伏枥，志在千里。烈士暮年，壮心不已”，意兴就更加苍凉了。

《晋书·王敦传》说王敦酒后，辄咏曹操这四句古诗，一边用玉如意敲打唾壶作节拍，壶边尽缺。清朝的名诗人龚自珍有这么一首七绝：“回肠荡气感精灵，座客苍凉酒半醒。自别吴郎高咏减，珊瑚击碎有谁听？”说的正是这种酒酣耳热，纵情朗吟，而四座共鸣的豪兴。这也正是中国古典诗感性的生命所在。只用今日的国语来读古诗或者默念，只恐永远难以和李杜呼吸相通，太可惜了。

前年十月，我在英国六个城市巡回诵诗。每次在朗诵自己作品六七首的英译之后，我一定选一两首中国古诗，先读其英译，然后朗吟原文。吟声一断，掌声立起，反应之热烈，从无例外。足见诗之朗诵具有超乎意义的感染性，不幸这种感性教育今已荡然无存，与书法同一式微。

去年十二月，我在“第二届中国文学翻译国际研讨会”上，对各国的汉学家报告我中译王尔德喜剧《温夫人的扇子》的经验，说王尔德的文字好炫才气，每令译者“望洋兴叹”而难以下笔，但是有些地方碰巧，我的译文也会胜过他的原文。众多学者吃了一惊，一起抬头等待下文。我说：“有些地方，例如对仗，英文根本比不上中文。在这种地方，原文不如译文，不是王尔德不如我，而是他捞过了界，竟以英文的弱点来碰中文的强势。”

我以身为中国人自豪，更以能使用中文为幸。

一九九三年一月

不朽与成名

在唐朝的诗人之中，杜牧的成就当然不能比肩李白、杜甫，但是他的好几首七绝，李白、杜甫也未必写得出来。其中《寄扬州韩绰判官》“青山隐隐水迢迢，秋尽江南草未凋。二十四桥明月夜，玉人何处教吹箫？”是我的最爱，小时候一读就已倾心，直到现在。若问我什么原因，却又说不出来，只直觉诗境自远而近，远景空阔，近景透明，到了诗末，更有余音袅袅。以“隐隐”“迢迢”的双叠起句，更以“尽”呼应“隐隐”，以“凋”“桥”“教”“箫”再三呼应“迢迢”，韵感十分充沛。小时候读唐诗，不耐烦细看注解。二十四桥究竟是哪二十四座呢，不少版本都详列了出来，令人扫兴极了。知道了那么多桥名，对诗意有什么帮助呢？七年前我在扬州游瘦西湖，当地人才告诉我，所谓二十四桥其实只是一座桥，就叫“二十四桥”，又名“红药桥”。我听后大失所望。小时初读，还以为真有二十四座桥，月色无边，桥影遥遥相接，每座桥上有一美人，在风流的韩判官调教之下，箫声此起彼落，呼应有致，凌波而来呢。原来桥仅一座，玉人却有二十四位，当然全是歌伎，也就是“楚腰纤细”的青楼中人，而所谓“玉人”也可以是称判官而已。

不过，诗意虽然如此迷离，意境却是极其美的。就像“雁声远过潇湘去，十二楼中月自明”与“南朝四百八十寺，多少楼台烟雨中”一样，有一种迷幻不定之美。说来说去，真正的赢家还是韩绰，在月色箫声之中，他的风流形象一直传到今天。他，不朽了，美名永不磨灭。不过他的不朽并不等于成名。成名的是杜牧，但韩绰跟着不朽。常人要不朽，绝非易事，但诗人的朋友什么都不必做，就可以随着诗人传后。天下竟有这么上算的事情。可是，同样列名于名诗，也不一定总是这么风光。例如綦毋潜，虽然上了《唐诗三百首》的篇名:《送綦毋潜落第还乡》，不管王维写得多么委婉，却再也摆不脱“落第生”的负面印象了。

中国古典诗中，朋友赠答之作特多，反映诗人公开的活动空间，是一男性社会，但不便公开的异性关系，就得隐藏于“无题”“有赠”之中。同性文友之间，常称对方为某家老几。例如李白、高适就称杜甫为杜二，意即杜家排行老二：乃有李诗《鲁郡东石门送杜二甫》，高诗《人日寄杜二拾遗》。同样地，王维诗《渭城曲》原名《送元二使安西》，也即元家老二之意。不过杜甫昵称杜二，人人皆知，元二是何许人，却不知其名。《渭城曲》太有名了，元二也因此不朽。但是元二的不朽却与韩绰不同，因为只知他是元家兄弟，却未得其全名，所以并非“成名”，只算半隐半现的不朽。杜甫也有《送元二适江左》一诗，但是适江左梓州是东行，渭城去安西却朝西远征，相距太远，所以这两位元二恐非一人。

杜甫有名的五古《赠卫八处士》，其中的卫八也不知全名，所以也只算一半不朽，不算成名。我不禁想起，如果是王家的老八，又该怎样称呼呢？果然在《全唐诗》中找到高适有一首诗，叫《赠王八员外》。这太好笑了，因此也可推论，骂人王八，该是唐朝以后的说法。

白居易的五绝名作《问刘十九》：“绿蚁新醅酒，红泥小火炉。晚来天欲雪，能饮一杯无？”酒香诱客，友情感人，这位刘十九终于有未应召，并不重要，但他收到的召饮简讯，却是千古无比的重礼，令天下的馋肠垂涎至今。白居易温了酒，送了诗，却成全刘十九诗、酒并享，而且永垂不朽，羡煞了天下的诗友、酒伴。

不过，并非人人入诗皆成不朽。必须诗先不朽然后入诗的人才能跟着不朽；至于无名的诗、平庸的诗，更不提歪诗、劣诗了，即使有所题赠，也不会令受者扬名传后。就连大诗人的作品，也未必篇篇众口竞传。李白再三赠诗给岑勋与元丹丘，不但见于《将进酒》，还见于《鸣皋歌送岑征君》与《西岳云台歌送丹丘子》等篇，真是够交情了，却仍不及韩绰判官在“二十四桥明月夜，玉人何处教吹箫”句中那么风流可羡。倒是“烟花三月下扬州”的孟浩然，与“桃花潭水深千尺”的汪伦，形象生动难忘：孟浩然自己本已有名，无须仰赖谪仙以传，可是“烟花三月下扬州”的酷态，才能教孟夫子“风流天下闻”，而孟夫子自己的诗却无如此洒脱。受益更多的恐怕还是汪伦，本身原来不足传后，只因招待的是李白，外加到岸边踏歌送行，轻轻松松，就流芳千古了。至于一饭有恩的老太婆：《宿五松山下荀媪家》，一醉难忘的老头子:《哭宣城善酿纪叟》，根本想不到什么朽与不朽，却因谪仙感恩题诗，竟以漂母、杜康之姿传后了。

另一种情况是：诗人的朋友虽然有幸被题咏入诗，但诗中所咏未必是恭维，甚至不幸是嘲弄。例如光、黄之间的隐士陈季常，在苏东坡的《方山子传》中是一位亦儒亦侠的性情中人，但入了东坡的诗《寄吴德仁兼简陈季常》，就变成一个惧内的丈夫。东坡说他"龙丘居士亦可怜，谈空说有夜不眠。忽闻河东狮子吼，拄杖落手心茫然"。从此"季常癖"竟成了怕老婆的婉词。

最不幸的，是做了诗人的敌人，因而入了他的讽刺诗：永以负面形象传后。例如三流诗人谢德威尔（Thomas Shadwell）入了朱艾敦的讽刺诗《麦克 · 佛拉克诺》（*Mac Flecknoe*），就成了庸才麦克 · 佛莱克诺亲点的继承人，去接荒谬帝国的王位。又如桂冠诗人骚塞（Robert Southey），不但得罪了年少气盛的拜伦，抑且对精神失常的英王乔治三世歌颂太甚，终于落入拜伦的讽刺长诗《帝阍审判记》[①]（*The Vision of Judgement*），为助乔治三世进入天国而诵颂诗，竟使众魂掩耳逃难，而自身也被推落湖区，为天下所笑。这样的受辱难谓"不朽"，更非"成名"，绝非"流芳"，只算"遗臭"。骚塞当然不是大诗人，他的诗倒也并不是一无是处，他的散文作品如《纳尔逊传》更不失为佳作。骚塞之失算在于低估了拜伦的才气与脾气，便贸然在歌颂乔治的长诗（题目也是《帝阍审判记的幻景》，*The Vision of Judgement*）中先向拜伦挑战，把他和雪

① 现大陆通译为《审判的幻景》。——编者注

莱称为“恶魔诗派”，反而激起了拜伦的豪气，即沿用骚塞原题挥戈反击，令骚塞在神鬼之间诵诗出丑。拜伦此诗传后至今，已经公认为一篇杰作，与《唐璜》共同奠定拜伦讽刺大家的地位。骚塞原诗却已无人问津了。两诗较力，赢的是好诗。骚塞成了一大输家，灰头土脸，比韩绰判官和刘十九，逊得多了。

二〇〇八年九月

江　湖　上

一双鞋，能踢几条街？
一双脚，能换几次鞋？
一口气，咽得下几座城？
一辈子，闯几次红灯？
　答案啊答案
　在茫茫的风里

一双眼，能燃烧到几岁？
一张嘴，吻多少次酒杯？
一头发，能抵抗几把梳子？
一颗心，能年轻几回？
　答案啊答案
　在茫茫的风里

为什么，信总在云上飞？
为什么，车票在手里？

为什么，噩梦在枕头下？
为什么，抱你的是大衣？
　答案啊答案
　在茫茫的风里

一片大陆，算不算你的国？
一个岛，算不算你的家？
一眨眼，算不算少年？
一辈子，算不算永远？
　答案啊答案
　在茫茫的风里

一九七〇年一月十六日于丹佛

自注：本诗的叠句出于美国年轻一代最有才的诗人与民歌手巴布·狄伦的一首歌*Blowin'in the Wind*。原句是The answer，my friend，is blowin'in the wind，the answer is blowin'in the wind.“一片大陆”可指新大陆，也可指旧大陆：新大陆不可久留，旧大陆久不能归。

撑　竿　跳

一路向高架门剧奔而来
挺着那件怪长的武器
忽然向浑茫的大地
那样精确而果决
选择最要害的一点
奋勇一刺
乘敌人来不及呼痛
已经用那把无弦之弓
自我激射向半空

多么矛盾的敌我关系
要挣脱后土的囚禁
一面飞腾
一面却靠坚实的大地
将他托起

三秒钟凌空的自由
他倒走在云上
踢开挡路的天风
推开刚用过的武器
却听见过路的燕子说
好奇怪啊，为什么
飞翔还要靠一根拐杖?
而且刚起飞呢
怎么就急着要下降?

一九九三年二月十六日

水草拔河

如果时间是一条长河
昼夜是涟漪，岁月是洪波
　滔滔的水声里
是谁啊，隐隐在上游叫我
是谁，明知我不能倒游
　日日，夜夜
　却叫我回家去

如果时间是一条长河
昼夜是涟漪，岁月是洪波
　滔滔的水声里
是谁啊，隐隐在中游叫我
是谁，明知我不能停留
　日日，夜夜
　却叫我上岸去

如果时间是一条长河
昼夜是涟漪，岁月是洪波
　滔滔的水声里
是谁啊，隐隐在下游叫我
是谁，明知我不能抗拒
　日日，夜夜
　却叫我追过去

上游是谁在叫我，水声滔滔
中游是谁在叫我，水声滔滔
下游是谁在叫我，水声滔滔
水声滔滔，上游啊无路
水声滔滔，中游啊无渡
水声滔滔，下游啊无桥
　水声滔滔

只有滔滔向东的长河
翻着涟漪，滚着洪波
　滔滔的水声里
只有我，企图用一根水草
　从上游到下游
从源头到海口

与茫茫的逝水啊拔河

二〇〇年三月二十八日

PART 4 生活·志趣

我骑过五年单车，
也驾过四年汽车，
却从未驾过电单车，
但劳伦斯驰骤生风的豪情，
我可以仿佛想象。

▼

沙田山居

书斋外面是阳台，阳台外面是海，是山，海是碧湛湛的一弯，山是青郁郁的连环。山外有山，最远的翠微淡成一袅青烟，忽焉似有，再顾若无，那便是，大陆的莽莽苍苍了。日月闲闲，有的是时间与空间。一览不尽的青山绿水，马远夏圭的长幅横批，任风吹，任鹰飞，任渺渺之目舒展来回，而我在其中俯仰天地，呼吸晨昏，竟已有十八个月了。十八个月，也就是说，重九的陶菊已经两开，中秋的苏月已经圆过两次了。

海天相对，中间是山，即使是秋晴的日子，透明的蓝光里，也还有一层轻轻的海气，疑幻疑真，像开着一面玄奥的迷镜，照镜的不是人，是神。海与山绸缪在一起，分不出，是海侵入了山间，还是山诱俘了海水，只见海把山围成一角角的半岛，山呢，把海围成了一汪汪的海湾。山色如环，困不住浩渺的南海，毕竟在东北方缺了一口，放樯桅出去，风帆进来。最是晴艳的下午，八仙岭下，一艘白色渡轮，迎着酣美的斜阳悠悠向大埔驶去，整个吐雾港平铺着千顷的碧蓝，就为了反衬那一影耀眼的洁白。起风的日子，海吹成了千亩蓝田，无数的百合此开彼落。到了夜深，所有的山影黑沉沉都睡去，远远近近，零零落落的灯全睡去，只留下一阵阵的潮声起伏，永恒的鼾息，撼人的节奏撼我的心血来潮。有时十几盏渔火赫然，浮现在阒黑的海面，排成一弯弧形，把渔网愈收愈小，围成一丛灿灿的金莲。

海围着山，山围着我。沙田山居，峰回路转，我的朝朝暮暮，日起日落，月望月朔，全在此中度过，我成了山人。问余何事栖碧山，笑而不答，山已经代我答了。其实山并未回答，是鸟代山答了，是虫，是松风代山答了。山是禅机深藏的高僧，轻易不开口的。人在楼上倚栏杆，山列坐在四面如十八尊罗汉叠罗汉，相看两不厌。早晨，我攀上佛头去看日出，黄昏，从联合书院的文学院一路走回来，家，在半山腰上等我，那地势，比佛肩要低，却比佛肚子要高些。这时，山什么也不说，只是争噪的鸟雀泄露了他愉悦的心境。等到众鸟栖定，山影茫然，天籁便低沉下去，若断若续，树间的歌者才歇下，草间的吟哦又四起。至于山坳下面那小小的幽谷，形式和地位都相当于佛的肚脐，深凹之中别有一番谐趣。山谷是一个爱音乐的村女，最喜欢学舌拟声，可惜太害羞，技巧不很高明。无论是鸟鸣犬吠，或是火车在谷口扬笛路过，她都要学叫一声，落后半拍，应人的尾音。

从我的楼上望出去，马鞍山奇拔而峭峻，屏于东方，使朝暾姗姗其来迟。鹿山巍然而逼近，魁梧的肩膂遮去了半壁西天，催黄昏早半小时来临，一个分神，夕阳便落进他的僧袖里去了。一炉晚霞，黄铜烧成赤金又化作紫灰与青烟，壮哉崦嵫的神话，太阳的葬礼。阳台上，坐看晚景变幻成夜色，似乎很缓慢，又似乎非常敏捷，才觉霞光烘颊，余曛在树，忽然变生咫尺，眈眈的黑影已伸及你的肘腋，夜，早从你背后袭来。那过程，是一种绝妙的障眼法，非眼睫所能守望的。等到夜色四合，黑暗已成定局，四围的山影，重甸甸阴森森的，令人肃然而恐。尤其是西屏的鹿山，白天还如佛如僧，蔼然可亲，这时竟收起法相，庞然而踞，黑毛茸蒙如一尊暗中伺人的怪兽，隐然，有一种潜伏的不安。

千山磅礴的来势如压，谁敢相撼？但是云烟一起，庄重的山态便改了。雾来的日子，山变成一座座的列屿，在白烟的横波回澜里，载浮载沉。八仙岭果真化作了过海的八仙，时在波上，时在弥漫的云间。有一天早晨，举目一望，八仙和马鞍和远远近近的大小众峰，全不见了，偶尔云开一线，当头的鹿山似从天隙中隐隐相窥，去大埔的车辆出没在半空。我的阳台脱离了一切，下临无地，在汹涌的白涛上自由来去。谷中的鸡犬从云下传来，从夐远的人间。我走去更高处的联合书院上课，满地白云，师生衣袂飘然，都成了神仙。我登上讲坛说道，烟云都穿窗探首来旁听。

起风的日子，一切云云雾雾的朦胧氤氲全被拭净，水光山色，纤毫悉在镜里。原来对岸的八仙岭下，历历可数，有这许多山村野店，水浒人家。半岛的天气一日数变，风骤然而来，从海口长驱直入，脚下的山谷顿成风箱，抽不尽满壑的咆哮翻腾，蹂躏着罗汉松与芦草，掀翻海水，吐着白浪。风是一群透明的猛兽，奔踹而来，呼啸而去。

海潮与风声，即使撼天震地，也不过为无边的静加注荒情与野趣罢了。最令人心动而神往的，却是人为的骚音。从清早到午夜，一天四十多班，在山和海之间，敲轨而来，鸣笛而去的，是九广铁路的客车、货车、猪车。曳着黑烟的飘发，蟠蜿着十三节车厢的修长之躯，这些工业时代的元老级交通工具，仍有旧世界迷人的情调，非协和的超音速飞机所能比拟。山下的铁轨向北延伸，延伸着我的心弦。我的中枢神经，一日四十多次，任南下又北上的千只铁轮轮番敲打，用钢铁火花的壮烈节奏，提醒我，藏在谷底的并不是洞里桃源，住在山上，我亦非桓景，即使王粲，也不能不下楼去：

栏杆三面压人眉睫是青山
碧螺黛迤逦的边愁欲连环
叠嶂之后是重峦，一层淡似一层
湘云之后是楚烟，山长永远
五千载与八万万，全在那里面……

一九七六年二月

尺素寸心

接读朋友的来信，尤其是远自海外犹带着异国风云的航空信，确是人生一大快事，如果无须回信的话。回信，是读信之乐的一大代价。久不回信，屡不回信，接信之乐必然就相对减少，以至于无，这时，友情便暂告中断了，直到有一天在赎罪的心情下，你毅然回起信来。蹉跎了这么久，接信之乐早变成欠信之苦，我便是这么一位累犯的罪人，交游千百，几乎每一位朋友都数得出我的前科来的。英国诗人奥登曾说，他常常搁下重要的信件不回，躲在家里看他的侦探小说。王尔德有一次对韩黎说："我认得不少人，满怀光明的远景来到伦敦，但是几个月后就整个崩溃了，因为他们有回信的习惯。"显然王尔德认为，要过好日子，就得戒除回信的恶习。可见怕回信的人，原不止我一个。

回信，固然可畏，不回信，也绝非什么乐事。书架上经常叠着百多封未回之信，"债龄"或长或短，长的甚至在一年以上，那样的压力，也绝非一个普通的罪徒所能负担的。一叠未回的信，就像一群不散的阴魂，在我罪深孽重的心底幢幢作祟。理论上说来，这些信当然是要回的。我可以坦然向天发誓，在我清醒的时刻，我绝未存心不回人信。问题出在技术上。给我一整个夏夜的空间，我该先回一年半前的那封信呢，还是七个月前的这封？隔了这么久，恐怕连谢罪自谴的有效期也早过了吧？在朋友的心目中，你早已沦为不值得计较的妄人。“莫名其妙！”是你在江湖上一致的评语。

其实，即使终于鼓起全部的道德勇气，坐在桌前，准备偿付信债于万一，也不是轻易能如愿的。七零八落的新简旧信，漫无规则地充塞在书架上、抽屉里，有的回过，有的未回，“只在此山中，云深不知处”，要找到你决心要回的那一封，耗费的时间和精力，往往数倍于回信本身。再想象朋友接信时的表情，不是喜出望外，而是余怒重炽，你那一点决心就整个崩溃了。你的债，永无清偿之日。不回信，绝不等于忘了朋友，正如世上绝无忘了债主的负债人。在你惶恐的深处，恶魔的尽头，隐隐约约，永远潜伏着这位朋友的怒眉和冷眼，不，你永远忘不了他。你真正忘掉的，而且忘得那么心安理得，是那些已经得你回信的朋友。

有一次我对诗人周梦蝶大发议论，说什么“朋友寄新著，必须立刻奉覆，道谢与庆贺之余，可以一句‘定当细细拜读’作结。如果拖上了一个星期或个把月，这封贺信就难写了，因为到那时候，你已经有义务把全书读完，书既读完，就不能只说些泛泛的美词。”梦蝶听了，为之绝倒。可惜这个理论，我从未付之行动，一定丧失了不少友情。倒是有一次自己的新书出版，兴冲冲地寄赠了一些朋友。其中一位过了两个月才来信致谢，并说他的太太、女儿，和太太的几位同事争读那本大作，直到现在还不曾轮到他自己，足见该书的魅力如何云云。这一番话是真是假，令我存疑至今。如果他是说谎，那真是一大天才。

据说胡适生前，不但有求必应，连中学生求教的信也亲自答复，还要记他有名的日记，从不间断。写信，是对人周到，记日记，是对自己周到。一代大师，在著书立说之余，待人待己，竟能那么的周密从容，实在令人钦佩。至于我自己，笔札一道已经招架无力，日记，就更是奢侈品了。相信前辈作家和学人之间，书翰往还，那种优游条畅的风范，应是我这一辈难以追摹的。梁实秋先生名满天下，尺牍相接，因缘自广，但是廿多年来，写信给他，没有一次不是很快就接到回信，而笔下总是那么诙谐，书法又是那么清雅，比起当面的谈笑风生，又别有一番境界。我素来怕写信，和梁先生通信也不算频。何况《雅舍小品》的作者声明过，有十一种信件不在他收藏之列，我的信，大概属于他所列的第八种吧。据我所知，和他通信最密的，该推陈之藩。陈之藩年轻时，和胡适、沈从文等现代作家书信往还，名家手迹收藏甚富，梁先生戏称他为 man of letters，到了今天，该轮到他自己的书信被人收藏了吧。

朋友之间，以信取人，大约可以分成四派。第一派写信如拍电报，寥寥数行，草草三二十字，很有一种笔挟风雷之势。只是苦了收信人，惊疑端详所费的工夫，比起写信人纸上驰骋的时间，恐怕还要多出数倍。彭歌、刘绍铭、白先勇，可称代表。第二派写信如美女绣花，笔触纤细，字迹秀雅，极尽从容不迫之能事，至于内容，则除实用的功能之外，更兼抒情，娓娓说来，动人清听。宋淇、夏志清可称典型。尤其是夏志清，怎么大学者专描小小楷，而且永远用廉便的国际邮简？第三派则介于两者之间，行乎中庸之道，不温不火，舒疾有致，而且字大墨饱，面目十分爽朗。颜元叔、王文兴、何怀硕、杨牧、罗门，都是“样板人物”。尤其是何怀硕，总是议论纵横，而杨牧则字稀行阔，偏又爱用重磅的信纸，那种不计邮费的气魄，真足以笑傲江湖。第四派毛笔作书，满纸烟云，体在行草之间，可谓反潮流之名士，罗青属之。当然，气魄最大的应推刘国松、高信疆，他们根本不写信，只打越洋电话。

一九七六年五月

高速的联想

那天下午从九龙驾车回马料水，正是下班时分，大埔路上，高低长短形形色色的车辆，首尾相衔，时速二十五英里。一只鹰看下来，会以为那是相对爬行的两队单角蜗牛，单角，因为每辆车只有一根收音机天线。不料快到沙田时，莫名其妙地塞起车来，一时单角的蜗牛都变成了独须的病猫，废气暧暧，马达喃喃，像集体在腹诽狭窄的公路。熄火又不能，因为每隔一会儿，整条车队又得蠢蠢蠕动。前面究竟在搞什么鬼，方向盘的舵手谁也不知道。载道的怨声和咒语中，只有我沾沾自喜，欣然独笑。俯瞥仪表板上，从左数过来第七个蓝色钮键，轻轻一按，我的翠绿色小车忽然离地升起，升起，像一片逍遥的绿云牵动多少愕然仰羡的眼光，悠悠扬扬向东北飞逝。

那当然是真的：在拥挤的大埔路上，我常发那样的狂想。我爱开车。我爱操纵一架马力强劲反应敏灵野蛮又柔驯的机器，我爱方向盘在掌中微微颤动四轮在身体下面平稳飞旋的那种感觉，我爱用背肌承受的压力去体会起伏的曲折的地形山势，一句话，我崇拜速度。阿拉伯的劳伦斯曾说："速度是人性中第二种古老的兽欲。”以运动的速度而言，自诩万物之灵的人类是十分可怜的。褐雨燕的最高时速，是二百九十点五英里。狩猎的鹰在俯冲下扑时，能快到每小时一百八十英里。比赛的鸽子，有九十六点二九英里的时速。兽中最速的选手是豹和羚羊：长腿黑斑的亚洲豹，绰号“猎豹”者，在短程冲刺时，时速可到七十英里，可惜五百码后，就降成四十多英里了；叉角羚羊奋蹄疾奔，可以维持六十英里时速。和这些相比，“动若脱兔”只能算“中驷之才”：英国野兔的时速不过四十五英里。“白驹过隙”就更慢了，骑师胯下的赛马每小时只驰四十三点二六英里。人的速度最是可怜，一百码之外只能达到二十六点二二英里的时速。

可怜的凡人，奔腾不如虎豹，跳跃不如跳蚤，游泳不如旗鱼，负重不如蚂蚁，但是人会创造并驾驭高速的机器，以逸待劳，不但突破自己体能的极限，甚至超迈飞禽走兽，意气风发，逸兴遄飞之余，几疑可以追神迹，蹑仙踪。高速，为什么令人兴奋呢？生理学家一定有他的解释，例如循环加速、心跳变剧等等。但在心理上，至少在潜意识里，追求高速，其实是人与神争的一大欲望：地心引力是自然的法则，也就是人的命运，高速的运动就是要反抗这法则，虽不能把它推翻，至少可以把它的限制压到最低。赛跑或赛车的选手打破世界纪录的那一刹那，是一闪宗教的启示，因为凡人体能的边疆，又向前推进了一步，而人进一步，便是神退一步，从此，人更自由了。

滑雪、赛跑、游泳、赛车、飞行等等的选手，都称得上是英雄。他们的自由和光荣是从神手里，不是从别人的手里，夺过来的。他们所以成为英雄，不是因为牺牲了别人，而是因为克服了自然，包括他们自己。

若论紧张刺激的动感，高速运动似乎有这么一个原则，就是：凭借的机械愈多，和自然的接触就愈少，动感也就减小。赛跑，该是最直接的运动。赛马，就间接些，但凭借的不是机械，而是一匹汗油生光肌腱勃怒奋鬣扬蹄的神驹。最间接的，该是赛车了，人和自然之间，隔了一只铁盒，四只轮胎。不过，愈是间接的运动，就愈高速，这对于生就低速之躯的人类说来，实在是一件难以两全的事情。其他动物面对自己天生的体速，该都是心安理得，受之怡然的吧？我常想，一只时速零点零三英里的蜗牛，放在跑车的挡风玻璃里去看剧动的世界，会有怎样的感受？

许多人爱驾敞篷的跑车，就是想在高速之中，承受、享受更多的自然：时速超过七十五英里，八十英里，九十英里，全世界轰然向你扑来，发交给风，肺交给激湍洪波的气流，这时，该有点飞的感觉了吧。阿拉伯的劳伦斯有耐性骑骆驼，却不耐烦驾驶汽车，他认为汽车是没有灵性的东西，只合在风雨中乘坐。从沙漠回到文明，才下了驼背，他便跨上电单车，去拜访哈代和萧伯纳。他在电单车上，每月至少驰骋两千四百英里，快的时候，时速高达一百英里，终因车祸丧生。

我骑过五年单车，也驾过四年汽车，却从未驾过电单车，但劳伦斯驰骤生风的豪情，我可以仿佛想象。电单车的骁腾慓悍，远在单车之上，而冲风抢路身随车转的那种投入感，更远胜靠在桶形椅背踏在厚地毯上的方向舵手。电影《逍遥游》（*Easy Rider*）

里，三骑士在美国西南部的沙漠里直线疾驰的那一景，在摇滚乐亢奋的节奏下，是现代电影的高潮之一。我想，在潜意识里，现代少年是把桀骜难驯的电单车当马骑的：现代骑士仍然是戴盔着靴，而两脚踏镫双肘向外分掌龙头两角的骑姿，却富于浪漫的夸张，只有马达的厉啸逆人神经而过，比不上古典的马嘶。现代车辆引擎，用马力来标示动力，依稀有怀古之风。准此，则敞篷车可以比拟远古的战车，而四门的“轿车”（sedan）更是复古了。六十年代的中期，福特车厂驱出的“野马”（Mustang）号拟跑车，颈长尾短，慓悍异常，一时纵横于超级公路，逼得克莱斯勒车厂只好放出一群修矫灵猛的“战马”（Charger）来竞逐。

我学开车，是在一九六四年的秋天。当时我从皮奥瑞亚去爱荷华访叶珊与黄用，一路上，火车误点，灰狗的长途车转车费时，这才省悟，要过州历郡亲身去纵览惠特曼和桑德堡诗中体魄雄伟的美国，手里必须有一个方向盘。父亲在国内闻言大惊，一封航空信从松山飞来，力阻我学驾车。但无穷无尽更无红灯的高速公路在敻阔自由的原野上张臂迎我，我的逻辑是：与其把生命交托给他人，不如握在自己的手里。学了七小时后，考到驾驶执照。发那张硬卡给我的美国警察说：“公路是你的了，别忘了，命也是你的。”

奇妙的方向盘，转动时世界便绕着你转动，静止时，公路便平直如一条分发线。前面的风景为你剖开，后面的背景呢，便在反光镜中缩成微小，更微小的幻影。时速上了七十英里，反光镜中分巷的白虚线便疾射而去如空战时机枪连闪的子弹，万水千山，记忆里，漫漫的长途远征全被魔幻的反光镜收了进去，再也不放出来。“欢迎进入内布拉斯卡”“欢迎来加利福尼亚”“欢迎来内华达”，闯州穿郡，记不清越过多少条边界，多少道税关。高速令人兴奋，因为那纯是一个动的世界，挡风玻璃是一望无餍的窗子，光景不息，视域无限，油门大开时，直线的超级大道变成一条巨长的拉链，拉开前面的远景蜃楼摩天绝壁拔地倏忽都削面而逝成为车尾的背景被拉链又拉拢。高速，使整座雪山簇簇的白峰尽为你回头，千顷平畴旋成车轮滚滚的辐辏。春去秋来，多变的气象在挡风窗上展示着神的容颜：风沙雨露和冰雪，烈日和冷月，沙漠的飞蓬，草原夏夜密密麻麻的虫尸，扑面踹来大卡车轮隙踢起的卵石，这一切，都由那一方弧形大玻璃共同承受。

从海岸到海岸，从极东的森林洞（**Woods Hole**）浸在大西洋的寒碧到太平洋暖潮里浴着的长堤，不断的是我的轮印横贯新大陆。坦荡荡四巷并驱的大道自天边伸来又没向天边，美利坚，卷不尽展不绝一幅横轴的山水只为方向盘后面的远眺之目而舒放。现代的徐霞客坐游异域的烟景，为我配音的不是古典的马蹄嘚嘚风帆飘飘，是八汽缸引擎轻快的低吟。

廿轮轰轰地翻滚，体格修长而魁梧的铝壳大卡车，身长数倍于一辆小轿车，超它时全身的神经紧缩如猛收一张网，胃部隐隐地痉挛，两车并驰，就像在狭长的悬崖上和一匹犀牛赛跑，真是疯狂。一时小车惊窜于左，重吨的货柜车奔腾而咆哮于右，右耳太浅，怎盛得下那样一旋涡的骚音？一九六五年初，一个苦寒凛冽的早晨，灰白迷蒙的天色像一块毛玻璃，道奇小车载我自芝加哥出发，碾着满地的残雪碎冰，一日七百英里的长征，要赶回盖提斯堡去。出城的州际公路上，遇上了重载的大货车队，首尾相衔，长可半英里，像一道绝壁蔽天水声震耳的大峡谷，不由分说，将我夹在缝里，挟持而去。就这样一直对峙到印第安纳州境，车行渐稀，才放我出峡。

后来驶车日久，这样的超车也不知经历过多少次了，浑不觉廿轮卡车有多威武，直到前几天，在香港的电视上看到了史匹尔伯格导演的惊悚片《决斗》(***Duel***)。一位急于回家的归客，在野公路上超越一辆庞然巨物的油车，激怒了高踞驾驶座上的隐身司机，油车变成了金属的恐龙怪兽，挟其邪恶的暴力盲目的冲刺，一路上天崩地塌火杂杂衔尾追来。反光镜里，惊瞥赫现那油车的车头已经是一头狂兽，而一进隧道，车灯亮起，可骇目光灼灼黑凛凛一尊妖牛。看过史匹尔伯格后期作品《大白鲨》，就知道在《决斗》里，他是把那辆大油车当作一匹猛兽来处理的，但它比大白鲨更凶顽更神秘，更令人分泌肾上腺素。

香港是一个弯曲如爪的半岛旁错落着许多小岛，地形分割而公路狭险，最高的时速不过五十英里，一般时速都在四十英里以下，再好的车再强大的马力也不能放足驰骤。低速的大埔路上，蜗步在一串慢车的背影之后，常想念美国中西部大平原和西南部沙漠里，天高路邈，一车绝尘，那样无阻的开阔空旷。虽说能源的荒年，美国把超级公路的速限降为每小时五十五英里，去年八月我驶车在南加州，时速七十英里，也未闻警笛长啸来追逐。

更念烟波相接，一座多雨的岛上，多少现代的愚公，亚热带小阳春艳阳下在移山开道，开路机的履带轧轧，铲土机的巨螯孔武地举起，起重机碌碌地滚着辘轳，为了铺一条巨毡从基隆到高雄，迎接一个新时代的驶来。那样壮阔的气象，四衢无阻，千车齐毂并驰的路景，郑成功、吴凤没有梦过，阿眉族、泰耶鲁族的民谣从不曾唱过。我要拣一个秋晴的日子，左窗亮着金艳艳的晨曦，从台北出发，穿过牧神最绿最翠的辖区，腾跃在世界最美丽的岛上；而当晚从高雄驰回台北，我要驰速限甚至纵一点超速，在亢奋的脉搏中，写一首现代诗歌咏带一点汽油味的牧神，像陶潜和王维从未梦过的那样。

更大的愿望，是在更古老更多回声的土地上驰骋。中国最浪漫的一条古驿道，应该在西北。最好是细雨霏霏的黎明，从渭城出发，收音机天线上系着依依的柳枝。挡风窗上犹浥着轻尘，而渭城已渐远，波声渐渺。甘州曲，凉州词，阳关三叠的节拍里车向西北，琴音诗韵的河西孔道，右边是古长城的雉堞隐隐，左边是青海的雪峰簇簇，白耀天际，我以七十英里高速驰入张骞的梦高适岑参的世界，轮印下重重叠叠多少古英雄长征的蹄印。

一九七七年一月

假如我有九条命

假如我有九条命，就好了。

一条命，就可以专门应付现实的生活。苦命的丹麦王子说过：既有肉身，就注定要承受与生俱来的千般惊扰。现代人最烦的一件事，莫过于办手续；办手续最烦的一面莫过于填表格。表格愈大愈好填，但要整理和收存，却愈小愈方便。表格是机关发的，当然力求其小，于是申请人得在四根牙签就塞满了的细长格子里，填下自己的地址。许多人的地址都是节外生枝，街外有巷，巷中有弄，门牌还有几号之几，不知怎么填得进去。这时填表人真希望自己是神，能把须弥纳入芥子，或者只要在格中填上两个字："天堂"。一张表填完，又来一张，上面还有密密麻麻的各条说明，必须皱眉细阅。至于照片、印章，以及各种证件的号码，更是缺一不可。于是半条命已去了，剩下的半条勉强可以用来回信和开会，假如你找得到相关的来信，受得了邻座的烟熏。

一条命，有心留在台北的老宅，陪伴父亲和岳母。父亲年逾九十，右眼失明，左眼不清。他原是最外倾好动的人，喜欢与乡亲契阔谈宴，现在却坐困在半昧不明的寂寞世界里，出不得门，只能追忆冥隔了二十七年的亡妻，怀念分散在外地的子媳和孙女。岳母也已过了八十，五年前断腿至今，步履不再稳便，却能勉力以蹒跚之身，照顾旁边的朦胧之人。她原是我的姨母，家母亡故以来，她便迁来同住，主持失去了主妇之家的琐务，对我的殷殷照拂，情如半母，使我常常感念天无绝人之路，我失去了母亲，神却再补我一个。

一条命，用来做丈夫和爸爸。世界上大概很少全职的丈夫，男人忙于外务，做这件事不过是兼差。女人做妻子，往往却是专职。女人填表，可以自称“主妇”（**housewife**），却从未见过男人自称“主夫”（**house husband**）。一个人有好太太，必定是天意，这样的神恩应该细加体会，切勿视为当然。我觉得自己做丈夫比做爸爸要称职一点，原因正是有个好太太。做母亲的既然那么能干而又负责，做父亲的也就乐得“垂拱而治”了。所以我家实行的是总理制，我只是合照上那位俨然的元首。四个女儿天各一方，负责通信、打电话的是母亲，做父亲的总是在忙别的事情，只在心底默默怀念着她们。

一条命，用来做朋友。中国的“旧男人”做丈夫虽然只是兼职，但是做起朋友来却是专任。妻子如果成全丈夫，让他仗义疏财，去做一个漂亮的朋友，“江湖人称小孟尝”，便能赢得贤名。这种有友无妻的作风，“新男人”当然不取。不过新男人也不能遗世独立，不交朋友。要表现得“够朋友”，就得有闲、有钱，才能近悦远来。穷忙的人怎敢放手去交游？我不算太穷，却穷于时间，在“够朋友”上面只敢维持低姿态，大半仅是应战。跟身边的朋友打完消耗战，再无余力和远方的朋友隔海越洲，维持庞大的通讯网了。演成近交而不远攻的局面，虽云目光如豆，却也由于鞭长莫及。

一条命，用来读书。世界上的书太多了，古人的书尚未读通三卷两帙，今人的书又汹涌而来，将人淹没。谁要是能把朋友题赠的大著通通读完，在斯文圈里就称得上是圣人了。有人读书，是纵情任性地乱读，只读自己喜欢的书，也能成为名士。有人呢是苦心孤诣地精读，只读名门正派的书，立志成为通儒。我呢，论狂放不敢做名士，论修养不够做通儒，有点不上不下。要是我不写作，就可以规规矩矩地治学；或者不教书，就可以痛痛快快地读书。假如有一条命专供读书，当然就无所谓了。

书要教得好，也要全力以赴，不能随便。老师考学生，毕竟范围有限，题目有形。学生考老师，往往无限又无形。上课之前要备课，下课之后要阅卷，这一切都还有限。倒是在教室以外和学生闲谈问答之间，更能发挥“人师”之功，在“教”外施“化”。常言“名师出高徒”，未必尽然。老师太有名了，便忙于外务，席不暇暖，怎能即之也温？倒是有一些老师“博学而无所成名”，能经常与学生接触，产生实效。

另一条命应该完全用来写作。台湾的作家极少是专业，大半另有正职。我的正职是教书，幸而所教与所写颇有相通之处，不至于互相排斥。以前在台湾，我日间教英文，夜间写中文，颇能并行不悖。后来在香港，我日间教三十年代文学，夜间写八十年代文学，也可以各行其是。不过艺术是需要全神投入的活动，没有一位兼职然而认真的艺术家不把艺术放在主位。鲁本斯任荷兰驻西班牙大使，每天下午在御花园里作画。一位侍臣在园中走过，说道："哟，外交家有时也画几张画消遣呢。"鲁本斯答道："错了，艺术家有时为了消遣，也办点外交。"陆游诗云："看渠胸次隘宇宙，惜哉千万不一施。空回英概入笔墨，生民清庙非唐诗。向令天开太宗业，马周遇合非公谁？后世但作诗人看，使我抚几空嗟咨。"陆游认为杜甫之才应立功，而不应仅仅立言，看法和鲁本斯正好相反。我赞成鲁本斯的看法，认为立言已足自豪。鲁本斯所以传后，是由于他的艺术，不是他的外交。

一条命，专门用来旅行。我认为没有人不喜欢到处去看看：多看他人，多阅他乡，不但可以认识世界，亦所以认识自己。有人旅行是乘豪华邮轮，谢灵运再世大概也会如此。有人背负行囊，翻山越岭。有人骑自行车环游天下。这些都令我羡慕。我所优为的，却是驾车长征，去看天涯海角。我的太太比我更爱旅行，所以夫妻两人正好互作旅伴，这一点只怕徐霞客也要艳羡。不过徐霞客是大旅行家、大探险家，我们，只是浅游而已。

最后还剩一条命，用来从从容容地过日子，看花开花谢，人往人来，并不特别要追求什么，也不被"截止日期"所追迫。

一九八五年七月七日

绣口一开

据说演讲是一种艺术，可以修炼而成。但是像所有的艺术一样，这件事也有天才和苦学之分。口才大半是天生，苦学所能为力的，恐怕多在修辞。有了卓越的见解，配以无碍的口才，演讲自然成功。若是见解平庸，纵然滔滔不绝，也只是震耳罢了，并不能直诉听众的内心。演讲而沦为修辞，便成了空泛的滥调，一出门去，听众便忘记了。多少名人，真的是见面不如闻名，开口不如见面。

有些名人演讲，完全根据讲稿，而有些讲稿根本就是完整的文章。据说徐志摩从欧洲回国，第一次演讲就是如此。这只能算念，不能算讲。所谓宣读论文，如果只是照念，必然沉闷不堪。其实只讲清楚也还不够，多少得演。当然不是演戏，不是把讲台当作戏台。而现场的听众也是观众，不但要听得入耳，也希望看得生动。会演的演讲人不但善于遣词，还要变化声调，流露情思，眼神要与台下的睽睽众目来回交接，挥手移足，俯仰顾盼，总要能照料到全场，才不会落得冷场。势如破竹的滔滔雄辩，侃侃阔谈，未必能赢得高明的听众。短暂的间歇，偶然的沉吟，出其不意地说到在场的某人某事，场外的天气时局，或者自问自答，或者学人口吻，都能解开“讲课”的闷局。其实真正动听的讲课，多半也带点演讲的味道。

动听的演讲宁短勿长，宁可短得令人回味，不可长得令人乏味。林语堂期待的短如女裙，固然不太可能，因为有人远从邻县赶来听讲，半小时并不能令他满足。但是一气直下，两小时都不瞥腕表，就未免不顾现实了。“深度不足的演说家，常用长度来补偿。”孟德斯鸠讲得一点也不错。还有一种人演讲，不但贪长，更且逞响。愈浅的人愈迷信滔滔的声浪，以为“如雷贯耳”便足以征服世界。以前不用麦克风，这些“铁血宰相”最多用自己的血肉之躯来“喊话”，到底容易声嘶力竭。现在有了机器来助阵，等于有了武器，这种演讲人在回声反弹如回力球的喧嚣里，更幻觉自己的每句话都是警世的真理了。

不少演讲都留下二三十分钟来答客问，这才是考验名人的时间。演讲本身毕竟范围有限，事先可以充分预备，唯独现场的即问即答，“临时抽考”，不但需要博学，更且有赖急智，答得妙时，还能掀起新的高潮。若是问者苦缠不已，答者文不对题，会场就陷入了低潮。若是听众无人发问，成了面面相觑的观众，那就更是冷场了。

还有一种反高潮的场面。主持人的介绍词把演讲人说得天上有，地下无，接下来的演讲却是平平无奇，不孚厚望。或者主持人一番开场白谐趣横生，语妙天下，把紧接的演讲对比得黯然失色，也令人觉得头重而脚轻。金耀基主持新亚书院的夜谭多年，我听过他好几次开场白都简洁精妙。有人甚至说，是专为他的介绍词而来听演讲的，虽是戏言，也可见演讲有如斗智，真的是来者不善，善者不来。

海内外名作家名学者的演讲，真能见面犹胜闻名的，实在不多。近年在香港也听过几位三十年代名家的现场说法，多难以令人侧耳倾心。锦心未必就有绣口，有些外国的汉学家简直口钝，中文说得比打字还慢。就算是锦心而绣口吧，演说大家的雄辞丽句也无非咳唾随风，与身俱没，哪像文字这么耐久。林肯的盖提斯堡演讲词，百年之后，也只是声销而文留。

一九八五年十二月三十日

娓娓与喋喋

不知道我们这一生究竟要讲多少句话？如果有一种电脑可以统计，像日行万步的人所带的计步器那样，我相信其结果必定是天文数字，其长，可以绕地球几周，其密，可以下大雨几场。情形当然因人而异。有人说话如参禅，能少说就少说，最好是不说，尽在不言之中。有人说话如嘶蝉，并不一定要说什么，只是无意识的口腔运动而已。说话，有时只是掀唇摇舌，有时是为了表情达意，有时，却也是一种艺术。许多人说话只是避免冷场，并不要表达什么思想，因为他们的思想本就不多。至于说话而成艺术，一语而妙天下，那是可遇不可求，要记入《世说新语》或《约翰生传》才行。哲人桑塔耶纳就说："雄辩滔滔是民主的艺术；清谈娓娓的艺术却属于贵族。"他所指的贵族不是阶级，而是趣味。

最常见的该是两个人的对话。其间的差别当然是大极了。对象若是法官、医师、警察、主考之类，对话不但紧张，有时恐怕还颇危险，乐趣当然是谈不上的。朋友之间无所用心的闲谈，如果两人的识见相当，而又彼此欣赏，那是最快意的事了。如果双方的识见悬殊，那就好像下棋让子，玩得总是不畅。要紧的是双方的境界能够交接，倒不一定两人都有口才，因为口才宜于应敌，却不宜用来待友。甚至也不必都能健谈：往往一个健谈，一个善听，反而是最理想的配合。可贵的在于共鸣，不，在于默契。真正的知己，就算是脉脉相对，无声也胜似有声：这情景当然也可以包括夫妻和情人。

这世界如果尽是健谈的人，就太可怕了。每一个健谈的人都需要一个善听的朋友，没有灵耳，巧舌拿来做什么呢？英国散文家海斯立德说："交谈之道不但在会说，也在会听。"在公平的原则下，一个人要说得尽兴，必须有另一个人听得入神。如果说话是权利，听话就是义务，而义务应该轮流负担。同时，仔细听人说话，轮到自己说时，才能充分切题。我有一些朋友，迄未养成善听人言的美德，所以跟人交谈，往往像在自言自语。凡是音乐家，一定先能听音辨声，先能收，才能发。仔细听人说话，是表示尊敬与关心。善言，能赢得听众。善听，才赢得朋友。

如果是几个人聚谈，又不同了。有时座中一人侃侃健谈，众人睽睽恭听，那人不是上司、前辈，便是德高望重，自然拥有发言权，甚至插口之权，其他的人就只有斟酒点烟、随声附和的份了。有时见解出众、口舌便捷的人，也能独揽话题，语惊四座。有时座上有二人焉，往往是主人与主客，一来一往，你问我答，你攻我守，左右了全席谈话的大势，也能引人入胜。

最自然也是最有趣的情况，乃是滚雪球式。谈话的主题随缘而转，愈滚愈大，众人兴之所至，七嘴八舌，或轮流坐庄，或旁白助阵，或争先发言，或反复辩难，或怪问乍起而举座愕然，或妙答迅接而哄堂大笑，一切都是天机巧合，甚至重加排练也不能再现原来的生趣。这种滚雪球式，人人都说得尽兴，也都听得入神，没有冷场，也没有冷落了谁，却有一个条件，就是座上尽是老友，也有一个缺点，就是良宵苦短，壁钟无情，谈兴正浓而星斗已稀。日后我们怀念故人，那一景正是最难忘的高潮。

众客之间若是不顶熟稔，雪球就滚不起来。缺乏重心的场面，大家只好就地取材，与邻座不咸不淡地攀谈起来，有时兴起，也会像旧小说那样“捉对儿厮杀”。这时，得凭你的运气了。万一你遇人不淑，邻座远交不便，近攻得手，就守住你一个人悬谈、密谈。更有趣的话题，更壮阔的议论，正在三尺外热烈展开，也许就是今晚最生动的一刻；明知你真是冤枉，错过了许多赏心乐事，却不能不收回耳朵，面对你的不芳之邻，在表情上维持起码的礼貌。其实呢，你恨不得他忽然被鱼刺哽住。这种性好密谈的客人，往往还有一种恶习，就是名副其实地交头接耳，似乎他要郑重交代的，句句都是肺腑之言，恨不得回其天鹅之颈，伸其长蛇之舌，来舔你的鼻子，哎呀，真的是 tête-à-tête 还不够，必得 nose-to-nose 才满足。你吓得闭气都来不及了，哪里还听得进什么肺腑之言？此人的肺腑深深深几许，尚不得而知，他的口腔是怎么一回事，早已有各种菜味，酸甜苦辣地向你来告密了。至于口水，更是不问可知，早已泽被四方矣，谁教你进入它的射程呢？

聚谈杂议，幸好不是每次都这么危险。可是现代人的生活节奏毕竟愈来愈快，无所为的闲谈、雅谈、清谈、忘机之谈几乎是不可能了。“偶然值林叟，谈笑无还期。”在一切讲究效率的工业社会，这种闲逸之情简直是一大浪费。刘禹锡但求无丝竹之扰耳，其实丝竹比起现代的流行音乐来，总要清雅得多。现代人坐上计程车、火车、长途汽车，都难逃噪音之害，到朋友家去谈天吧，往往又有孩子在看电视。饭店和咖啡馆而能免于音乐的，也很少见了。现代生活的一大可恼，便是经常横被打断，要跟二三知己促膝畅谈，实在太难。

剩下的一种谈话，便是跟自己了。我不是指出声的自言自语，而是指自我的沉思默想。发现自己内心的真相，需要性格的力量。唯勇者始敢单独面对自己；唯智者才能与自己为伴。一般人的心灵承受不了多少静默，总需要有一点声音来解救。所以卡莱尔说：“语言属于时间，静默属于永恒。”可惜这妙念也要言诠。

一九八六年一月九日至十日

笔耕与舌耕

以前朋友见面，会对你说：“刚几天读到你一篇文章。”近年朋友见面，却对你说：“前几天看到你上电视。”我听了不晓得该高兴还是悲哀。

一个人文章刊多了，就有人来请你演讲。如果写文章是笔试，演讲就是口试了。不过写文章虽为笔试，却可以从容作答，还可以查字典、翻书、修改。演讲之为口试，灵不灵却是当场考验，念了别字，误引经典，或竟然忘了下文，或发现前后矛盾，都驷马难追。若是麦克风临时故障，就得硬碰硬，以血肉之躯作狮子之吼。当然还有所谓“魅力”的问题。台下几百双眼睛灼灼向你，像一匹千眼兽等你去驯服，去唤醒其注意力，令其侧耳、倾心，甚至哄堂大笑。有时候去某校的周会上演讲，校长会苦笑警告，说孩子们并不很乖，听讲时若是交头接耳，请多多包涵，意思是：看你的魅力了。

至于上电视，又不同了。观众不在眼前，人数不知多少，反应不得而知。倒是现场打灯，既眩又烤。麦克风穿肠挂肚，咬在你贴心的某处。你的家具和满架书籍会被移山倒海，导播会命令你做各种动作，装各种姿态。你成了临时演员。至于你到底说了些什么，老实说，谁也不在乎，包括观众。反正一切都是浮光幻象，十分钟就过了。所以朋友说看到你上电视，不过表示他有一个印象，你近来颇不寂寞，或者只是不甘寂寞。

在这“变变变，不晓得要变成什么的时代”，电视上的风光只有十分钟，讲台上的魅力不过两小时。倒是一篇文章，一本书籍，作者经过从容的沉思，精心的运笔，读者经过从容的阅读，细心的领受，能够保持十年、百年的价值。

二〇〇八年五月

纸　　船

折一只俊秀的小纸船
放在时光茫茫的河上
轻轻地，莫惊着舱里的河客
水移船远，放下挥别的手臂
目送英勇的舷影起伏
祝小船此去安渡洪水
应该无畏怒涛与暗礁
无畏一切泽怪与江妖
该有一只手远在下游
满是好奇地将它拾起
问舱客上游是怎样的景色
玩倦了，又把它放回波上
看船头乘着时光如波光
渡口接着渡口，悠悠往下游

载我的使者向前航去

一九九一年九月八日

水中鹭鸶

一鹭鸶独立在水中
让孤影粼粼
终止于静定
哲人说，那是空
僧人说，那是禅
诗人说，那是境
摄影家说，不要动
鹭鸶说，那是鱼
只低头一啄
就破了，刹那的幻境

二〇一二年十一月二十日

PART 5 行路·游记

归途中，

我们把落日抛向右手，

向南疾驶。

橙红色弥留在平原上，

转眼即将消灭。

天空蓝得很虚幻，

不久便可以写上星座的神话了。

▼

石城之行

一九五七年的雪佛兰轿车，以每小时七十英里的高速在爱荷华的大平原上疾驶。北纬四十二度的深秋，正午的太阳以四十余度的斜角在南方的蓝空滚着铜环，而金黄色的光波溢进玻璃窗来，抚我新剃过的脸。我深深地饮着飘着草香的空气，让北美成熟的秋注满我多东方回忆的肺叶。是的，这是深秋，亦即北佬们所谓的“小阳春”（Indian Summer），下半年中最值得留恋的好天气。不久寒流将从北极掠过加拿大的平原南侵，那便是戴皮帽，穿皮衣，着长筒靴子在雪中挣扎的日子了。而此刻，太阳正凝望平原上做着金色梦的玉蜀黍们；奇迹似的，成群的燕子在晴空中呢喃地飞逐，老鹰自地平线升起，在远空打着圈子，觊觎人家白色栅栏里的鸡雏，或者，安格尔教授告诉我，草丛里的野鼠。正是万圣节之次日，家家廊上都装饰着画成人面的空南瓜皮。排着禾墩的空田尽处，伸展着一片片缓缓起伏的黄艳艳的阳光，我真想请安格尔教授把车停在路边，让我去那上面狂奔，乱嚷，打几个滚，最后便卧仰在上面晒太阳，睡一个童话式的午睡。真的，十年了，我一直想在草原的大摇篮上睡觉。我一直羡慕塞拉的名画，《星期日午后的大碗岛》中懒洋洋地斜靠在草地上幻想的法国绅士，羡慕以抒情诗的节奏跳跳蹦蹦于其上的那个红衣小女孩。我更羡慕鲍罗丁在音乐中展露的那种广阔，那种柔和而奢侈的安全感。然而东方人毕竟是东方人，我自然没有把这思想告诉安格尔教授。

东方人确实是东方人，喏，就以坐在我左边的安格尔先生来说，他今年已经五十开外，出版过一本小说和六本诗集，做过哈佛大学的教授，且是两个女儿的爸爸了；而他，戴着灰格白底的鸭舌小帽，穿一件套头的毛线衣，磨得发白的蓝色工作裤，和（在中国只有中学生才穿的）球鞋。比起他来，我是“绅士”得多了；眼镜，领带，皮大衣，笔挺的西装裤加上光亮的黑皮鞋，使我觉得自己不像是他的学生。从反光镜中，我不时瞥见后座的安格尔太太，莎拉和小花狗克丽丝。看上去，安格尔太太也有五十多岁了。莎拉是安格尔的小女儿，十五岁左右，面貌酷似爸爸——淡金色的发自在地垂落在颈后，细直的鼻子微微翘起，止于鼻尖，形成她顽皮的焦点，而脸上，美国小女孩常有的雀斑是不免的了。后排一律是女性，小花狗克丽丝也不例外。它大概很少看见东方人，几度跳到前座来和我挤在一起，斜昂着头打量我，且以冰冷的鼻尖触我的颈背。

昨夜安格尔教授打电话给我，约我今天中午去“郊外”一游。当时我也不知道他所谓的“郊外”是指何处，自然答应了下来。而现在，我们在平而直的公路上疾驶了一个多小时，他们还没有停车的意思。自然，老师邀你出游，那是不好拒绝的。我在“受宠”之余，心里仍不免怀着鬼胎，正觉“惊”多于“宠”。他们所谓请客，往往只是吃不饱的“点心”。正如我上次在他们家中经历过的一样——两片面包，一块牛油，一盘番茄汤，几块饼干；那晚回到宿舍“四方城”中，已是十一点半，要去吃自助餐已经太迟，结果只饮了一杯冰牛奶，饿了一夜。

“保罗，”安格尔太太终于开口了，“我们去安娜摩莎（Anamosa）吃午饭罢。我好久没去看玛丽了。”

“哦，我们还是直接去石城好些。”

“石城（Stone City）？”这地名好熟！我一定在哪儿听过，或是看过这名字。只是现在它已漏出我的记忆之网。

“哦，保罗，又不远，顺便弯一弯不行吗？”安格尔太太坚持着。

“O please，Daddy！”莎拉在思念她的好朋友琳达。

安格尔教授OK了一声，把车转向右方的碎石子路。他的爱女儿是有名的。他曾经为两个女儿写了一百首十四行诗，出版了一个单行本《美国的孩子》（*American Child*）。莎拉爱马，他以一百五十元买了一匹小白马。莎拉要骑马参加爱荷华大学“校友回校大游行”，父亲巴巴地去二十英里外的俄林（Olin）借来一辆拖车，把小白马载在拖车上，运去游行的广场，因为公路上是不准骑马的。可是父母老后，儿女是一定分居的。老人院的门前，经常可以看见坐在靠椅上无聊地晒太阳的老人。这景象在中国是不可思议的。我曾看见一位七十五岁（一说已八十）步态蹒跚的老工匠独住在一座颇大的空屋中，因而才了解佛洛斯特（Robert Frost）《老人的冬夜》一诗的凄凉意境。

不过那次的游行是很有趣味的。平时人口仅及二万八千的爱荷华城，当晚竟挤满了五万以上的观众——有的自香柏滩（Cedar Rapids）赶来，有的甚至来自三百英里外的芝加哥。数英里长的游行行列，包括竞选广告车、赛美花车、老人队、双人脚踏车队、单轮脚踏车、密西西比河上的古画舫、开辟西部时用的老火车，以及四马拉的旧马车。最精彩的是老爷车队，爱荷华州全部一九二〇年以前的小汽车都出动了。一时街上火车尖叫，汽船鸣笛，古车蹒跚而行，给人一种时间的错觉。百人左右的大乐队间隔数十丈便出现一组，领先的女孩子，在华氏四十几度的寒夜穿着短裤，精神抖擞地舞着指挥杖，踏着步子。最动人的一队是“苏格兰高地乐队”（The Scottish Highlanders），不但阵容壮大，色彩华丽，音乐也最悠扬。一时你只见花裙和流苏飘动，鼓号和风笛齐鸣，那嘹亮的笛声在空中回荡而又回荡，使你怅然想起司各特的传奇和彭斯的民歌。

汽车在一个小镇的巷口停了下来，我从古代的光荣梦中醒来。向一只小花狗吠声的方向望去，一座小平房中走出来一对老年的夫妻，欢迎客人。等到大家在客厅坐定后，安格尔教授遂将我介绍给鲍尔先生及太太。鲍尔先生头发已经花白，望上去有五十七八的年纪，以皱纹装饰成的微笑中有一影古远的忧郁，有别于一般面有得色、颐有余肉的典型美国人。他听安格尔教授说我来自台湾，眼中的浅蓝色立刻增加了光辉。他说二十年前曾去过中国，在广州住过三年多；接着他讲了几句迄今犹能追忆的广东话，他的目光停在虚空里，显然是陷入往事中了。在地球的反面，在异国的深秋的下午，一位碧瞳的老人竟向我娓娓而谈中国，流浪者的乡愁是很重很重了。我回想在香港的一段日子，那时母亲尚健在……

莎拉早已去后面找小朋友琳达去了，安格尔教授夫妇也随女主人去地下室取酒。主客的寒暄告一段落一切落入冷场。我的眼睛被吸引到墙上的一幅翻印油画：小河、小桥、近村、远径、圆圆的树，一切皆呈半寐状态，梦想在一片童话式的处女绿中；稍加思索，我认出那是美国已故名画家伍德（Grant Wood，1892—1942）的名作《石城》（*Stone City*）。在国内，我和咪也有这么一小张翻版，两人都说这画太美了，而且静得出奇，当是出于幻想。联想到刚才车上安格尔教授所说的“石城”，我不禁因吃惊而心跳了。这时安格尔教授已回到客厅里，发现我投向壁上的困惑的眼色，朝那幅画瞥了一眼，说：

“这风景正是我们的目的地。我们在石城有一座小小的夏季别墅，好久没有人看守，今天特别去看一看。”

我惊喜未定，鲍尔先生向我解释，伍德原是安格尔教授的好友，生在本州的香柏滩，曾在爱荷华大学的艺术系授课，这幅《石城》便是伍德从安格尔教授的夏屋走廊上远眺石城镇所作。

匆匆吃过“零食”式的午餐，我们别了鲍尔家人，继续开车向石城疾驶。随着沿途树影的加长，我们渐渐接近了目的地。终于在转过第三个小山坡时，我们从异于伍德画中的角度眺见了石城。河水在斜阳下反映着淡郁郁的金色，小桥犹在，只是已经陈旧剥落，不似画中那么光彩。啊，磨坊犹在，丛树犹在，但是一切都像古铜币一般，被时间磨得黯淡多了；而圆浑的山峦顶上，只见半黄的草地和凌乱的禾墩，一如黄金时代的余灰残烬。我不禁失望了。

“啊，春天来时，一切都会变的。草的颜色比画中的还鲜！”安格尔教授解释说。

转眼我们就驶行于木桥上了；过了小河，我们渐渐盘上坡去，不久，河水的淡青色便蜿蜒在俯视中了。到了山顶，安格尔教授将车停在别墅的矮木栅门前。大家向夏屋的前门走去，忽然安格尔太太叫出声来，原来门上的锁已经给人扭坏。进了屋去，过道上、客厅里、书房里，到处狼藉着破杯、碎纸，分了尸的书，断了肢的玩具，剖了腹的沙发椅垫，凌乱不堪，有如兵后劫余。安格尔教授一耸哲学式的两肩，对我苦笑。莎拉看见她的玩具被毁，无言地捡起来捧在手里。安格尔太太绝望地诉苦着，拾起一件破家具，又丢下另一件。

“这些野孩子！这些该死的野孩子！”

“哪里来的野孩子呢？你们不能报警吗？”

“都是附近人家的孩子，中学放了暑假，就成群结党，来我们这里胡闹、作乐，跳舞、喝酒。”说着她拾起一只断了颈子的空酒杯，“报警吗？每年我们都报的，有什么用处呢？你晓得是谁闯进来的呢？”

“不可以请人看守吗？”我又问。

“噢，那太贵了，同时也没有人肯做这种事啊！每年夏天，我们只来这里住三个月，总不能雇一个人来看其他的九个月啊。”

接着安格尔太太想起了楼上的两大间卧室和一间客房，匆匆赶了上去，大家也跟在后面。凌乱的情形一如楼下，席梦思上有污秽的足印，地板上横着钓竿，滚着开口的皮球。嗟叹既毕，她也只好颓然坐了下来。安格尔教授和我立在朝西的走廊上，倚栏而眺。太阳已经在下降，暮霭升起于黄金球和我们之间。从此处俯瞰，正好看到画中的石城。自然，在艺术家的画布上，一切皆被简化、美化，且重加安排，经过想象的沉淀作用了。安格尔教授告诉我说，当初伍德即在此廊上支架作画，数易其稿始成。接着他为我追述伍德的生平，说格兰特（Grant，伍德之名）年轻不肯做工，作画之余，成天闲逛，常常把胶水贴成的纸花献给女人，不久那束花便散落了，或者教小学生把灯罩做成羊皮纸手稿的形状。可是爱荷华的人们都喜欢他，朋友们分钱给他用，古玩店悬卖他的作品，甚至一位百万财主也从老远赶来赴他开的波希米亚式的晚会——他的卧室是一家殡仪馆的老板免费借用的。可是他鄙视这种局限于一隅的声名，曾经数次去巴黎，想要征服艺术的京都。然而巴黎是不容易征服的，你必须用巴黎没有的东西去征服巴黎；而伍德只是一个模仿者，他从印象主义一直学到抽象主义。他在塞纳路租了一间画展室，展出自己的三十七幅风景，但是批评界始终非常冷淡。在第四次游欧时，他从十五世纪的德国原始派那种精确而细腻的乡土风物画上，悟出他的艺术必须以自己的故乡、以美国的中西部为对象。赶回爱荷华后，他开始创造一种朴实、坚厚，而又经过艺术简化的风格，等到《美国的哥特式》一画展出时，批评界乃一致承认他的艺术。不过，这幅《石城》应该仍属他的比较“软性”的作品，不足以代表他的最高成就，可是一种迷人的纯真仍是难以抗拒的。

“格兰特已经死了十七年了，可是对于我，他一直坐在这长廊上，做着征服巴黎的梦。”

橙红色的日轮坠向了辽阔的地平线，秋晚的凉意渐浓。草上已经见霜，薄薄的一层，但是在我，已有十年不见了。具有图案美的柏树尖上还流连着淡淡的夕照，而脚底下的山谷里，阴影已经在扩大。不知从什么地方响起一两声蟋蟀的微鸣，但除此之外，鸟声寂寂，四野悄悄。我想念的不是亚热带的岛，而是嘉陵江边的一个古城。

归途中，我们把落日抛向右手，向南疾驶。橙红色弥留在平原上，转眼即将消灭。天空蓝得很虚幻，不久便可以写上星座的神话了。我们似乎以高速梦游于一个不知名的世纪；而来自东方的我，更与一切时空的背景脱了节，如一缕游丝，完全不着边际。

一九五八年十一月于爱荷华城

西欧的夏天

旅客似乎是十分轻松的人，实际上却相当辛苦。旅客不用上班，却必须受时间的约束；爱做什么就做什么，却必须受钱包的限制；爱去哪里就去哪里，却必须把几件行李蜗牛壳一般带在身上。旅客最可怕的噩梦，是钱和证件一起遗失，沦为来历不明的乞丐。旅客最难把握的东西，便是气候。

我现在就是这样的旅客。从西班牙南端一直旅行到英国的北端，我经历了各样的气候，已经到了寒暑不侵的境界。此刻我正坐在中世纪达豪士古堡（Dalhousie Castle）改装的旅馆里，为《隔海书》的读者写稿，刚刚黎明，湿灰灰的云下是苏格兰中部荒莽的林木，林外是隐隐的青山。晓寒袭人，我坐在厚达尺许的石墙里，穿了一件毛衣。如果要走下回旋长梯像走下古堡之肠，去坡下的野径漫步寻幽，还得披上一件够厚的外套。

从台湾的定义讲来，西欧几乎没有夏天。昼蝉夜蛙，汗流浃背，是台湾的夏天。在西欧的大城，例如巴黎和伦敦，七月中旬走在阳光下，只觉得温暖舒适，并不出汗。西欧的旅馆和汽车，例皆不备冷气，因为就算天热，也是几天就过去了，值不得为避暑费事。我在西班牙、法国、英国各地租车长途旅行，其车均无冷气，只能扇风。

巴黎的所谓夏天，像是台北的深夜，早晚上街，凉风袭肘，一件毛衣还不足御寒。如果你走到塞纳河边，风力加上水气，更需要一件风衣才行。下午日暖，单衣便够，可是一走到楼影或树荫里，便嫌单衣太薄。地面如此，地下却又不同。巴黎的地车比纽约、伦敦、马德里的都好，却相当闷热，令人穿不住毛衣。所以地上地下，穿穿脱脱，也颇麻烦。七月在巴黎的街上，行人的衣装，从少女的背心短裤到老妪的厚大衣，四季都有。七月在巴黎，几乎天天都是晴天，有时一连数日碧空无云，入夜后天也不黑下来，只变得深洞洞的暗蓝。巴黎附近无山，城中少见高楼，城北的蒙马特也只是一个矮丘，太阳要到九点半才落到地平线上，更显得昼长夜短，有用不完的下午。不过晴天也会突来霹雳：七月十四日在法国国庆那天上午，密特朗总统在香热里榭大道主持阅兵盛典，就忽来一阵大雨，淋得总统和军乐队狼狈不堪。电视的观众看得见雨气之中，乐队长的指挥杖竟失手落地，连忙俯身拾起。

法国北部及中部地势平坦，一望无际，气候却有变化。巴黎北行一小时至里昂，就觉得冷些；西南行两小时至露娃河中流，气候就暖得多，下午竟颇燠热，不过入夜就凉下来，星月异常皎洁。

再往南行入西班牙，气候就变得干暖。马德里在高台地的中央，七月的午间并不闷热，入夜甚至得穿毛衣。我在南部安达露西亚地区及阳光海岸（Costa del Sol）开车，一路又干又热，枯黄的草原，干燥的石堆，大地像一块烙饼，摊在酷蓝的天穹之下。路旁的草丛常因干燥而起火，势颇惊人。可是那是干热，并不令人出汗，和台湾的湿闷不同。

英国则趋于另一极端，显得阴湿，气温也低。我在伦敦的河堤区住了三天，一直是阴天，下着间歇的毛毛雨。即使破晓时露一下朝暾，早餐后天色就阴沉下来了。我想英国人的灵魂都是雨蕈，撑开来就是一把黑伞。与我存走过滑铁卢桥，七月的河风吹来，水气阴阴，令人打一个寒噤，把毛衣的翻领拉起，真有点魂断蓝桥的意味了。我们开车北行，一路上经过塔尖如梦的牛津，城楼似幻的勒德洛（Ludlow），古桥野渡的蔡斯特（Chester），雨云始终罩在车顶，雨点在车窗上也未干过，销魂远游之情，不让陆游之过剑门。进入肯布瑞亚的湖区之后，遍地江湖，满空云雨，偶见天边绽出一角薄蓝，立刻便有更多的灰云挟雨遮掩过来。真要怪华兹华斯的诗魂小气，不肯让我一窥他诗中的晴美湖光。从我一夕投宿的鹰头（Hawkshead）小店栈楼窗望出去，沿湖一带，树树含雨，山山带云，很想告诉格拉斯米教堂墓地里的诗翁，我国古代有一片云梦大泽，也出过一位水气逼人的诗宗。

一九八五年八月十八日

凭一张地图

一百八十年前，苏格兰的文豪卡莱尔从家乡艾克雷夫城（Ecclefechan）徒步去爱丁堡上大学，八十四英里的路程，足足走了三天。七月底我在英国驾车旅行，循着卡莱尔古老的足印，他跋涉三天的长途，我三小时就到了。凡在那一带开过山路的人都知道，那一条路，三天就徒步走完，绝非易事，不由得我不佩服卡莱尔的体力与毅力。凭那样的毅力，也难怪他能在《法国革命》一书的原稿被焚之后，竟然再写一次。

出国旅行，最便捷的方式当然是乘飞机，但是机票太贵，机窗外面只见云来雾去，而各国的机场也都大同小异。飞机只是蜻蜓点水，要看一个国家，最好的办法还是乘火车、汽车、单车。不过火车只停大站，而且受制于时间表，单车呢，又怕风雨，而且不堪重载。我最喜欢的还是自己开车，只要公路网所及之处，凭一张精确而美丽的地图，凭着旁座读地图的伴侣，我总爱开车去游历。只要神奇的方向盘在手，天涯海角的名胜古迹都可以招来车前。

十三年前的仲夏我在澳洲，想从沙漠中央的孤城爱丽丝泉

（Alice Springs）租车去看红岩奇景。那时我驾驶的经验只限于美国，但是澳洲和英国一样，驾驶座是在右边。一坐上租来的车子，左右相反，顿觉天旋地转，无所适从，只好退车。在香港开车八年，久已习于右座驾驶，所以今夏去西欧开车，时左时右，再也难不倒我。

飞去巴黎之前，我在香港买了西欧的火车月票。凭了这种颇贵的长期车票（Eurail Pass），我可以在西欧各国随时搭车，坐的是头等车厢，而且不计路程的远近。二十六岁以下的青年也可以买这种长期票，价格较低，但是只能坐二等。所以在西班牙和法国旅行时，我尽量搭乘火车。火车不便的地方，就租车来开，因此不少偏僻的村镇，我都去过。英国没有加入西欧这种长期票的组织，我在英国旅行，就完全自己开车。

在西欧租车，相当昂贵，租费不但按日计算，还要按照里数。且以两千毫升的中型车为例，在西班牙每天租金是五千西币（peseta，每二十元值港币一元），每开一公里再收四十五西币，加上保险和汽油，就很贵了。在法国租这样一辆车，每天收二百法郎（约合一百七十港币），每公里再收二法郎，比西班牙稍微便宜。问题在于：按里收费，就开不痛快。如果像美国人那样长途开车，平均每天三百英里，即四百八十公里，单以里程来计，每天就接近一千法郎了。

幸好英国跟美国一样大方，租车只计日数，不计里数，所以我在英国开车，不计山长水远，最是意气风发。路远，当然多耗汽油，可是比起按里收费来，简直不算什么。伦敦的租车业真是洋洋大观，电话簿的“黄页”一连百多家车行。你可以连车带司机一起租，那车，当然是极奢华的劳斯莱斯或者丹姆勒。你也可以把车开去西欧各国。甚至你可以预先租好，一下飞机，就有车可开。我在英国租了一辆快意（Fiat Regata），八天内开了一千三百英里，只收二百三十英镑，比在西班牙和法国便宜得多。

伦敦租车行的漂亮小姐威胁我说：“你开车出伦敦，最好有人带路，收费五镑。”我不服气道：“纽约也好，芝加哥也好，我都随便进进出出，怕什么伦敦？”她把伦敦市街的详图向我一折又一折地摊开，盖没了整个大桌面，咬字清晰地说道：“哪，这是伦敦！大街小巷两千多条，弯的多，直的少，好多还是单行道。至于路牌嘛，只告诉你怎么进城，不告诉你怎么出城。你瞧着办吧，开不出城把车丢在半路的顾客，多的是。”

我怔住了，心想这伦敦恐怕真是难缠，便沉吟起来。第二天车行派人来交车，我果然请她带我出城，在去牛津的路边停下车来，从我手上接过五镑钞票，告别而去。我没有说错，来交车的是一个“她”，不是“他”。我在旅馆的大厅站了足足十分钟，等一个彪形的司机出现。最后那司机开口了：“你是余先生吗？”竟是一位清秀的中年太太。我冲口说：“没想到是一位女士。”她笑道：“应该是男士吗？”

在西欧开车，许多地方不如在美国那么舒服。西欧纬度高，夏季短，汽车大半没有冷气，只能吹风，太阳一出来，车厢里就觉得燠热。公路两旁的休息站很少，加油也不太方便。路牌矮而小，往往是白底黑字，字体细瘦，不像美国的那样横空而起，当顶而过，巨如牌坊。英国公路上两道相交，不像美国那么豪华，大造其四叶苜蓿（Clover-leaf）的立体花桥，只用一个圆环来分道，车势就缓多了。长途之上绝少广告牌，固然山水清明，游目无碍，久之却也感到寂寥，好像已经驶出了人间。等到暮色起时，也找不到美式的汽车客栈。

一九八五年九月一日

德国之声

一

德国的音乐曾经是西方之最。从巴哈到贝多芬，从华格纳到史特劳斯，那样宏大的音乐，哪一个国家发得出来？人杰，是因为地灵吗？该邦的最高峰楚克希匹泽（Zugspitze）还不到三千米。莱茵河静静地流，并不怎么雄伟，反而有几分秀气。黑森林的名气大得吓人，连我常吃的一种蛋糕也借重其大名，真令人骇怪，那一带不知该怎样地暗无天日，出没龙妖。到了跟前，那满山的杜松黛绿盈眸，针叶之密，果然是如鬘如鬒，平行拔竖的树干，又密又齐，像是一排排的梳齿。但是要比壮硕修伟，怎么高攀得上加州巨杉的大巫身材呢？

莱茵河虽然不怎么浩荡，但是《齐格非莱茵之旅》却写得那样壮烈，每天听到，我都会身不由己地热血翻滚而英雄气盛。只可惜史诗已成绝响了。我在西德租车旅行，曾向寻常的人家投宿。这种路旁人家总有空房三两，丈夫多已退休，太太反正闲着，便接待过路车客，提供当晚一宿，次晨一餐，收费之廉，只有一般大旅馆的三分或四分之一。在西德的乡道上开车，看见路旁竖一小牌，写着 Zimmer frei 的，便是这种人家了。在巴登巴登（Baden-Baden）南郊，我们住在格洛斯家。第二天早餐的时候，格洛斯太太的厨房里正放着收音机，德文唱的流行曲似曾相识；侧耳再听，竟然学美国流行曲的曼妙吟叹，又有点像披头的咕咕调。巴哈的后人每天就听这样的曲调吗？尼采听了会怎么说呢？

二

我在西德驾车漫游，从北端的波罗的海一直到南端的波定湖（Bodensee），两千四百公里都驰在寂天寞地。西德的四线高速公路所谓 Autobahn 者，对于爱开快车如杨世彭那样的人，真不妨叫作乌托邦。这种路上没有速限，不言而喻，是表示德国的车好，路好，而更重要的是：交通秩序好。超车，一定用左线。要是你挡住左线，后面的快车就会迅疾钉人，一声不出，把你逼出局去。反光镜中后车由小变大，甚至无中生有，只在一眨眼之间。我开一九〇 E 的宾士，时速常在一百三十公里，超我的车往往在左侧一啸而过，速度至少一百五十。正愕视间，它早已落荒而逃，被迫退右，让一辆更急的快车飞掠而逝。尽管如此，我在这样的乌托邦上开了八天，却未见一桩车祸，甚至也未见有人违规。至于喇叭，一天也难得听到两声。

三

西德的计程车像英国的一样，开得很规矩，而且不放音乐。火车、电车、游览车上也绝无音乐。法国也是如此。西班牙的火车上，就爱乱播流行曲，与台湾同工。西德的公共场所，包括车站、机场、餐厅，甚至街头，例皆十分清静。烟客罕见，喧哗的人几乎没有，至于吵架就更未遇到。除了机场和车站，我也从未听人用过扩音器。这种生活品质，不是国民所得和外汇存底所能标示。一个安安静静的社会，听觉透明的邻里街坊，是文化修炼的结果。所谓默化，先得静修才行。音乐大师辈出之地，正是最安宁的国家。

血色饱满体格健壮的日耳曼民族，当然也爱热闹，不过他们会选择场合，不会平白扰人。要看德国生活热闹豪放的一面，该去他们的啤酒屋。有名的 Hofbrauhaus 大堂上坐满了一桌接一桌的酒客，男女老少都有，那么不拘形迹地畅饮着史帕登、皮尔森、卢恩布劳。一面畅饮，一面阔谈，更兴奋的就推杯而起，一对对摆头扬臂，跳起巴伐利亚的土风舞来。那样亲切开怀的大场面，让人把日间的忧烦都在深长的啤酒杯里涤尽，真是下班生活的安全瓣了。不说别的，单看那些特大号的“咕噜嗝”（Krug）酒杯，就已令人馋肠蠕蠹。最值得称道的，是那样欢娱的谑浪仍保有乡土的亲善，并不闹事，而酒客虽然众多，堂屋却够深广，里面的喧哗不致外溢。这情形正如西欧各国的宗教活动，大半在教堂里举行，不像在台湾的节庆，动辄吹吹打打，一路招摇过市，惊扰街邻。

我在西德投宿，却有一夜惊于噪音。那是在海德堡北郊的小镇达森海姆（Dossenheim），我们住在三楼，不懂对街的人家何以入夜后叫嚷未定，不时还有噼啪之声传来。我说这一带看来是中下层的住宅区，品质不高。我存则猜想那噼啪阵阵是在练靶。一夜狐疑，次晨到了早餐桌上，才知悉昨晚是西德跟阿根廷在争夺足球世界杯的冠军，想必全德国的人都守在电视机前观战，西德每进一球，便放炮仗庆祝。那样的嚣闹倒也难怪了。

四

西德战败那一晚，我们虽然睡得迟些，第二天却一早就给吵醒了。说吵醒，其实不对。我们是给教堂的钟声从梦里悠悠摇醒的。醒于音乐当然不同醒于噪音，何况那音乐来自钟声，一波波摇漾着舒缓与恬静，给人中世纪的幻觉。一天就那样开始，总是令人欣喜的。德国许多小城的钟楼，每过一刻钟就铛铛鞳鞳声震四邻地播告光阴之易逝。时间的节奏要动用那样隆重的标点，总不免令人惊心，且有点伤感。就算是中世纪之长吧，也经不起它一遍遍地敲打。

那样的钟声，在德国到处可闻。印象最深的，除了达森海姆之外，还有巴登巴登的边镇史坦巴赫（Steinbach，石溪之意）。北欧的仲夏，黄昏特别悠长，要等九点半以后落日才隐去，西天留下半壁霞光，把一片赤艳艳烧成断断续续的沉紫与滞苍。那是断肠人在天涯的时刻，和我存在车少人稀的长街上闲闲散步，合夫妻俩心之密切，竟也难抵暮色四起的凄凉。好像一切都陷落了，只留下一些红瓦渐暗的屋顶在向着晚空。最后只留下教堂的钟楼，灰红的钟面上闪着金色的罗马数字，余霞之中分外地幻异。忽然钟响了起来，吓了两人一跳。万籁皆寂，只听那老钟楼喉音沉洪地、郑重而笃实地敲出节奏分明的十记。之后，全镇都告陷落。这一切，当时有一颗青星，冷眼旁证。

最壮丽的一次是在科隆。那天开车进城，远远就眺见那威赫的双塔，一对巨灵似的镇守着科隆的天空，塔尖锋芒毕露，塔脊棱角峥嵘。那气凌西欧的大教堂，我存听我夸过不晓多少次了，终于带她一同来瞻仰，在露天茶座上正面仰望了一番，颈也酸了，气也促了，便绕到南侧面，隔着一片空荡荡的广场，以较为舒徐的斜度从容观览它的横体。要把那一派钩心斗角的峻桥陡楼看出个系统来，不是三眼两眼的事。正是星期六将尽的下午，黄昏欲来不来，天光欲歪不歪，家家的晚餐都该上桌了。忽然之间——总是突如其来的——巨灵在半空开腔了。又吓了我们一跳。先是一钟独鸣，从容不迫而悠然自得。毕竟是欧洲赫赫有名的大教堂，晚钟锵锵在上界宣布些什么，全城高高低低远远近近的塔楼和窗子都仰面聆听，所有的云都转过了脸来。不久有其他的钟闻声响应，一问一答，一唱一和，直到钟楼上所有的洪钟都加入晚祷，众响成潮，卷起一波波的声浪，金属高亢而阳刚的和鸣相荡相激，汇成势不可当的滔滔狂澜，一下子就使全城没了顶。我们的耳神经在钟阵里惊悸而又喜悦地震颤着，如一束回旋的水草。钟声是金属坚贞的祷告，铜喉铜舌的信仰，一记记，全向高处叩奏。高潮处竟似有长颈的铜号成排吹起，有军容鼎盛之势。

“号声？”我存仔细再听，然后笑道，“没有啊，是你的幻觉。你累了。”

“开了一天车，本来是累了。这钟声太壮观了，令我又兴奋，又安慰，像有所启示——”

“你说什么？”她在洪流的海啸里用手掌托着耳朵，恍惚地说。

两人相对傻笑。广大而立体的空间激动着骚音，我们的心却一片澄静。二十分钟后，钟潮才渐渐退去，把科隆古城还给现代的七月之夜。我们从中世纪的沉酣中醒来。鸽群像音符一般，纷纷落回地面。莱茵河仍然向北流着，人在他乡，已经是吃晚饭的时候了。

五

德国的钟声是音乐摇篮，处处摇我们入梦。现代的空间愈来愈窄，能在时间上往返古今，多一点弹性，还是好的。钟声是一程回顾之旅。但德国还有一种声音令人回头。从巴登巴登去佛洛伊登希塔特（Freudenstadt，欢乐城之意），我们穿越了整座黑森林，一路寻找有名的梦寐湖（Mummelsee）。过了霍尼斯格林德峰，才发现已过了头。原来梦寐湖是黑森林私有的一面小镜子，以杉树丛为墨绿的宝盒，神不知鬼不觉地藏在浓荫的深处，现代骑士们策其宾士与宝马一掠而过，怎会注意到呢？

我们在如幻如惑的湖光里迷了一阵，才带了一片冰心重上南征之路。临去前，在湖边的小店里买了两件会发声的东西。一件是三尺多长的一条浅绿色塑胶管子，上面印着一圈圈的凹纹，舞动如轮的时候会咿嚶作声，清雅可听。我还以为是谁这么好兴致，竟然在湖边吹笛。于是以四马克买了一条，一路上停车在林间，拿出来挥弄一番，淡淡的音韵，几乎招来牧神和树精，两人相顾而笑，浑不知身在何处。

另一件却是一匣录音带。我问店员有没有 Volksmusik，她就拿这一匣给我。名叫 Deutschland Schöne Heimat，正是《德意志，美丽的家园》。我们一路南行，就在车上听了起来。第二面的歌最有特色，咏叹的尽是南方的风土。手风琴悠扬的韵律里，深邃而沉洪的男低音徐徐唱出"从阿尔卑斯山地到北海边"，那声音，富足之中潜藏着磁性，令人庆幸这十块马克花得值得。《黑森林谷地的磨坊》《古老的海德堡》《波定湖上的好日子》……一首又一首，满足了我们的期待。我们的车头一路向南，正指着水光潋滟的波定湖，听着 Lustige Tage am Bodensee 飞扬的调子，更增壮游的逸兴，加速中，黑森林的黛绿变成了波涛汹涌而来。是因为产生只多芬与瓦格纳的国度吗？为什么连江湖上的民谣也扬起激越的号声与鼓声呢？最后一首鼓号交鸣的《横越德国》更动人豪情，而林木开处，佛洛伊登希塔特的红顶白墙，渐已琳琅可望了。

六

德国还有一种声音令人忘忧，鸟声。粉墙红瓦，有人家的地方一定有花，姹紫嫣红，不是在盆里，便是在架上。花外便是树了。野栗树、菩提树、枫树、橡树、杉树、苹果树、梨树……很少看见屋宇鲜整的人家有这么多树，用这么浓密的嘉荫来祝福。有树就有鸟。树是无言的祝福，鸟，百啭千啾，便是有声的颂词了。绝对的寂静未免单调，若添三两声鸣禽，便脉脉有情起来。

听鸟，有两种情境。一种是浑然之境，听觉一片通明流畅，若有若无地意识到没有什么东西在逆耳忤心，却未刻意去追寻是什么在歌颂寂静。另一种是专注之境，在悦耳的快意之中，仰向头顶的翠影去寻找长尾细爪的飞踪。若是找到了那“声源”，瞥见它转头鼓舌的姿态，就更教人高兴。或是在绿荫里侧耳静待，等近处的啁啁弄舌告一段落，远处的枝头便有一只同族用相似的节奏来回答。我们当然不知这是谁在问，谁在答，甚至有没有问答，可是那样一来一往再参也不透的“高谈”，却真能令人忘机。

在汉堡的湖边，在莱茵河与内卡（Neckar）河畔，在巴登巴登的天堂泉（Paradies）旁，在迈瑙岛（Mainau）的锦绣花园里，在那许多静境里，我们成了百禽的知音，不知其名的知音。至于一入黑森林，那更是大饱耳福，应接不暇了。

七

鸟声令人忘忧，德国却有一种声音令人难以释怀。在汉堡举行的国际笔会上，东德与西德之间，近年虽然渐趋缓和，仍然摩擦有声。这次去汉堡出席笔会的东德作家多达十三人，颇出我的意料。其中有一位叫汉姆林（Stephan Hermlin）的诗人，颇有名气，最近更当选为国际笔会的副会长。他在叙述东德文坛时，告诉各国作家说，东德前十名的作家没有一位阿谀当局，也没有一位不满现政。此语一出，听众愕然，地主国西德的作家尤其不甘接受。许多人表示异议，而说得最坦率的，是小说家格拉斯（Günter Grass）。汉姆林并不服气，在第二天上午的文学会里再度登台答辩。

德文本来就不是一种柔驯的语言，而用来争论的时候，就更显得锋芒逼人了。德国人自己也觉得德文太刚，歌德就说："谁用德文来说客气话，一定是在说谎。"外国人听德文，当然更辛苦了。法国文豪伏尔泰去腓特烈大帝宫中做客，曾想学说德语，却几乎给呛住了。他说但愿德国人多一点头脑，少一点子音。

跟法文相比，德文的子音当然是太多了。例如"黑"吧，英文叫 black，头尾都是爆发的所谓塞音，听来有点刚强。西班牙文叫 negra，用大开口的母音收尾，就和缓许多。法文叫 noir，更加圆转开放。到了德文，竟然成为 schwarz，读如"希勿阿尔茨"，前面有四个子音，后面有两个子音，而且都是摩擦生风，就显得有点威风了。在德文里，S 开头的字都以 Z 起音，齿舌之间的摩擦音由无声落实为有声，刺耳多了。另一方面，Z 开头的字在英文里绝少，在德文里却是大宗，约为英文的五十倍；非但如此，其读音更变成英文的 ts，于是充耳平添了一片刺刺擦擦之声。例如英文的成语 from time to time，到了德文里却成了 von Zeit zu Zeit，不但切磋有声，而且峨然大写，真是派头十足。

德文不但子音参差，令人读来咬牙切齿，而且好长喜大，虚张声势，真把人唬得一愣一愣。例如“黑森林”吧，英文不过是 Black Forest，德文就接青叠翠地连成一气，成了 Schwarzwald，教人无法小觑了。从这个字延伸开来，巴登巴登到佛洛伊登希特塔之间的山道，可以畅览黑森林风景的，英文不过叫 Black Forest Way，德国人自己却叫作 Schwarzwaldhohestrasse。我们住在巴登巴登的那三天，每次开车找路，左兜右转目眩计穷之际，这可怕的“千字文”常会闪现在一瞥即逝的路牌上，更令人惶惶不知所措。原来巴登巴登在这条“黑森林道”的北端，多少车辆寻幽探胜，南下驰驱，都要靠这长名来指引。这当然是我后来才弄清楚了的，当时瞥见，不过直觉它一定来头不小而已。在德国的街上开车找路，哪里容得你细看路牌？那么密而长的地名，目光还没扫描完毕，早已过了，“视觉暂留”之中，谁能确定中间有没有 sch，而结尾那一截究竟是 bach，berg 还是 burg 呢？

尼采在《善恶之外》里就这么说：“一切沉闷，黏滞，笨拙得似乎隆重的东西，一切冗长而可厌的架势，千变万化而层出不穷，都是德国人搞出来的。”尼采自己是德国人，尚且如此不耐烦。马克 · 吐温说得更绝：“每当德国的文人跳水似地一头钻进句子里去，你就别想见到他了，一直要等他从大西洋的那一边再冒出来，嘴里衔着他的动词。”尽管如此，德文还是令我兴奋的，因为它听来是那么阳刚，看来是那么浩浩荡荡，而所有的名词又都那么高冠崔巍，啊，真有派头！

八

在德国，我还去过两个地方，两个以声音闻名于世的地方，却没有听到声音，或者可以说，无声之声胜于有声，更令人为之低回。

其一是在巴登巴登的南郊里赫登塔尔（Lichtental），临街的一个小山坡上，石级的尽头把我们带到一座三层白漆楼房的门前。墙上的纪念铜牌在时光的侵略下，仍然看得出刻着两行字："一八六五年至一八七四年约翰尼斯·布拉姆斯曾居此屋。"这正是巴城有名的布拉姆斯屋（Brahmshaus）。

布拉姆斯屋要下午三点才开放，我们进得门去，只见三五游客。楼梯和二楼的地板都吱吱有声，当年，在大师的脚下，也是这样的不谐和碎音陪衬他宏大而回旋的交响乐吗？后期浪漫主义最敏感的心灵，果真在这空寂的楼上，看着窗外的菩提树叶九度绿了又黄，一直到四十一岁吗？白纱轻掩着半窗仲夏，深深浅浅的树荫，曾经是最音乐的楼屋里，只传来细碎的鸟声。

我们沿着莱茵河的东岸一路南下，只为了追寻传说里那一缕蛊人的歌声。过了马克斯古堡，那一袅女妖之歌就暗暗地袭人而来，平静的莱茵河水，青绿世界里蜿蜒北去的一弯褐流，似乎也藏着一涡危机了。幸好我们是驾车而来，不是行船，否则，又要抵抗水上的歌声袅袅，又要提防发上的金梳耀耀，怎么躲得过旋涡里布下的乱石呢？

莱茵河滚滚向北，向现代流来。我们的车轮滚滚向南，深入传说，沿着海涅迷幻的音韵。过了圣瓜豪森，山路盘盘，把我们接上坡去。到了山顶，又有一座小小的看台，把我们推到悬崖的额际。莱茵河流到脚下，转了一个大弯，俯眺中，回沫翻涡，果然是舟楫的畏途，几只平底货船过处，也都小心回避。正惊疑间，一艘白舷平顶的游舫顺流而下，虽在千尺脚底，满船河客的悠扬歌声，仍隐约可闻，唱的正是洛丽莱（Lorelei）：

她的金发梳闪闪发光；
她一面还要唱着歌曲，
令听见的人心神恍恍：
甜甜的调子无法抗拒。

徘徊了一阵，意犹未尽。再下山去，沿着一道半里长的河堤走到尽头，就为了花岗石砌成的一台像座上坐着那河妖的背影。铜雕的洛丽莱漆成黑色，从后面，只见到水藻与长发披肩而下，一直缠绕到腰间。转到正面，才在半疑半惧的忐忑之中仰瞻到一对赤露的饱乳，圆软的小腹下，一腿夷然而贴地，一腿则昂然弓起，膝头上倚着右手，那姿势，野性之中带着妖媚。她半垂着头，在午日下不容易细读表情。我举起相机，在调整距离和角度。忽然，她的眼睛半开，向我无声地转来，似嗔似笑，流露出一棱暗蓝的寒光。烈日下，我心神恍恍，不由自主地一阵摇颤。她的歌唱些什么呢？你问。我不能告诉你，因为这是德意志的禁忌，莱茵河千古之谜，危险而且哀丽。

一九八六年七月二十三日

风吹西班牙

一

若问我西班牙给我的第一印象，立刻的回答是：干。

无论从法国坐火车南下，或是像我此刻从塞维亚开车东行，那风景总是干得能敲出声来，不然，划一根火柴也可以烧亮。其实，我右边的风景正被几条火舌壮烈地舐食，而且扬起一缕缕的青烟。正是七月初的近午时分，气温不断在升高，整个安达露西亚都成了太阳的俘虏，一草一木都逃不过那猛瞳的监视。不胜酷热，田里枯黄的草堆纷纷在自焚，噼啪有声。我们的塔尔波小车就在浓烟里冲过，满车都是焦味。在西班牙开车，很少见到河溪，公路边上也难得有树荫可憩。几十里的晴空干瞠干瞪，变不出一片云来，风几乎也是蓝的。偏偏租来的塔尔波，像西欧所有的租车一样，不装冷气，我们只好大开风扇和通风口，在直灌进来的暖流里逆向而泳。带上车来的一大瓶冰橙汁，早已蒸得发热了。

西班牙之干，跟喝水还有关系。水龙头的水是喝不得的，未去之前早有朋友警告过我们，要是喝了，肚子就会一直咕噜发酵，腹诽不已。西班牙的餐馆不像美国那样，一坐下来就给你一杯透澈的冰水。你必须另外花钱买矿泉水，否则就得喝啤酒或红酒。饮酒也许能解忧，却解不了渴。所以在西班牙开车旅行，人人手里一大瓶矿泉水。不过买时要说清楚，是 con gas 还是 sin gas，否则一股不平之气，挟着千泡百沫冲顶而上，也不好受。

西班牙不但干，而且荒。

她和葡萄牙共有伊比利亚半岛，却占了半岛的百分之八十五。西班牙是一块巨大而荒凉的高原，却有点向南倾斜，好像是背对着法国而脸朝着非洲。这比喻不但是指地理，也指心理。西班牙属于欧洲却近于北非。三千年前，腓尼基和迦太基的船队就西来了。西班牙人叫自己的土地作“爱斯巴尼亚”（España），古称“希斯巴尼亚”（Hispania），据说源出腓尼基文，意为“偏僻”。

西班牙之荒，火车上可以眺见二三，若要领略其余，最好是自己开车。典型的西班牙野景，上面总是透蓝的天，下面总是炫黄的地，那鲜明的对照，天造地设，是一切摄影家的梦境。中间是一条寂寞的界限，天也下不来，地也上不去，只供迷幻的目光徘徊。现代人叫它作地平线，从前的人倒过来，叫它作天涯。下面那一片黄色，有时是金黄的熟麦田，有时是一亩接一亩的向日葵花，但往往是满坡的枯草一直连绵到天边，不然就是伊比利亚半岛的肤色，那无穷无尽无可奈何的黄沙。所以毛驴的眼睛总含着忧郁。沙丘上有时堆着乱石，石间的矮松毛虬虬地互掩成林，剪径的强盗——叫 bandido 的——似乎就等在那后面。

法国风光妩媚，盈目是一片娇绿嫩青。一进西班牙就变了色，山石灰麻麻的，草色则一片枯黄，荒凉得竟有一种压力。绿色还是有的，只是孤零零的，点缀一下而已。树大半在缓缓起伏的坡上，种得整整齐齐，看得出成排成列。高高瘦瘦，叶叶在风里翻闪着的，是白杨。矮胖可爱的，是橄榄树，所产的油滋润西班牙人干涩的喉咙，连生菜也用它来浇拌。一行行用架子支撑着的，就是葡萄了，所酿的酒温暖西班牙人寂寞的心肠。其他的树也是有的，但不很茂。往往，在寂寂的地平线上，什么也没有，只有一棵孤树撑着天空，那姿态，也许已经撑了几世纪了。绿色的祝福不多，红色的惊喜更少。偶尔，路边会闪出一片红艳艳的罂粟花，像一队燃烧的赤蝶迎面扑打过来。

山坡上偶尔有几只黑白相间的花牛和绵羊，在从容咀嚼草野的空旷。它们不知道佛朗哥是谁，更无论八百年回教的兴衰。我从来没见过附近有牧童，农舍也极少见到，也许正是半下午，全西班牙都入了朦胧的“歇时榻”（siesta）吧。比较偏僻的野外，往往十几里路不见人烟，甚至不见一棵树。等你已经放弃了，小丘顶上出人意外地却会踞着、蹲着，甚至匍着一间灰顶白壁的独家平房，像是文明的最后一哨。若是那独屋正在坡脊上，背后衬托着整个晚空，就更令人感受到孤苦的压力。

独屋如此，几百户人家加起来的孤镇更是如此。你以为孤单加孤单会成为热闹，其实是加倍地孤单。从格拉纳达南下地中海岸的途中，我们的塔尔波横越荒芜而崎岖的内华达山脉（Sierra Nevada），左盘右旋地攀过一棱棱的山脊，空气干燥无风，不时在一丛杂毛松下停车小憩。树影下，会看见一条灰白的小径，在沙石之间蜿蜒出没，盘入下面的谷地里去。低沉的灰调子上，感觉到有什么东西在移动。定睛搜寻，才瞥见一顶 sombrero 的宽边大帽遮住一个村民骑驴的半面背影。顺着他去的方向，远眺的旅人终于发现谷底的村庄，掩映在矮树后面，在野径的尽头，在一切的地图之外，像一首用方言来唱的民谣，忘掉的比唱出来的更多。而无论多么卑微的荒村野镇，总有一座教堂把尖塔推向空中，低矮的村屋就互相依偎着，围在它的四周。那许多孤零零的瘦塔就这么守着西班牙的天边，指着所有祈愿的方向。

最难忘是莫特利尔镇（Motril）。毫无借口地，那幻象忽然赫现在天边，虽然远在几里路外，一整片叠牌式的低顶平屋，在金阳碧空的透明海气里，白晃晃的皎洁墙壁，相互分割成正正斜斜的千百面几何图形，一下子已经奔凑到你的眼睫之间，那样祟人的艳白，怎么可能！拭目再看，它明明在那边，不是幻觉，是奇观。树少而矮，所以白屋拥成一堆，白成一片。屋顶大半平坦，斜的一些也斜得稳缓，加以黑灰的瓦色远多于红色，更加压不下那一大片放肆的骄白。歌德说："色彩是光的修行与受难。"那样童贞的蛋壳白修的该是患了洁癖的心吧，蒙不得一点污尘。过了那一片白梦，惊诧未定，忽然一个转弯，一百八十度拉开蓝汹汹欲溢的世界，地中海到了。

二

西班牙之荒，一个半世纪之前已经有另一位外国作家慨叹过了。那是一八二九年，在西班牙任外交官的美国名作家伊尔文（Washington Irving），为了探访安达露西亚浪漫的历史，凭吊八百年伊斯兰文化的余风，特地和一位俄国的外交官从塞维亚并辔东行，一路遨游去格拉纳达。虽然是在春天，途中却听不见鸟声。事后伊尔文在《红堡记》（*Tales of Alhambra*）里告诉我们说：

“许多人总爱把西班牙想象成一个温柔的南国，好像明艳的意大利那样装扮着百般富丽的媚态。恰恰相反，除了沿海几省之外，西班牙大致上是一个荒凉而忧郁的国家，崎岖的山脉和漫漫的平野，不见树影，说不出有多寂寞冷静，那种蛮荒而僻远的味道，有几分像非洲。由于缺少丛树和围篱，自然也就没有鸣禽，更增寂寞冷静之感。常见的是兀鹰和老鹰，不是绕着山崖回翔，便是在平野上飞过，还有的就是性怯的野雁，成群阔步于荒地；可是使其他国家全境生意蓬勃的各种小鸟，在西班牙只有少数的省份才见得到，而且总是在人家四周的果园和花园里面。

“在内陆的省份，旅客偶然也会越过大片的田地，上面种植的谷物一望无边，有时还摇曳着青翠，但往往是光秃而枯焦，可是四顾却找不到种田的人。最后，旅人才发现峻山或危崖上有一个小村，雉堞残败，戍楼半倾，正是古代防御内战或抵抗摩尔人侵略的堡垒。直到今日，由于强盗到处打劫，西班牙大半地区的农民仍然保持了群居互卫的风俗。”

西班牙人烟既少，地又荒芜，所以伊尔文在漫漫的征途之中，可以眺见孤独的牧人在驱赶走散了的牛群，或是一长列的骡子缓缓踱过荒沙，那景象简直有几分像阿拉伯。其时境内盗贼如麻，一般人出门都得携带兵器，不是毛瑟枪、喇叭枪，便是短剑。旅行的方式也有点像阿拉伯的驼商队，不同的是在西班牙，从比利牛斯山一直到阳光海岸（Costa del Sol），纵横南北，维持交通与运输的，是骡夫组成的队伍。这些骡夫（arrieros）生活清苦而律己甚严，粗布背囊里带着橄榄一类的干粮，鞍边的皮袋子里装着水或酒，就凭这些要越过荒山与燥野。他们例皆身材矮小，但是手脚伶俐，肌腱结实而有力，脸色被太阳晒成焦黑，眼神则坚毅而镇定。这样的骡队人马众多，小股的流匪不敢来犯，而全副武装驰着安达露西亚骏马的独行盗呢，也只敢在四周逡巡，像海盗跟着商船大队那样。接下来的一段十分有趣，我必须再引译伊尔文的原文：

> 西班牙的骡夫有唱不完的歌谣可以排遣走不尽的旅途。那调子粗俗而单纯，变化很少。骡夫斜坐在鞍上，唱得声音高亢，腔调拖得又慢又长，骡子呢则似乎十分认真地在听赏，而且用步调来配合拍子。这种双韵的歌谣不外是诉说摩尔人的古老故事，或是什么圣徒的传说，或是什么情歌，而更流行的是吟咏大胆的私枭或无畏的强盗，因为这两种人在西班牙的匹夫匹妇之间都是动人遐想的英雄。骡夫之歌往往也是即兴之作，说的是当地的风光或是途中发生的事情。这种又会歌唱又会乘兴编

造的本领，在西班牙并不稀罕，据说是摩尔人所传。听着这些歌谣，而四周荒野寂寥的景色正是歌词所唱，偶尔还有骡铃叮当来伴奏，真有豪放的快感。

在山道上遇见一长串骡队，那景象再生动不过了。最先你会听到带队骡子的铃声用单纯的调子打破高处的岑寂，不然就是骡夫的声音在呵责迟缓或脱队的牲口，再不然就是那骡夫正放喉高唱一曲古调。最后你才看到有骡队沿着峭壁下的隘道迟缓地迂回前进，有时候走下险峻的悬崖，人与兽的轮廓分明地反衬在天际，有时候从你脚下那深邃而干旱的谷底辛苦地攀爬上来。行到近前时，你就看到他们卷头的毛纱，穗带，和鞍鞯，装饰得十分鲜艳；经过你身边时，驮包后面的喇叭枪挂在最顺手的地方，正暗示道路的不宁。

三

伊尔文所写的风土民情虽然已是一百五十年前的西班牙，但证之以我的安达露西亚之旅，许多地方并未改变。今天的西班牙仍然是沙多树少，干旱而荒凉，而葡萄园、橄榄林、玉米田和葵花田里仍然是渺无人影。盗贼呢应该是减少了，也许在荒郊剪径的匪徒大半转移阵地，到闹市里来剪人荷包了，至少我在巴塞罗那的火车站上就遇到了一个。至于那些土红色的古堡，除了春天来时用满地的野花来逗弄它们之外，都已经被匆忙的公路忘记，尽管雉堞俨然，戍塔巍然，除了苦守住中世纪的天空之外，也没有别的事好做了。

最大的不同，是那些骡队不见了。在山地里，这忍辱负重眼色温柔而哀沉的忠厚牲口，偶然还会见到。在街上，还有卖艺人用它来拖咿咿唔唔的手摇风琴车。可是漫漫的长途早已伸入现代，只供各式的汽车疾驰来去了。不过，就在六十年前，夭亡的诗人洛尔卡（Federico García Lorca，1898—1936）吟咏安达露西亚行旅的许多歌谣里，骡马的形象仍颇生动。其中给我印象最深的，是下面这首《骑士之歌》：

科尔多瓦。
孤悬在天涯。
漆黑的小马，圆大的月亮，
橄榄满袋在鞍边悬挂。
这条路我虽然早认识，
今生已到不了科尔多瓦。

穿过原野，穿过烈风，
赤红的月亮，漆黑的马。
死亡正在俯视着我，
在戍楼上，在科尔多瓦。

唉，何其漫长的路途！

唉，何其英勇的小马！

唉，死亡已经在等待我，

等我赶路去科尔多瓦！

科尔多瓦。

孤悬在天涯。

这首诗的节奏和意象单纯而有力，特具不祥的神秘感。韵脚是一致开口的母音，色调又是红与黑，最能打动人原始的感情，而且联想到以此二色为基调的佛拉曼哥舞与斗牛。二十年前初读史班德此诗的英译，即已十分欢喜，曾据英译转译为中文。三年前去委内瑞拉，有感于希斯巴尼亚文化的招引，认真地读起西班牙文来。我耽于这种罗曼斯文，完全出于感性的爱好。首先，是由于西班牙文富于母音，所以读来圆融浏亮，荡气回肠，像随时要吟唱一样。要充分体会洛尔卡的感性，怎能不直接饕餮原文呢？其次，去过了菲律宾与委内瑞拉，怎能不迳游伊比利亚本身呢？为了去西班牙，事先足足读了一年半的西班牙文。到了格拉纳达，虽然不能就和阿米哥们畅所欲言，但触目盈耳，已经不全是没有意义的声音与形象了。前面这首《骑士之歌》，当年仅由英译转成中文，今日对照原文再读，发现略有出入，乃据原文重加中译如上。论音韵，中译更接近原文，因为洛尔卡通篇所押的悠扬A韵，中文全保留了，英文却无能为力。

未去西班牙之前，一提到那块土地我就会想到三个城市：托莱多，因为埃尔·格列柯的画；格拉纳达，因为弗莱雷的钢琴曲；科尔多瓦，因为洛尔卡的诗。我到西班牙，是从法国乘火车入境，在马德里住了三天，受不了安达露西亚的诱惑，就再乘火车去格拉纳达。第二天当然是去游“红堡”，晚上则登圣山（Sacromonte），探穴居，去看吉卜赛人的佛拉曼哥舞。第三天更迫不及待，租了一辆塔尔波上路，先南下摩特利尔，然后沿着地中海西驶，过毕卡索的故乡马拉加，再北上经安代盖拉，抵名城塞维亚。

而现在是第四天的半上午，我们正在塞维亚东去科尔多巴的途中。

蓝空无云，黄地无树。好不容易见到一丛绿荫，都远远地躲在地平线上，不肯跟来。开了七八十里路，只越过一条小溪。无论怎么转弯，都避不开那无所不在的火球，向我们毫不设防的挡风玻璃霍霍滚来。没有冷气，只有开窗迎风，迎来拍面的长途炎风，绕人颈项如一条茸茸的围巾。我们选错了偏南经过艾西哈（Eceja）的公路，要是靠北走，就可以沿着瓜达几维尔河，多少沾上点水气了。

就是沿着这条漫漫的旱路跋涉去科尔多巴的吗？六十年前是洛尔卡，一百多年前是伊尔文，一千年前是骑着白骏扬着红缨的阿拉伯武士，这里曾经是回教与耶教决胜的战场，飘满月牙旗与十字旗。更早的岁月，听得见西哥德人遍地践来的蹄声。一切都消逝了，摩尔人的古驿道上，只留下我们这一辆小红车冒着七月的骄阳东驰，像在追逐一个神秘的背影。愈来愈接近科尔多巴了，这蛊惑的名字变成一个三音节的符咒祟着我的嘴唇。我一遍又一遍低诵着《骑士之歌》：

穿过原野，穿过烈风，
赤红的月亮，漆黑的马。
死亡正在俯视着我，
在戍楼上，在科尔多巴。

洛尔卡的红与黑，我怎么闯进来了呢？公路在矮灌木纠结的丘陵间左右萦回，上下起伏，像无头无尾的线索，前面在放线，后面在收索。风果然很猛烈，一路从半开的车窗外嘶喊着倒灌进来。死亡真的在城楼上俯视着我吗？西班牙人在公路上开车原就躐等躁进，超起车来总是令你血沸心紧，从针锋相对到狭路相逢到错身而过，总令人凛然，想到斗牛场的红凶黑煞。万一闪不过呢？今生真的到不了科尔多巴？尤其洛尔卡不但是横死，而且是夭亡，何况我胯下这辆车真有些不祥，早已出过点事故了。

我的安达露西亚之旅始于格拉纳达，而以塞维亚为东回的中途站，最后仍将回到格拉纳达。昨晚驶入塞维亚，已经是八时过几分了。满城的暮色里，街灯与车灯纷纷亮起，在凯旋广场的红灯前面刹车停下，淡玫瑰色的夕照仍依恋在老城寨上，正悠然怀古，说五百年前，当羊皮纸图上还没有纽约，伊莎贝拉女皇就是在此地接见志在远洋的哥伦布，忽然，车熄火了。转钥发动了几次，勉强着火，绿灯早已亮起，满街的车纷纷超我而去。这情形重复了三次，令人又惊又怒，最后才死灰复燃，提心吊胆地，总算把这匹随时会仆地不起的驽马驱策到蒙特卡罗旅店的门口，停在斑驳的红砖巷里。这事故，成为我怀古之旅正妙想联翩自鸣得意时忽地一记反高潮。晚饭后，找遍附近的街巷不见加油站的影子，更不提修车行了。那家旅店没有冷气，没有冰箱，只有一架旧电扇斜吊在壁上，自言自语不住地摇头。

“明天怎么办？”

朦胧之间不断地反问自己，而单调的轧轧声里只有那风扇在摇头。整夜我躺在疑虑的崖边，不能入眠。第二天早餐后，我存说不如去找当地的赫尔茨租车行。电话里那赫尔茨的职员用英语说：“你开过来看看。”我们开了过去，向他诉苦：“万一在荒野忽然熄火，怎么办？”他说可以把车留给他们修。我说这一修不知要耽搁多久，我们等不及了。正烦恼之际，有顾客前来还车，他说：“换一辆给你们如何？”我们喜出望外，只怕他会变卦，立刻换了另一辆车上路。

定下神来，才发现这架车也是塔尔波，虽然红色换了白色，其他的装备，甚至脾气，依然是表兄表弟。在出城的最后一盏红灯前，啊哈，同样熄了一次火。居然劝动他重新起步，而且一口气喘奔了两个多钟头，但是危机感始终压在心头。睡眠不足的飘忽状态中，昨夜的风扇又不祥地在摇头。不久风扇摇成了风车，巨影憧憧而不安，而胯下这辆靠不住的车子也喘啊哮啊，变成了故事里那匹驽马，毛长骨瘦的洛西南代（Rocinante）。念咒一般我再度吟哦起那祟人的句子：

死亡正在俯视着我，

在戍楼上，在科尔多瓦。

于是西班牙的干燥与荒凉随炎风翻翻扑扑一起都卷来，这寂寞的半岛啊，去了腓尼基又来了罗马，去了西哥德又来了北非的回教徒，从拿破仑之战到三十年代的内战，多少旗帜曾迎风飞舞，号令这纷扰的高原。当一切的旌旗都飘去，就只剩下了风，就是车窗外这永恒的风，吹过野地上的枯草与干蓬，吹过锯齿成排的山脉与冷对天地的雪峰，吹过佛拉曼哥的顿脚踏踏与响板喀喇喇，击掌紧张的噼噼啪啪，弦声激动的吉他。

一九八六年八月七日

关山无月

一

沙田山居十年之后，重回台湾，实在无心再投入台北盆地的红尘，乃卜居高雄，为了海峡的汪洋壮观，西子湾鸿蒙的落日和永不谢歇的浪花。而想起台北的朋友，最令我满足优越感的，是垦丁公园就在附近。正如春到台湾总是我先嗅到，看到，要南下垦丁，先到的也总是我的捷足。所以台北的朋友每次怪而问我："你一个人蹲在南部干什么？"我总是笑而不答。

香港朋友也觉得其中必有什么蹊跷，忍不住纷纷来探个究竟。好吃的，我就带他们去土鸡城吃烧酒鸡，好游的，就带他们去垦丁一看，无不佩服而归。

去年十二月底，金兆和环环也来探虚实。我们，宓宓和我，便带了他们，还有钟玲、君鹤、高岛，一行七人再去垦丁，向隔海的港客炫耀我们的美丽新世界。

二

到垦丁把旅舍安顿之后，高岛就催我们去关山看落日。大家姑妄听之，因为天色已经不早，而云层阴翳，难盼晚霞的奇迹。中途经过龙銮潭，只见一泓寒水映着已晡将暮的天色，那色调，像珍珠背光的一面。潭长几达两公里，大于南仁湖，是垦丁公园里最大的湖了。我们下车看湖，只觉得一片空明冷寂，对岸也只是郁郁的原始丛林，似乎是一览无余了。站久一些，才发现近南岸的沙洲上伫立着三两只苍鹭，背岸向水，像在等潜移的暮色。

“像是从辛弃疾的词里飞来的。”我不禁说。

“其实是过境的水鸟。”年轻的守湖人在背后说。

钟玲见高岛在调整望远镜，向西北方，也就是湖长的另一端不住地窥觎，问他在看什么。

“水鸭呀，”高岛得意地叫起来，“呵，有几百只呢！”

这才发现近北岸处的水面上一片密密麻麻的黑点，于是众人接过望远镜来，轮流观看。幽幽的水光在圆孔里闪来晃去，寻了一阵，才越过一丛丛水生的蔨蔺草，召来了那一大群水鸭。放大了，就可见它们在波上浮动不定，黑衣下面露出白羽，头颈和身躯形成的姿态，以书法而言，介于行草之间。

“那是泽凫，”守湖人说着，把他的高倍数望远镜递给我，“跟灰面鹫一样，也是北方的远客，秋来春去。它们是潜水的能手，可是因为尾巴下垂，起飞的时候有点狼狈，在陆地上走也不方便。”

“垦丁公园的候鸟是不是很多？”宓宓问他。

“对呀，百分之四十三都是；有的匆匆在春秋过境，有的夏天才来，像泽凫跟灰面鹫这样来过冬的最多，叫冬候鸟，约占其中的百分之三十四。”

“那其余的呢？”我问。

“其余的百分之五十七都是土生的啰，叫作留鸟。”

“看来鸟世界的外来客，”我说，“比人的世界更多。”

大家都笑起来。那守湖人却说：“只希望这些可爱的过客来去自由，不至于魂断台湾，唉！”

一片噤嘿。然后我说：“但愿我将来退休后能来陪你做守湖人。

钟玲说：“史耐德（Gary Snyder）就在美国西北部的山里做过守林人。他说，他的价值观十分古老，可以推回到新石器时代。”

“对呀，”我说，“垦丁公园应该招募一批青年诗人来做守护员，一来可以为公园驱逐盗贼和猎人，保护禽兽和草木，二来还可以体认自然，充实作品。”

“也应该包括画家和摄影家。”宓宓说着，望望君鹤和高岛。于是大家又笑了。

三

趁着暮色尚薄，我们向关山驶去。一路上坡，有时坡势颇陡。七转八弯之后，终于树丛疏处，来到一片杂有砂石的黄土坳，高岛在前车示意停下。乱石铺就的梯级上是一座宽敞的凉亭，比想象中的要坚实而有气派。大家兴奋地把车上的用具和零食搬上亭去。

“你们看哪，多开阔的景色啊！”第一个登亭的人大叫起来。

大家都怔住了。那样满的一整片水世界，一点警告也没有，猝然开展在我们的脚下。那样的坦露令人吃惊，那样无保留的显示令人惴惴，就算是倒吸一口长气吧，也绝不可能囫囵吞下。何况启示的不仅是下面的沧海，更有上面的苍天，从脚下直到天边的千叠波浪，从头顶直到天边的一层层阴云，暮色中，交接在至深至远的一线水平，更无其他。面对这无所不包的空阔荒旷，像最后的谜面也一下子揭开了，赤裸得可怕，但这样大的谜底，到底，要告诉我们什么呢，反而更成谜了。神谕，赫然就在面前，渺小的我们该怎样诠释？

“你们看，”我说，“远方的水平线好像并不平直，而是弧形，好像海面有点隆起——”

经我一提，大家都左右扫描起来。也不知是否心理作用，竟然都觉得那水平线是弯的了。这么说来，此刻我们目光扫巡的，岂不是一切形象之所托，我们这水陆大球的轮廓了吗？如果视界有阻或是立足不高，就不会有这种感觉。但是关山的海拔一百五十二米，又名高山岩，这座观景亭又建在岩边，无遮无蔽地正对着海峡，本就应该大开眼界。这样大的场面以漠漠的海天为背景，也只有落日能当悲壮的主角，可惜天阴不见落日，远处的三五只船影，贴在天边，几乎没有动静，只能算临时演员罢了。

“我从来没有一口气见过这么多水。”环环说。

大家都被她逗笑了。宓宓说，那是因为香港多港湾也多岛屿洲矶，而且渡轮穿梭，所以海景虽有曲折之胜，却无眼前这般空旷。

高岛接着说：“你们知道大家脚下踩着的这一片山岩，三万年前是在海底吗？”

金兆笑说：“怎么会呢？”

“是路嘉煌说的。这一带的地质是珊瑚礁岩层，从海底升上来，每年增高大约五厘米，你照算好了。他说这就叫沧海桑田。”

“这过程麻姑才看得见。”我说，“中国人一到登高临远，就会想起千古兴亡，几乎成为一种情意结。也许是空间大了，就刺激时间的敏感。陈子昂登高台，看见的不是风景，而是历史，真所谓‘生年不满百，长怀千岁忧’。”

“关山这地名就令人怀古。”钟玲望着陡落的岩岸，若有所思。

高岛说：“台湾有好几处地名叫关山。”

“关山难越，谁悲失路之人。”我不禁低吟，“一提到这地名，就令人想起关山行旅，隐隐然不胜其辛劳与哀愁——”

“李白也说，”钟玲紧接下去，“梦魂不到关山难。”

“你们别再掉书袋了。”宓宓从长廊的一头走来，“天都黑下来了，晚饭怎么办呢？”

望海的眼睛全回过眸来，这形而下的问题倒是蛮重要的。有人主张回旅馆吃，有人说不如去恒春镇上。高岛坚持大家留在亭子里，由他驾车去恒春买晚餐。

“在亭子里吃，呵，最有味道！”他再三强调。

四

目送高岛驾着白色的旅行车上路之后，六个人便忙着布置起来，把零食摆满了一桌，一面等高岛回来，一面大嚼花生。也许真的饿了，也许人多热闹，更因为高亭危岩，海天茫茫而又四围夜色，众人在兴奋之中又带点悲恐，花生的滋味就分外津津可口。君鹤在一旁专司掌灯，把高岛带来的强力瓦斯灯唰地一下点亮，黑暗，踉踉跄跄地一把给推出亭去，而亭柱和栏杆的阴影，长而暧昧地，也给分掷出去，有的，就连亭外的树影，一起扑向附近的岩壁。于是周围好几公里的混沌夜色，平白被我们挖出一个光之洞来，六个人就像史前人一样，背着原始的暗邃，聚守在洞里。

隐隐传来马达的律动。接着一道强光向我们挥来。

“高岛回来了。”大家欢呼。有人站了起来。

那道光扫过亭柱，一排排，狂嚣的引擎声中，曳着一团黑影，掠亭而去，朝猫鼻头的方向。

“是机车。”君鹤说。

“高岛还不来，”钟玲嘀咕，“饿死人了。”

宓宓安慰她说，开车费时，还得点菜呀，还得等呢。高岛最负责任了，很快就会回来的。不知是谁建议，大家轮流追述平生吃过的最美味之菜。立刻有人反对，说这不是整冤枉吗，愈夸愈馋，愈馋愈饿。

“这样吧，”我说，“此情此景，正是讲鬼故事的好地方。不如开讲吧，用恐怖来代替饥饿——”

“那也好不到哪里去。”哄笑声中钟玲反对说。

“你这个人哪，饿也饿不得，吓也吓不得。由不得你了。从前，有一个行人投宿在一家小野店里。那家店陈设简陋，烛火幽暗，临睡之前那路客对着一面烟昏暧昧的旧镜子刷牙。他张口露齿，镜中也有人张口露齿。他挥动牙刷，镜中人也挥动牙刷。他神经质地对镜苦笑，镜中人也报以苦笑。他把嘴闭起，镜中人也——不，却不闭嘴。他一惊，觉得一股冷风飕飕从镜中吹来，伸手一摸，却不是一面镜子——

众人大叫一声，瓦斯灯也跟着一暗。

“是什么？”环环有点歇斯底里了。

“——是一扇窗子！”

三个女人一声尖叫，君鹤与金兆也面容一肃。然后迸发出一片笑声。不料首灯炯炯探射而来，高岛开车回来了。大家立刻起身欢迎，一阵欣喜的纷乱之后，得来不易的迟到晚餐终于布就，这才发现，除了一大盘香喷喷的烤鸭之外，每人得便当一盒。掀开盒盖，有雪白的热饭，有排骨肉一大块，卤蛋一只，白菜多片。在众人的赞美声中，高岛更兴致勃勃，为每人斟了一杯白兰地。快嚼正酣，忽然有人叹说可惜无汤。

“有啊！”高岛说着，从暗影里的木条凳上提来两只晃荡荡的袋子。大家一看，原来是盛满液汁的塑胶袋，袋口用绳子扎紧。“大的一袋是味噌汤，小的一袋是鱼汤。”

“太好了，太好了！”金兆叹赏道，“在台湾旅行真是方便，不但自己开车，而且随处流连。”

"在香港，你们也没有这么玩过吧？"我说。

"是啊，"环环说，"从没像今天这么尽兴。"

终于吃完了，大家起身舒展一下，便在凉亭里来回散步。这亭子全用桧木建成，没有上漆的原色有一种木德温厚的可亲之感，和周围的景物十分匹配。建筑本身也方正纯朴，排柱与回栏井然可观，面积也相当广阔，可容三四十人。亭底架空，柱基却稳如磐石，地板铺得严密而实在，走在上面，空铿铿的，触觉和听觉都很愉快。这亭子若非虚架而高，坐在里面也就没有这种凌越一切而与海天相接的意气。垦丁公园的设计，淡中有味，平中见巧，真是难得。

众人都靠在面海的长栏杆上，静对夜色。高岛走回亭中，把挂在梁上的灯熄掉。没有缺口的黑暗恢复了完整。几分钟的不惯之后，就发现名为黑暗的夜色其实只是蒙昧，浅灰而微明，像毛玻璃那么迟钝，但仍能反衬出山头和树顶蠢蠢欲动的轮廓。海面一片沉寂，一百多米的陡坡下是颇宽的珊瑚礁岸，粗糙而黝黑，却有一星火光，像是有人在露营。浅弧的岸线向北弯，止于一角斜长的岬坡，踞若猛兽。

"那便是大平顶，"高岛说，"比我们这边还高。"

"那么岸边，低处那一堆灯火是什么村庄呢？"

"哦，那是红柴坑。"高岛说。

"近处的灯火是红柴坑，"君鹤说，"远一点的，恐怕是——广嘴。"

真是有趣的地名，令人难忘。民间的地名总是具体而妥帖的，官方一改名往往就抽象空洞了。众人看完了海岸，又回过头来望着背后的山头，参差的树顶依然剪影在天边，而天色依然不黑下来，反而有点月升前的薄明。徒然期待了一阵子，依然无月。

“幸好没有什么风，”君鹤说，“否则在这高处会受不了。”

“可惜也没有月亮，”我说，“否则就可看关山月了。”

“不过今晚还是值得纪念的。”高岛说着，无中生有地取出一把口琴来，吹起豪壮的电影曲《大江东去》。毕竟是口琴，那单薄而纯情的金属颤音在寒悠悠的高敞空间，显得有些悲凉。钟玲、宓宓和我应着琴韵唱了起来。“大江东去，江水滔滔不回头，啊，不回头。”金兆和环环默然听着，不知道他们在想些什么。也许是他们的年轻时代吧！那时，他们还在海峡的对岸，远远在北方，冬之候鸟，泽凫和伯劳，就从那高纬飞来。有时候，一首歌能带人到另一个世界。

口琴带着我们，又唱了几只老歌。歌短而韵长，牵动无穷的联想。然后一切又还给了岑寂与空旷。红柴坑和广嘴的疏灯，依然在脚底闪烁，应着远空的星光两三。酒意渐退，而海天无边无际的压力却愈来愈强。经过一番音乐之后，尽管是那么小的乐器，那么古远的歌，我们对夜色的抵抗力却已降到最低。最后是钟玲打了一个喷嚏，高岛说：

“明天一早还要去龙坑看日出，五点就起床。我们回去吧。”

一九八七年二月一日

满亭星月

关山西向的观海亭，架空临远，不但梁柱工整，翼然有盖，而且有长台伸入露天，台板踏出古拙的音响，不愧为西望第一亭。首次登亭，天色已晚，阴云四布，日月星辰一概失踪，海，当然还在下面，浩瀚可观。再次登亭，不但日月双圆，而且满载一亭的星光。小小一座亭子，竟然坐览沧海之大，天象之奇，不可不记。

那一天重到关山，已晡未暝，一抹横天的灰霭遮住了落日。亭下的土场上停满了汽车、机车，还有一辆游览巴士。再看亭上，更是人影杂沓，衬着远空。落日还没落，我们的心却沉落了。从高雄南下的途中，天气先阴后晴，我早就担心那小亭有人先登，还被宓宓笑为患得患失。但眼前这小亭客满的一幕，远超过我的预期。

同来的四人尽皆失望，只好暂时避开亭子，走向左侧的一处悬崖，观望一下。

在荒苇乱草之间，宓宓和钟玲各自支起三脚高架，调整镜头，只等太阳从霭幕之后露脸。摄影，是她们的新好癖（hobby），颇受高岛的鼓舞。两人弯腰就架，向寸镜之中去安排长天与远海，准备用一条水平线去捕落日。那姿势，有如两只埋首的鸵鸟。我和维梁则徘徊于鸵鸟之间，时或踯躅崖际，下窥一落百尺的峭壁与峻坡，尝尝危险边缘的股栗滋味。

暮霭开处，落日的火轮垂垂下坠，那颜色，介于橘红之间，因为未能断然挣脱霭氛，光彩并不十分夺目，火轮也未见剧烈滚动。但所有西望的眼睛却够兴奋的了。两只鸵鸟连忙捕捉这名贵的一瞬，亭上的人影也骚动起来。十几分钟后，那一球橘红还来不及变成酡红，又被海上渐浓的灰霭遮拥而去。这匆匆的告别式不能算是高潮，但黄昏的主角毕竟谢过幕了。

“这就是所谓的关山落日。”宓宓对维梁说。

“西子湾的落日比这壮丽多了，”我说，“又红又圆，达于美的饱和。就当着你面，一截截，被海平面削去。最后一截也沉没的那一瞬，真恐怖，宇宙像顿然无主。”

“你看太阳都下去了，”钟玲怨道，“那些人还不走。”

“不用着急，”我笑笑说，“再多的英雄豪杰，日落之后，都会被历史召去。就像户外的顽童一样，最后，总要被妈妈叫回去吃晚饭的。”

于是我们互相安慰，说晚饭的时间一到，不怕亭上客不相继离开。万一有人带了野餐来呢？“不会的，亭上没有灯，怎么吃呢？”

灰霭变成一抹红霞，烧了不久，火势就弱了下去。夜色像一只隐形的大蜘蛛在织网，一层层暗了下来。游览巴士一声吼，亭上的人影晃动，几乎散了一半。接着是机车暴烈的发作，一辆尾衔着一辆，也都窜走了。扰攘了一阵之后，奇迹似的，留下一座空亭给我们。

一座空亭，加上更空的天和海，和崖下的几里黑岸。

我们接下了亭子，与海天相通的空亭，也就接下了茫茫的夜色。整个宇宙暗下来，只为了突出一颗黄昏星吗？

“你看那颗星，”我指着海上大约二十度的仰角，“好亮啊，一定是黄昏星了。比天狼星还亮。”

“像是为落日送行。”钟玲说。

“又像夸父在追日。”维梁说。

“黄昏星是黄昏的耳环，”宓宓不胜羡慕，“要是能摘来戴一夜就好了。”

“落日去后，留下晚霞，”我说，“晚霞去后，留下众星。众星去后——”

“你们听，海潮。”宓宓打断我的话。

一百五十米之下，半里多路的岸外，传来浑厚而深沉的潮声，大约每隔二十几秒钟就退而复来，那间歇的骚响，说不出海究竟是在叹气，或是在打鼾，总之那样的肺活量令人惊骇。更说不出那究竟是音乐还是噪音，无论如何，那野性的单调却非常耐听。当你侧耳，那声音里隐隐可以参禅，悟道，天机若有所示。而当你无心听时，那声音就和寂静浑然合为一体，可以充耳不闻。现代人的耳朵饱受机器噪音的千灾百劫，无所逃于都市之网；甚至电影与电视的原野镜头，也躲不过粗糙而嚣张的配音。录音技巧这么精进，为什么没有人把海潮的天籁或是青蛙、蟋蟀的歌声制成录音带，让向往自然而不得亲近的人在似真似幻中陶然入梦呢?

正在出神，一道强光横里扫来，接着是车轮碾地的声音，高岛来了。

“你真是准时，高岛。”钟玲走下木梯去迎接来人。

“正好六点半，”宓宓也跟下去，“晚餐买来了吗？”

两个女人帮高岛把晚餐搬入亭来。我把高岛介绍给维梁。大家七手八脚在亭中的长方木桌上布置食品和餐具，高岛则点亮了强力瓦斯灯，用一条宽宽的帆布带吊在横梁上。大家在长条凳上相对坐定，兴奋地吃起晚餐来。原来每个人两盒便当，一盒是热腾腾的白饭，另一盒则是排骨肉，卤蛋，和咸菜。高岛照例取出白兰地来，为每人斟了一杯。不久，大家都有点脸红了。

“你说六点半到就六点半到，真是守时。”我向高岛敬酒。

“我五点钟才买好便当从高雄出发呢！”高岛说着，得意地呵呵大笑，“一个半钟头就到了。”

“当心超速罚款。”宓宓说。

“台湾的公路真好，”维梁喝一口酒说。“南下垦丁的沿海公路四线来去，简直就是高速大道，岂不是引诱人超速吗？”

“这高雄以南渐入佳境，可说是另成天地。”我自鸣得意了，“等明天你去过佳乐水、跳过迷石阵再说。你回去后，应该游说述先、锡华、朱立他们，下次一起来游垦丁。”

高岛点燃瓦斯炉，煮起功夫茶来。大家都饱了，便起来四处走动。终于都靠在面西的木栏杆上，茫然对着空无的台湾海峡。黄昏星更低了，柔亮的金芒贴近水面。

“那颗星那样回顾着我们，”钟玲近乎叹息地说，“一定有它的用意，只是我们看不透。”

“你们看，”宓宓说，“黄昏星的下面，海水有淡幽幽的倒影。那儿，飘飘忽忽地，若有若无，像曳着一条反光的尾巴——”

“真的。”我说着，向海面定神地望了一会儿，“那是因为今晚没风，海面平静，倒影才稳定成串。要是有风浪，就乱掉了。”

不知是谁“咦”地一声轻微的惊诧，引得大家一起仰面。天哪，竟然有那么多星，神手布棋一样一下子就布满了整个黑洞洞的夜空，斑斑斓斓那么多的光芒，交相映照，闪动着恢恢天网的，喔，当顶罩来的一丛丛银辉。是谁那么阔，那么气派，夜夜，在他的大穹顶下千蕊吊灯一般亮起那许多的星座？而尤其令人惊骇莫名的，是那许多猬聚的银辉金芒，看起来热烈，听起来却冷清。那么宏观，唉，壮观的一大启示，却如此静静地向你开展。明明是发生许多奇迹了，发生在那么深长的空间，在全世界所有的塔尖上屋顶上旗杆上，却若无其事地一声也不出。因为这才是永谜的面具，宇宙的表情，果真造物有主，就必然在其间或者其后了吧。这就是至终无上的图案，一切的封面也是封底，只有它才是不朽的，和它相比，世间的所谓千古杰作算什么呢？在我生前，千万万年，它就是那样子了，而且一直会保持那样子，到我死后，复千万万年。此事不可思议，思之令人战栗而发颠。

“从来没有见过这么多星。”宓宓呆了半晌说道。

“这亭子又高又空，周围几里路什么灯也没有，”高岛煮好茶，也走来露台上，“所以该见到的星都出现了。我有时一个人躺在海边的大平石上仰头看星，呵，令人晕眩呢。”

“啊流星——”宓宓失声惊呼。

“我也看到了！”维梁也叫道。

“不可思议，”钟玲说，“这星空永远看不懂，猜不透，却永远耐看。”

“你知道吗？”我说，“这满天星斗并列在夜空，像是同一块大黑板上的斑斑白点，其实，有的是远客，有的是近邻。这只是比较而言，所谓近邻，至少也在四个光年以外——”

“四个光年？”高岛问。

“就是光在空间奔跑四年的距离。”维梁说。

“太阳光射到我们眼里，大约八分钟，照算好了。”我说，“至于远客，那往往离我们几百甚至几千光年。也就是说，眼前这些众星灿以繁，虽然同时出现，它们的光向我们投来，却长短参差，先后有别。譬如那天狼星吧，我们此刻看见的其实是它八年半以前的样子。远的星光，早在李白的甚至老子的时代就动身飞来了——”

“哎哟，不可思议！”钟玲叹道。

“那一颗是天狼星吧？”维梁指着东南方大约四十多度的仰角说。

“对啊，”宓宓说，“再上去就是猎户座了。”

“究竟猎户座是哪些星？”钟玲说。

“那儿，那三颗一排，距离相等，就是猎人的腰带。”宓宓说。

“跟它们这一排直交而等距的两颗一等星，”我说，“一左一右，气象最显赫的是，你看，左边的参宿四和右边的参宿七——”

“参商不相见。”维梁笑道。

“哪里是参宿四？”钟玲急了，“怎么找不到？”

“那儿，红的那颗。”我说。

“参宿七呢？”钟玲说。

“右边那颗，青闪闪的。”宓宓说。

“青白而晶明，英文叫Rigel，海明威在《老人与海》里特别写过。那儿，你拿望远镜去看。”

钟玲举镜搜索了一会儿，咯咯笑道：“镜头晃来晃去，所有的星全像虫子一样扭动，真滑稽！到底在哪——喔，找到了！像宝石一样，一红、一蓝。那颗艳红的，呃，参宿四，一定是火热吧？”

“恰恰相反，”我笑起来，“红星是氧气烧光的结果，算是晚年了。蓝星却是旺盛的壮年。太阳已经中年了，所以发金黄的光。”

“有没有这回事啊？”宓宓将信将疑。

“骗人！”钟玲也笑起来。

“信不信随你们，自己可以去查天文书啊，”我说，“那儿，天顶心就有一颗赫赫的橘红色一等星，绰号金牛眼，the Bull's Eye。看见了没有？不用望远镜，只凭肉眼也看得见的——”

“就在正头顶，”维梁说，“鲜艳极了。”

“这金牛的红眼火睛英文叫Aldebaran，是阿拉伯人给取的名字，意思是追踪者。Al只是冠词，debaran意为“追随”。阿拉伯人早就善观天文，西方不少星的名字就是从阿拉伯人来的。”

“据说埃及和阿拉伯的天文学都发达得很早。”维梁说。

“也许是沙漠里看星，特别清楚的关系。”宓宓说。

大家都笑了。

钟玲却说：“有道理啊，空气好，又没有灯，像关山一样……不过，阿拉伯人为什么把金牛的火睛叫作追踪者呢？追什么呢？”

“追七姊妹呀。”我说。

“七姊妹在哪里？”高岛也感兴趣了。

“就在金牛的前方，”我说，“那儿，大致上从天狼星起，穿过猎户的三星腰带，画一条直线，贯透金牛的火睛，再向前伸，就是七姊妹了——”

“为什么叫七姊妹呢？”两个女人最关心。

“传说原是巨人阿特力士和水神所生。七颗守在一堆，肉眼可见——”我说。

“啊，有了，”钟玲高兴地说，“可是——只见六颗。”高岛和维梁也说只见六颗。

“我见到七颗呢。”宓宓得意地说。

高岛向钟玲手里取过望远镜，向穹顶扫描。

“其中一颗是暗些，”我说，“据说有一个妹妹不很乖，躲了起来了——”

“又在即兴编造了。”宓宓笑骂道。

“真是冤枉，”我说，“自己不看书，反说别人乱编。其实，天文学入门的小册子不但有知性，更有感性，说的是光年外的事，却非常多情。我每次看，都感动不已——”

“啊，找到了，找到了！”高岛叫起来，“一大堆呢，岂止七颗，十几颗。啊，漂亮极了。”他说着，把望远镜又传给维梁。维梁看了一会儿，传给钟玲。

“颈子都扭酸了，”钟玲说，“我不看了。”

“进亭子里去喝茶吧，”宓宓说。

大家都回到亭里，围着厚笃笃的方木桌，喝起冻顶乌龙，嚼起花生来。夜凉逼人，岑寂里，只有陡坡下的珊瑚岩岸传来一阵阵潮音，像是海峡在梦中的脉搏，声动数里。黄昏星不见了，想是追落日而俱没，海峡上昏沉沉的。

“虽然冷下来了，幸好无风。”钟玲说。

忽然一道慓悍的巨光，瀑布反泻一般，从岸边斜扫上来，一下子将我们淹没。惊愕回顾之间，说时迟，那时快，又忽然把光瀑猛收回去。

“是岸边的守卫。”从眩目中定过神来，高岛说。

“吓了我一跳。”钟玲笑道。

“以为我们是私枭吧，照我们一下。”宓宓说。

“要真是歹徒的话，”高岛纵声而笑，“啊，早就狼狈而逃了，还敢坐在这里喝冻顶乌龙？”

“也许他们是羡慕我们，或者只是打个招呼吧。”维梁说。

“其实他们可以用高倍的望远镜来监视我们。”宓宓说，“我们又不是——咦，你们看山上！”

大家齐回过头去。后面的岭顶，微明的天空把起伏参差的树影反托得颇为突出。天和山的接界，看得出有珠白的光从下面直泛上来，森森的树顶越来越显著了，夜色似有所待。

“月亮要出来了！”大家不约而同都叫起来。

“今天初几？”宓宓问。

“三天前是元宵，”维梁说，“——今天是十八。”

“那，月亮还是圆的，太好了。”钟玲高兴地说。

于是大家都盼望起来，情绪显然升高。岭上的白光越发涨泛了，一若脚灯已亮而主角犹未上场，令人兴奋地翘企。高岛索性把悬在梁上的瓦斯灯熄掉，准备迎月。不久，纠结的树影开出一道缺口，银光迸溢之处，一线皎白，啊不，一弧清白冒了上来。

“出来了，出来了。”大家欢呼。

不负众望，一番腾滚之后终于跳出那赤露的冰轮。银白的寒光拂满我们一脸，直泻进亭子里来，所有的栏柱和桌凳都似乎浮在光波里。大家兴奋地拥向露天的长台，去迎接新生的明月。钟玲把望远镜对着山头，调整镜片，窥起素娥的隐私来。宓宓赶快撑起三脚架，朝脉脉的清辉调弄相机。维梁不禁吟哦张九龄的句子：

灭烛怜光满，披衣觉露滋……

钟玲问我要不要“窥月”，把望远镜递给了我。

“清楚得可怕，简直缺陷之美。”她说。

“不能多看，”宓宓警告大家，“虽然是月光，也会伤眼睛的。”

我把双筒对准了焦距，一球水晶晶的光芒忽然迎面滚来，那么硕大而逼真，当年在奔月的途中，嫦娥，一定也见过此景的吧？伸着颈，仰着头，手中的望远镜无法凝定，镜里的大冰球在茫茫清虚之中更显得飘浮而晃荡。就这么永远流放在太空，孤零零地旋转着荒凉与寂寞。日月并称，似乎匹配成一对。其实，地球是太阳的第三子，月球却是地球的独女，要算是太阳的孙女了。这羞怯的孙女，面容虽然光洁丰满，细看，近看，尤其在望远镜中，却是个麻脸美人——

“真像个雀斑美人。”宓宓对着三脚架顶的相机镜头赞叹道。

“对啊，一脸的雀斑。”我连忙附和，同时对刚才的评断感到太唐突素娥。

“古人就说成是桂影吧。”维梁说。

“今人说成是陨星穴和环形山。”我应道。

“其实呢，月亮是一面反光镜。”宓宓说。

“对呀，一面悬空的反光镜，把太阳的黄金翻译成白银。”钟玲接口。

“说得好！说得好！”高岛纵声大笑。

“这望远镜好清楚啊，”我说，“简直一下子就飞纵到月亮的面前，再一纵就登上冰球了。要是李白有这么一架望远镜——”

“他一定兴奋得大叫起来！”维梁笑说。

“你看，在月光里站久了，”我说，“什么东西都显得好清楚。宋朝诗人苏舜钦说得好：‘自视直欲见筋脉，无所逃遁鱼龙忧。’海上，一定也是一片空明了。”

“你们别尽对着山呀！这边来看海！”宓宓在另一边栏杆旁叫大家。

空茫茫的海面，似有若无，流泛着一片淡淡的白光，照出庞然隆起的水弧。月亮虽然是太阳的回光返照，却无意忠于阳光。她所投射的影子只是一场梦。远远地在下方，台湾海峡笼在梦之面纱里，那么安宁，不能想象还有走私客和偷渡者出没在其间。

“你们看，海面上有一大片黑影。”宓宓说。

大家吓了一跳，连忙向水上去辨认。

“不是在海上，是岸上。”高岛说。

陡坡下面，黑漆漆的珊瑚礁岸上，染了一片薄薄的月光。但靠近坡脚下，影影绰绰，却可见一大片黑影，那起伏的轮廓十分暧昧。

“那是什么影子呢？”大家都迷惑了。

“——那是，啊，我知道了，”钟玲叫起来，“那是后面山头的影子！”

“毛茸茸的，是山头的树林。”宓宓说。

“那……我们的亭子呢？”维梁说。

“让我挥挥手看。”高岛说着，把手伸进皎洁的月光，挥动起来。

于是大家都伸出手臂，在造梦的月光里，向永不歇息的潮水挥舞起来。

一九八七年三月七日

拜冰之旅

一

一生何其有幸，蒙海青睐，直到现今。先是中文大学的宿舍，阳台临海，吐露港的水光粼粼，十年都看之不足，依依难舍。幸而再回台湾不是回台北，而是来了高雄，海缘得以不断。中山大学宿舍的阳台，竟也遥接水天，里面是高雄港，而越过旗津，外面烟波浩荡，竟是海峡。我的研究室也有巨幅长窗，可以恣览海景，看一线长弧沿着微微隆起的汪洋水镜，把夕照的火球炙炙接走。

天长地久，朝夕与海为邻的这种缘分，不是高攀而是“阔交”。加上读厦门大学那半年，迄今我的海缘已长达三十二年，占了我年岁的五分之二，对爱海的人来说，真是够阔的了。当然，像我这样的人只是近海，还说不上亲海。至于要与海深交，那只能徒羡水手、水兵、渔夫、潜夫、蛙人了。折中一下，岸上人要亲海尚有一途，就是航海了，只要不晕船，还是很有趣的。

近年空运发达，远行的人都乘机，不再坐船了。飞行比航行固然便捷，但是反过来却失去航海的逍遥从容。飞行像是蜻蜓点水，点的却是繁忙紧张的机场。航行则不同，反正一切都交给船了，船当然也交给海了，做定了海的长客，几天，甚至几星期都下用理会陆上的烦恼了，可以心安理得地逃避现实。让人间缩成一条水平线吧，让日月星辰陪着你从容踱步，世界上没有地方比长长的甲板更便于思前想后，想不完心事的了。比起甲板的海阔天空，坐飞机简直像坐牢，比坐牢还挤，进餐时，大丈夫只能屈而不敢伸，如厕呢，算了吧。我深深怀念有船可乘的从前。

我这一代人当然是常坐船的。不提河船，第一次航海是父母带我从上海回福建。第二次是抗战时母亲带我，自沪过港去越南。第三次是内战时从上海去厦门，半年后又从厦门去香港，最后则是从香港坐船首次来台湾，在基隆上岸。最远最久的一次却是一九五九年从美国坐招商局的货轮“海上号”，横越太平洋，停泊横滨，绕过鹅銮鼻，由高雄登陆回到台湾，历时将近一个月。

之后就很久没坐海船了。其间曾经乘风破浪，从法国的加来（Calais）去英国的福克斯通（Folkestone，或从苏格兰西岸开车上船，去斯凯岛（Isle of Skye），都只能算是近渡，而非远航。

所以在香港十一年，每次在尖沙咀码头，赫然看见远洋的游轮来停泊，都非常惊喜。乳白色的船影，映得整个维多利亚港顿然亮丽起来，高雅而优越的姿态令人联想到一只白天鹅，临水自鉴。“伊丽莎白号”来港停泊，我正在太平山顶的旋转餐厅上，用一览无遗的高度俯瞰她雍容安稳地泊定在码头，足足高兴了一天。

苏联的游轮“高尔基号”停靠岸边时，我和国彬用俄文的拼音读出了 МАКСИМГОРЬКИЙ，兴奋得沿舷而奔，似乎要窥破铁幕的深邃。那气氛，跟“伊丽莎白号”自不相同。

二

二〇〇六年是我们夫妻的金婚之年，四个女儿早就蠢蠢欲动，迫不及待地在讨论该如何庆祝了。饮水思源，她们理应关心，因为半世纪前若非妈妈为爸爸披上婚纱，她们怎会一个接一个密集地来厦门街的古屋报到，演成八根小辫子满屋笑摇的盛会呢？可是金婚庆典的讨论会并不简单：四姊妹天各一方，近者在高雄、台中，远者在纽约、温哥华，长途电话打了又打，海底电缆想必为之线热。四姊妹都长大了，变成“熟女”，每人一个大“异果”（ego），所以屡乔不定。最后留下了两路待选：陆路是驾车去加拿大的落基山区游邦夫或贾斯珀公园，水路则是乘大游轮去阿拉斯加看冰河。起点同样是温哥华。

水路是我的选择，始终不曾动摇。我的理由是：陆路也许较有弹性，随时可以修正计划，但自由的代价是不断要找旅馆，三餐要找饭店，而三代九人同游，一辆厢型车太挤，分驾两车又联络不便，而行李之复杂，装车加提取之纷扰，更是烦心。女人又特别多，每天要等齐了可以上路，总不会在十点以前。如此折腾来去，游则游矣，逍遥则未必，辛苦定难免。李白早就说过：“嗟尔远道之人，胡为乎来哉！”

反过来呢，如果走水路，就稳当而逍遥，把一切都交给一条船，一艘无所不备无所不纳的远洋巨舶，旅馆与餐厅全在其中，而行程呢，她本身就是世上载重行远的最大行宫。祖孙三代的九人行，全由她轻轻松松地接下，而且不用鸡零狗碎地付账找钱，一张船票就全都付了。

做爸爸的详陈其利，何况还真有魁伟奇丽的冰河会在船头巍然崛起。妈妈的想法也一样。我们毕竟是金婚的双主角啊，四位千金加起来，怎么敌得过五十年历劫不换的真金呢？女儿和女婿拗不过我们，于是，有这么一艘巨舶，就远在温哥华等我们了。

三

高架凌空的狮桥大门已过了，我们的冰川之旅终于启程。全程一千九百八十七海里，相当于两千两百八十五英里，一连七夜都住在船上。途中只靠三个港口，第一个港口锡特卡，要第三天中午才到，所以第一段水程八百多英里一直以船为家，满船海客也只有一心一意把什么都交给海了。

出航的兴奋加上海天空阔的自由，把海客留在甲板上，不愿就回舱休息。何况高纬近五十度的八月中旬，黄昏来得很迟，一望无垠的水面尚无暮感。累，是有点累了。倒不是上船时有多纷乱，因为乘客应该知道或预备的事情，在船票预售时早已详细交代，所以到时登舟，码头上秩序井然，先接行李，后上乘客，一一分区依号，步骤清楚而且流畅。乘客随侍役引导，住进各自的舱房，一小时后，行李就送到门口了。一切比预期的都简捷得多。于是你确信，全程的服务必然一流。

有一点累，是因为上船从下午一点开始，粗定之后，所有乘客都必须参加开船之前的救生训练。五点整警铃一响，逾千乘客必须分区集合，穿上救生衣，随船上的官佐赶到各自的救生艇前，等候指示。这行动虽然只是预习，却也令人有些紧张，不禁想到“铁达尼号”。预习完毕，五点三刻，我们的游轮“无限号”（Infinity）准时开船。

一连七天，我们赖以安身立命的这艘“无限号”：二〇〇一年在法国建造，吨位九万一千，全长九百六十四英尺，近于五分之一英里，动力为燃气轮机（GTS），时速二十四海里，相当于四十四公里。像一切远航游轮，她也是一艘楼船，高十一层，有电梯十座。至于乘载量，也是海量，能容乘客两千零三十八人，船员九百五十人。官佐清一色是希腊籍，船长和大副、轮机长等都出生于雅典的海港派瑞厄斯（Piraeus）。舱房与餐厅的职员非常国际化，来自五十多国；各种活动的安排则多由美国籍职员负责。

厨房当然热闹非凡。一连七天，要让三千人饔餮无缺，贮藏也极可观。单说牛肉，就预备了九千两百五十磅，还不包括两千两百五十磅小牛肉。鱼带了六千磅，鸡三千磅，蔬菜两万六千磅，水果三万六千磅。至于各式各样的酒，从微醺的啤酒到酩酊的伏特加，一共带了一万三千八百瓶。我能够吞的咽的，虽然远在平均的一人份之下，但想想有这么多佳肴美酒，库满舱盈地来助游兴，总还是令人高兴的，尤其是为那些贪嘴馋肠。

不少人会以为，要跻身于如此的豪华远航之列，一定得破一笔小财吧？倒也未必。若是要住进顶楼的套房，敞舱与阳台均宽逾一千平方英尺，那票价当然可观。其实有窗朝外的所谓“海景舱”（oceanview stateroom），也有两百三十五间，已经很正点了。我们夫妻住的这样一间，设备也颇齐全，而最重要的是有一圆窗，直径三英尺半，阔蓝的海景浩荡，一望无阻。就凭这一面魔镜，整海的波涛都招之即来，任我检阅。所以舱不嫌小，窗不嫌大，海呢，不嫌其变化无穷。我们的海景舱在第七层，房号七〇〇七，贴近船头，要去船尾用餐，得沿深长的内廊越过“船腰”（midship section），迈步疾走至少六百步。

至于票价，夫妻同舱，是三千一百六十美元。这价钱绝不算贵，想想看，七宿加二十一餐再乘以二，加各种设备、各种活动，加清新的海风、变幻的海景、停靠的港口、壮丽的冰河，再加这日间的逍遥行宫夜间的千人摇篮，不，水床，为你两千里一路乘风破浪。再加上管理完善，态度周到，真令人觉得毫无遗憾，值得重游。老帝国主义加上新科技万能，好到不行。

船上的设备堪称多元：除了大小各式餐馆、酒吧之外，还有戏院、赌场、泳池、健身房、电脑室、照相馆等等，再加上简直像一条街那样密集排列的珠宝店、民俗店、时装店、糕饼店等。至于活动，更多姿彩。我们看过一次油画拍卖，觉得作品都不高明。赌场必须穿越，却不觉得诱惑。甲板上的推铁饼戏，倒和女儿玩过几回。戏院也是常去，看了一些老片。孙女姝婷常跟着我们，但似乎不太懂阿姨们在讲什么。她的十三岁哥哥飞黄，习于独来独往，在船上巧遇了美国同学，就跟着去全船乱窜，往往不知此刻究竟在第几层的何处，呈半失踪状态。九万吨的大船像一座深山，我们和四个女儿、一个大女婿，也经常在山里捉迷藏。

四

加拿大的西岸面对太平洋，陆上多山，水上多岛，船行其间，海客左顾右盼，山姿岛态再添上倒影波光，简直应接不暇。那绵延的山岭贴近岸边，与其后的落基主脉大致平行，可以视为副脉。屏风一般的近海群岛，或断或续，其实也是海底起伏的丘陵，不甘寂寞的一些，爱出风头，探出水面，就成了小屿大岛。最大的一座屏于温哥华沿岸，形状有如扁长的台湾，面积也有台湾的六分之五。近岸多岛，又与岸平行，就有许多海峡，由南往北，依次名为乔治亚、江斯通、夏洛蒂皇后、黑卡蒂；再往北，小岛与窄峡就更纷繁，而且岸区已属阿拉斯加东南部的狭长地带，状如勺柄。“无限号”的冰川之旅，停泊的三个港口，锡特卡、朱诺、凯其根，全在阿拉斯加，要看的赫巴德冰川（Hubbard Glacier）与满汀河冰川（Mendenhall Glacier），也在朱诺一带。“无限号”驶到赫巴德冰川，乃是此行的北端，余程就回头南下了。

正是八月中旬，台湾方苦于酷暑，高纬的加拿大与阿拉斯加却冷如台湾的隆冬：温哥华近北纬五十度，相当于布拉格；阿拉斯加首府朱诺近北纬六十度，已相当于圣彼得堡了。我们的航程，温度总在二十一摄氏度至十一摄氏度之间。当风立在甲板上，往往觉得更冷，必须戴帽。

一路往北，前半程岛多岸近，常有转折，好像行于狭长的回廊，只觉风平浪静。过了加拿大西岸的北限，进入阿拉斯加的水域，渐觉海阔岛渺，真正入了海神的辖区：大哉水的帝国，岛的棋盘，以经纬纵横恣画方格，让水族浮潜，鲸鲨出没，永远开放的蓝色公路，让有鳍的有尾的有桨的有舵的有帆的有轮机辘辘有声呐与雷达的甚至仅凭四肢伶俐的一切一切，自由来去。

第二天的夜里，背肌与肩头上的压力有些变化，直觉有一点风浪，啊，出外海了。船是海之子，我们是船之子。海是摇篮轻轻地摇船是摇篮轻轻地摇着，我们的梦。这跟我第一次从美国乘船回台湾大不相同。那一次是将近半世纪前，乘的是货船，有一万多吨，而越的是整个太平洋。全程风浪撼人，近日本时遭遇台风，我有诗为证："看大台风煽动满海的波涛都叛变／练习在抛物线上走索且呕吐。"

出来外海，才真正告别了陆地，也才真正懂得：在我们的水陆大球上谁是庄家，而大洋占百分之七十一是什么意思。四望无岛无鸟无船空无一物，只有这浅蓝起伏之外，之下，是更多更深的蓝波蓝澜。什么坐标都没有，除了日月。但日月也在移动，不知是什么神力把这双魔球此起彼落，东抛而西接。视界的世界净化成三个圆，水平之圆仰对阴阳之双圆，构成几何学之美学。海上正闲，但是带去的几本书一本也没看，海，倒是看了又看。海之为书也深邃而神秘，风把波浪一页接一页直掀到天边，我读得十分入迷却读不透其主题。也许那主题太古老了几乎与造化同寿，能接通生命的起源历万劫千灾而迄今，但如何追溯回去历白垩纪、侏罗纪，直到奥妙的奥陶纪？太久了，我们早已经失忆。面对这一片汪洋浩渺的深蓝色隐喻，我们的潜意识蠢蠢不安，虽欲潜而不够深，不能像线锤一样直探到海底。鲸群之歌连声呐也未必能听懂。人鱼的传说也许是跨界的试探，可惜潜水艇探的是敌情而非人情。

在甲板上这样倚舷地想入非非，被姝婷上来传婆婆的话打断，说大家在下面的餐厅等我入席呢，今晚的盛宴要正式穿着。

五

赫巴德冰川等我们虽然已经好几百年，但我们直到第四天近午才得以觐见。船速慢了下来，迎面而来的浮冰越来越多，也越来越大，半透明的结晶通体浅蓝色，远望像一杯鸡尾酒，似乎叮当有声。终于满海都漂着冰了，小的不能再称为块，大的几乎可称为丘，或长或尖，或扁或凸，或不规则成奇形怪状。庄重的“无限号”更慢了，显然不愿做破冰船，为冰所破。迎面的冰风挟着细雨，雾气弥漫。甲板上挤满了人，都披上雨衣，拉起套帽，也有人打起了伞。船，极其缓慢地在转头。

薄雾后面隐隐约约似有一脉山岭横陈，高约二十多层楼，却似无峰头崛起，山壁绝峭，石岩上也似乎没有树木，只见一片浅陶土色，笼着一层不很确定的浅蓝带绿。再后面就没有山了，而这道怪石屏风的前面，凌乱堆陈着欲化不化的冰淇淋或奶昔（milk-

shake）一类的尾食甜品。再近一些，啊，原来这就是天地之间，山海之间积雪成冰，拥冰自重，任太阳用烈焰千百年烤问而顽固如故坚不吐实的，割据阿拉斯加东南陡坡的，啊，冰川。这正是赫巴德冰川的峻颜冷面，削平的颅顶高三百英尺，其宽却横陈六英里。凭我们九万吨的巨舶岂敢一触眼前这亿兆吨的超级冰壁，早在半里路外就踟蹰不进，开始大转其弯了。再往前开就太险了，恐怕遭冰城炮轰，因为这凛凛的顽冰深处常有空气被囚在冷牢里，一闷就几十年几世纪，好不容易等到哪一个夏日，天气稍暖，冰锁稍懈，就会，啊，破狱而出，城破冰飞，不可收拾。

“爸爸，你听见嘶嘶声没有？”佩珊转头问我。

“我没听见。”我笑答。

“一爆开来，”她说，“重则如开炮，轻则如开汽水。书上说的。”

大家都笑了。好像是回应我们的轻佻，忽然从远处，不，是从莫名的深处，传来沉郁顿挫的闷雷，像要发又发不透彻的警讯，继而有重浊撞击的骚响，下坠不已。显然，量以吨计的晶体结构，在冰壁森严的某处失去了平衡，在颓然解体。该是一种反叛冷酷的解构主义吧。骇耳惶然，告诉骇目睁大了去找，却只闻噼里啪啦，找不到究竟在何处坍塌。

终于冰崩壁裂恢复了平衡，冷寂又恢复了秩序。大家一惊，一笑。笑声立刻被冰风吹熄。甲板上挤满了人和伞，此外只见海天漠漠，雨雾凄凄，听不见一声鸟鸣。三千海客，听不见人语喧闹。“无限号”如履薄冰，在敌阵中小心地转向。我们像是闯进了一颗外星，被陌生的地形威慑得噤声。笑声显得格格不入，亵渎了大冰帝国肃静的清规。除了脚下所踏的这艘高科技游轮之外，百里内找不到任何东西证明我们在人间。而这，就是此行最高的遁世之乐了。

六

不过拜冰之旅也不全是遁世之乐，而是站在更远处更古时来看我们这水陆大球。人类奢夸大陆，其实五大洲只是被海洋包围的几个超级大岛，当初泡在母怀的“洋水”里，像婴孩投胎一般，没有“洋水”，陆地就难活了。同样重要的是：全球的陆地被冰覆盖的面积占十分之一，有一个半中国那么大；而全球可饮的淡水有四分之三是藏在冰山、冰川、冰原里，三倍于所有的江河湖泊与大气中的水分。一旦大冰帝国崩溃，海洋就要涨潮，多少繁荣的港城水都被吞没，不知文明又要遭多久的浩劫。所以冰川长冻，不知为人类保全了多少水库，为洪水又设了多少巨闸。

一条冰川的身世颇为曲折。冰川的身份，简言之便是“潜移之冰”（ice in motion）。冰川的出身，是某一地区，特别是高寒的地区，降雪多过化雪。先是雪片凝成雪珠，积压多了便成雪饼，就是冰了。等到积重难挽，冰层底部抵不住引力，便顺着坡势下移，成为慢镜头的雪崩，慢者一日一寸，快者一日七尺。就这么，冰川会爬了，一面爬下坡去，一面势挟碎石与断岩，其量以百万吨计，辟出一道下山之路，志在入海。沿路的磐石磊磊就这么给推到两边，久之就塑出了峡江深谷。壮大的冰川潜移而不默化，很有耐性，终于抵达河口，却被造化拦下。几经海风吹拂，开始松软，再加海水浸蚀，领头的冰面就会崩落坠海，场面可观。据说霍普金斯冰川落冰之多，令人只敢在两英里外遥望冰崖。

赫巴德冰川背后的“靠山”都逼近海岸，高峻的飞峨威慑山（Fairweather Mountain）海拔四千六百六十三米，另一座魁岭（Crillon Mountain）也有三千八百七十九米。太平洋温和的西风被山势所阻，上升后遇到冷气凝缩，在海面便下雨；到山顶便下雪，一整个冬天会达一百英尺之多。到了夏天，内陆化雪，但在阿拉斯加东南这一带，太平洋的水汽湿润，沿岸仍然阴冷，年复一年，积雪永不化尽，乃累积成许多冰川。地理、气候与阿拉斯加相似的挪威、智利，也是山高近海，坡陡河急，难留重冰，成为冰川奇观的三大胜景。

七

回航途中，船泊朱诺港，亦即阿拉斯加的州府。我们意犹未尽，再去朝拜了一道冰川，名为满汀河。朱诺在十九世纪末淘金潮中盛极一时，如今仍为渔业、林业中心。镇上人口不到三万，辖区之广却超过三千平方英里，管的却不是人而是冰。不是几块冰而是一整片冰原（Juneau Icefield），其面积依气候变化而定，大时达五千平方英里，为台湾的三分之一强，缩时也有一千五百平方英里，近于香港的四倍。气候暖化，那片冰原就因化冰而退缩。

十三世纪到十八世纪，从冰原蠕蠕南移的满汀河远长于今日，但从一七七〇年迄今，这道冰川一直往高处退却。二十世纪二十年代，其“下游”露出了一个盆地，雪水注入，竟成一湖。今天隔着湖水，可以望见冰川的前端，学者称为“颜面”（face），宽达三英里，高二百英尺，曳着后面的身躯，长达十二英里，像一只无以名之又无以状之的史前怪兽，遍身白毛，正倒伏在长长的坡谷间，欲就湖饮水。

我们沿湖北行，走近诺吉特溪口，看急湍成瀑，白沫飞溅，嚣嚣注入湖中。那白毛巨兽却似未惊醒，仍斜伏在谷坡上做他的冷梦。两侧的斜坡上密覆蓊蓊郁郁的雨林，与了无动静的冰川对照成趣。下面的湖水冰清石静，对悠久的地质史并不感兴趣：她毕竟生于二十世纪，造化怀中还在做娇娇孙女，只顾着在她的妆镜中寻找云踪。

早来的游人已经回头去等车了。“无限号”规定八点半要开船，我们已经来不及乘直升机直接降在冰川上，再换钉鞋去走冰川，听脚下冰库、冰窖的深处，哪一个冬季在吹气或呻吟，咆哮或崩溃。但已经来不及了，“无限号”在朱诺的码头上，层层乳白的楼窗与阳台像凭空添加一整条亮丽的街屋，正等待我们回去，去继续拜冰之旅的余程。但高潮已经过去了。向望远镜筒再一次扫描，把白毛兽招来眼前：那不是白毛，而是一片一片如削如剥的鳞甲，淡青的鳞上蒙着一层赭灰，一片片，一瓣瓣，一波波，一直排列到谷顶，终被远坡遮住。向导说，那无穷无尽的皱褶，是因为冰川在下山时，下层的冰比较能屈能伸，而面上的一些较脆，挣扎之际，冰面就开裂成如此的刀雕图案。

我回头对千刀万剐的冰川再看一眼，心中默祷：“坚持下去吧，坚守你高寒凛冽的冰城冰阵。切莫放水，切莫推波助澜，助长再一次洪水的声势。阿拉斯加大冰箱里，不能少你这一片冰场。”

二〇〇七年四月

西子湾的黄昏

几只货柜船出港去追赶落日
在快要追上的一刻
——甲板都几乎起火了
却让那大火球水遁而去
着魔的船只一分神，一艘
接一艘都出了水平界外
只剩下半截晚霞斜曳着黄昏
直到昏多于黄，泄漏出星光
敻辽的冷辉壁照着天穹
似乎在探索落日的下落
而无论星光怎样地猜疑
或是涛声怎样地惋惜
落日是喊不回魂的了
这原是一切故事的结局，海说
朝西的窗子似乎都同意
只有不甘放弃的白堤

仍擎着一盏小灯塔，终夜
向远方伸出长臂

一九九一年九月二十八日

与海为邻

与海为邻
住在无尽蓝的隔壁
却无壁可隔
一无所有
却拥有一切

最豪爽的邻居
不论问他什么
总是答你
无比开阔的一脸
盈盈笑意

脾气呢当然
不会都那么好
若是被风顶撞了
也真会咆哮呢

白沫滔滔

绝壁，灯塔，长堤
一波波被他笞打
所有的船只
从舴艋到艨艟
都拿来出气

有谁比他
更坦坦荡荡的呢？
有谁又比他隐藏着
更富的珍宝
更深的秘密？

我不敢久看他
怕蛊魅的蓝眸
真的把灵魂勾去
化成一只海鸥
绕着他飞

多诡诈的水平线啊
永远找不到线头
他就躲在那后面

把落日，断霞，黄昏星
一一都盗走

西班牙沉船的金币
或是合浦的珍珠
我都不羡慕
只求做他的一个
小小邻居

只求他深沉的鼾息
能轻轻摇我入梦
只求在岸边能拾得
他留给我的
一枚贝壳

好搁在枕边
当作海神的名片
听隐隐的人鱼之歌
或是搁在耳边
暧昧而悠远

一九九六年二月十四日

春雨绵绵

春雨绵绵
从你的厝边到我的门边
春雨沥沥
从你的弄底到我的巷底
春雨淋淋
从你的屋顶到我的车顶
春雨湃湃
从你的窗台到我的露台
春雨潺潺
从你的花伞到我的黑伞
下吧，温柔的春雨
下一季缠绵的雨季
编织千层的水晶帘
窥你帘后绰约的明艳
只等你，雨季一停
就以虹神的不耐

把雨帘雾幕一层层掀开

在新雾

月二十日